LONGUE MARCHE II
Vers Samarcande
Bernard Ollivier

徒 步 丝 绸 之 路 II
奔赴撒马尔罕

〔法〕贝尔纳·奥利维耶 著 徐晓雁 译

人民文学出版社
PEOPLE'S LITERATURE PUBLISHING HOUSE

著作权合同登记：图字 01-2023-1788 号

Bernard Ollivier
LONGUE MARCHE II: Vers Samarcande © Éditions Phébus, Paris, 2001
Published by arrangement with Éditions Phébus, through The Grayhawk Agency, Ltd. Simplified Chinese translation copyright © 2023 by Shanghai 99 Readers' Culture Co., Ltd. All rights reserved.

图书在版编目（CIP）数据

徒步丝绸之路.Ⅱ,奔赴撒马尔罕/(法)贝尔纳·奥利维耶著; 徐晓雁译. -- 北京：人民文学出版社, 2023（2025.2重印）
（远行译丛）
ISBN 978-7-02-018216-9

Ⅰ.①徒… Ⅱ.①贝…②徐… Ⅲ.①游记 – 作品集 – 法国 – 现代 Ⅳ.①I565.55

中国版本图书馆CIP数据核字(2023)第173367号

出 品 人　黄育海
责任编辑　朱卫净　　何炜宏
封面设计　汪佳诗

出版发行　人民文学出版社
社　　址　北京市朝内大街166号
邮政编码　100705

印　　制　山东临沂新华印刷物流集团有限责任公司
经　　销　全国新华书店等

字　　数　165千字
开　　本　890毫米×1240毫米　1/32
印　　张　8.375
版　　次　2023年10月北京第1版
印　　次　2025年2月第2次印刷

书　　号　978-7-02-018216-9
定　　价　59.00元

如有印装质量问题，请与本社图书销售中心调换。电话：010-65233595

一九九八年四月，退休后第六天，无法从妻子过世的悲伤中自拔、儿女亦已长大成人的贝尔纳·奥利维耶，从巴黎出发，徒步前往孔波斯特拉①，以此决定余生将如何度过。行走了两千三百公里后，抵达终点。他回来时带着两个计划：帮助陷入困境的年轻人，通过远足重塑自身，一如他自己不久前的行动；还有就是继续行走在历史之路上。一九九九年四月，他着手徒步丝绸之路（一万两千公里），并于二〇〇〇年创办"门槛"协会，致力于帮助失足青少年，组织他们徒步远足，以此代替牢狱。

---

① 孔波斯特拉（Compostelle），西班牙古城，加利西亚自治区首府，是欧洲著名的朝圣地。中世纪时，由于地理位置偏远，孔波斯特拉被称为"世界的尽头"。——译注（本书脚注除特别注明外，均为译者注）

看吧,生命之驼队,度过的
每时每刻,紧握快乐!
哦,萨奇,别担心你同席者的第二天
递给我们酒杯吧,斟满美酒,听着:黑夜正远去。

——奥玛·海亚姆[1]

---

[1] 奥玛·海亚姆(Omar khayyam,1048—1131),古波斯诗人,数学家、天文学家、医学家和哲学家,著有《鲁拜集》。

目 录

1	一	暴风雨
21	二	大巴扎
42	三	骆驼商队
65	四	渴
84	五	小偷—警察
97	六	德黑兰
108	七	荒　漠
126	八	艺术家
136	九	塔利亚克
145	十	萨瓦克
161	十一	朝圣者
172	十二	边　境
185	十三	土库曼人
205	十四	卡拉库姆
227	十五	布哈拉
242	十六	撒马尔罕蔚蓝的天空

一　暴风雨

二〇〇〇年五月十四日，
埃尔祖鲁姆与多乌巴亚泽特之间，零公里。

大巴司机不解：

"你要在这里下车？这是大草原，什么都没有。我们一刻钟后就到多乌巴亚泽特了……"

"对，我想在这里下车，我要徒步。"

我没有时间也没有足够的土耳其语词汇向他解释，我无论如何要从这里开始一场即便是三千公里的徒步旅行……这确实令人诧异。困惑的司机转向售票员，他们交谈了几句，我猜想大概是说：把乘客放在荒郊野岭这合法吗？这欧洲佬脑子是不是有问题？

我们是一大早离开埃尔祖鲁姆的。在坐上这辆长途巴士前，我先从巴黎出发，转了三趟飞机：巴黎-伊斯坦布尔，伊斯坦布尔-安卡拉，最后安卡拉-埃尔祖鲁姆。我把自己舒服地绑在飞机座位上，从高处俯瞰去年[①]我穿越过的风景、城市、乡村在机翼下一一滑过。就是在这里，在这片被七月骄阳烧烤的荒凉之地，我一头栽倒在草地上，被腹泻击垮。现在我准备从同一地点，一米不差地重新

[①] 原注：见《徒步丝绸之路Ⅰ：穿越安纳托利亚》。

出发，走完上一段本该完成的旅途，抵达伊朗德黑兰。从德黑兰，我将踏上前往撒马尔罕的征途。撒马尔罕，那个有着蓝宝石穹顶的城市，那个自我童年起就向往的城市，它将是我打算用四年时间独自走完的丝绸之路的中间点。我坚持要在被疾病击倒的确切位置，重新开始被中断的征途。这么做未免有点吹毛求疵，然唯如此，我才问心无愧。我制定了一个非常明确的计划，我不愿因一小点过失或别人的建议而令其失色和改变。我不愿错过去中国西安路上的每一寸距离，即便被视作极端分子或神经病，我也无所谓！这就是我为何一定要司机停车。他以为弄明白了：

"你要上厕所，是吗？"

"不，我要下车，步行。"

他的表情和看向售票员的眼神显然在说："疯子，我们遇到了一个疯子。"他终于刹车，我背着十五公斤重的背包，脚蹬大头皮鞋，尽可能敏捷地跳下车。面对这种不可理喻的行为，司机错愕又无奈地重新启动大巴远去。

对于十个月前发生在这里的事，我可没心情怀旧。长途巴士还未开出我的视线，我还没来得及掏出背包里的雨衣，一场雨夹雪伴随狂风劈头盖脸袭来，大地一片昏暗，一开场就是一个下马威。我见几个小牧童蜷缩在一块塑料布下，躲在挤作一团抵御狂风和寒冷的一群黑绵羊身边。片片未融的雪花像是为黑羊穿上了白衫，这是我小时候最喜欢看的场景。我的雨披也难挡风雨，很快我就从里湿到外，成了落汤鸡。甚至连可怕的土耳其康加犬也趴在地上等待暴风雨过去，这对我倒是件好事，因为我还没来得及砍一根打狗棍，这是我已知的对付这凶猛动物的唯一武器，但在这光秃秃的平原上，找到棍子的运气不大。

　　这一阵暴风雪将我钉在了原地，狂风从东边吹鼓起我的雨披，我失去平衡，踉踉跄跄，举步维艰，被暴雨无情抽打。谨慎起见，我也想学学牧童的样子，可是在这片被上帝抛弃的草原上，无处可躲风雨。我只得稍稍离开公路，蹲下来，远离被雨水遮挡了视线的大卡车。我用冻僵的手指努力扯住身上的雨衣，艰难抵抗着狂风暴雨。到城里躲过风雨的那个大巴司机一定在暗笑：那顽固的老家伙这下傻了吧，活该！

　　我选择此时此刻继续我离开巴黎时在飞机上的悲观思考。那个找不到答案的问题再次折磨着我：我要去哪里？为什么？首先为什么在经历了去年的劫难后，我还要挣脱我爱的和爱我的人（我有足够的证据）再次出发？

　　一九九九年四月，我在离开伊斯坦布尔开启本次长征的第一段行程时，这些问题回答起来很容易：我就是想走路，想看看这个国家，想遇见各种各样的人，想一步步了解这条神秘的丝绸之路。激情鼓舞着我，去完成酝酿已久的独行之喜悦推动我前进，助我背起行囊，克服一路艰辛，我仿佛长出了翅膀。然而，尽管别人说我是乐天派，但穿越安纳托利亚的遭遇还是让我兴致打折，有些动摇了我的决心。伤痛、遭遇康加犬乃至人类的攻击；土耳其人和库尔德人的内战让双方都把我视为自己阵营的叛徒；最终疾病迫使我被运送回国。我设计的四段行程中的第一程，已然让我心力交瘁。

　　如果仔细研究今年的行程，它不见得更容易，甚至更艰难。我蜷缩在难挡风雨的雨披中，在铺天盖地的暴风雨中动弹不得，在这条被如注雨水淹没的路上，我无法平静地设想我的下一步。必须承认，我心中升起一股莫名担忧，坦率地说甚至是一种恐惧。我的五脏六腑缩成一团，这不能完全归咎于暴风雨。

今年我要完成极其漫长的一段行程。因为从德黑兰到撒马尔罕的原计划就有两千公里，现在还要加上去年我未能完成的那段路，差不多有九百公里。我五月份出发，行程的大部分时间落在夏季，而我需要穿越或途经中亚最热的三个沙漠，里面栖息着诸如眼镜蛇、蜥蜴和狼蛛一类的小动物。如果说我对人类带来的危险还不算十分害怕，我对所有爬行或蜇人的动物却十分恐惧，哪怕蚊子的叮咬也让我十分厌恶。再说我出发时并未完全解决我上次旅行留下的健康问题，医学也有束手无策的时候。去年以来，我的药箱增加了四倍体积，但我心里依然没底。

我在暴雨中低着头，看水线从鼻尖流到双膝间，就如屋檐淌下的水柱。抛开所有的理解力，我努力寻找将我的计划坚持下去的理由。一周前在巴黎时，这些理由还如此清晰，但随着出发日子的临近，它们变得越来越可疑。好吧，我必须打起精神，找回动力，排遣掉今日笼罩心头之种种烦恼，专注于这趟非凡旅程将带给我的幸福。去年我在土耳其经历过一些美妙时刻，在那些宝贵的瞬间，自己与世界如此和谐，让人因时间不能停滞而深深遗憾。那些短暂而鲜活的瞬间，如惊起的飞鸟，逃离人类生活的荒唐。当忧伤袭来，回忆带给人安慰。我出发就是为了寻找这些幸福，而两千多年来带领我们走向崭新世界的丝绸之路，在我看来恰能产生这种神奇魔力。无论如何，我要沿着它走到尽头，或至少走到走不动为止。因为我在一天天老去，已经六十二岁，我不敢保证长久陪伴我的好身体能一直保持。

然而我潜意识中的乐观主义天性总能激励我，一如我在记者生涯中，无论付出多大代价，我一定要亲自核实所收到的信息。这三个与世界隔绝已久、半开国门的国家，既吸引我又让我害怕，我很想去了解它们。而且我的向往和恐惧中还夹杂着孤独，孤独可以或应该引领我抵达自己，去完成这趟姗姗来迟的仪式性长征。

暴雨终于停歇，我的鞋子里灌满了水。我重新踏上平坦笔直的大路，快步往前，一方面让身体尽快暖和，另一方面也为早些到达城里。那个大巴司机肯定早已到处嚷嚷说他遇到了一个疯疯癫癫的老外，宁可跟在大巴后面走路而不要坐车。

经过三小时十八公里的步行后，我进入多乌巴亚泽特，十个月前我在这里度过了一些不堪回首的时光。我曾经住过的那家旅馆换了老板，我一个人都不认得了。天空阴沉，甚至有些微寒，亚拉腊山壮丽雪白的峰顶（人家告诉我上周有一名登山者在那里遇难）躲藏在一片堆积的云层。我在一家小饭馆吃了一串烤羊肉和一盆米饭，吃得味同嚼蜡，没一点胃口，我的心思在别处，我试着抛开从巴黎出发就挥之不去的灰暗心情。说实话，走进这家旅馆时，我并没有十分之一的把握能将行程进行到底。我努力再次振作精神，临睡前心想如果我不能四年之内走完这条丝绸之路，那就五年好了，这样我心情好了一点。再说，认真想想，我要探访的这个世界真就比我离开的那个世界更糟吗？令人不安的疯狂在我们的城市肆虐，到处是焦虑的氛围，无节制的欲望，追求权力成为终极目标，好胜挑衅取代道德。这一切真比我要去的地方更令人放心？我要回到以人为本构成的世界，因为步行让人的目光回到合适的尺度，学会掌控时间，行走之人就是王者。他因逆潮流而痛苦，但为缓解痛苦，他选择辽远之境而非医生诊室的长沙发……我要将我的头脑和身体从经年累月的禁锢中解放,也要将它们从恐惧中释放……

我睡得不好,还没来得及锻炼的肌肉有点僵硬,醒了好几次,跟去年一样,被街上打架的野狗吵醒。早上,天空依旧灰蒙蒙,我对多乌巴亚泽特显然没什么要留恋的,我迫不及待离开这里。路过一个小摊,一个瘦高个老头在卖一捆捆的木柴。多少钱一捆?二十五万里拉①,那脚夫说道。我仔细挑选了一根木棍,递给他一张十万的纸币。他嗅到了机会,想要更多钱,很多很多钱。他迟疑了一下,欲从我手中抢走一张大面额纸币。这时正好走来一名警察,很想实践一下他掌握的几个英语单词。发生了什么事?他问。那个欺软怕硬的混蛋,立刻对他滔滔不绝说了一大通。那个警察翻译道:

"他说这根棍子送给你,这么点小东西不用付钱啦。"

那无赖一分钟前还想讹我的钱,现在把我刚才爽快给他的纸币郑重其事地还给我。我大笑起来,夸张地谢了谢他……他和我都不傻。

走在路上,我的愉悦只持续了没多久。我从诺曼底家里出来时,选择第一周把路程控制在合理范围内,让机体有个适应过程。规划中第二天较短的路程对于我找回状态十分理想,可当我走了二十一公里后,发现我计划中过夜的小村子泰尔赛克只剩下几座破房子,别指望有什么小饭馆……唯一上来跟我说话的是几个库尔德人,要我付一大笔美元,带我去参观亚拉腊山山峰,而山峰明明完

---

① 这里指土耳其旧里拉,100万旧里拉相当于现在的1里拉。

全被云层遮盖。不开车的欧洲人在他们眼里都是傻瓜?因为我没有理睬他们,他们便换了花样,一起喊道:给点酒钱,给点酒钱……

让我的理性见鬼去吧,我必须一直走到边境小镇古尔布拉克,在那里找个房间,第二天休息一下,再去参观离小镇四公里、二十世纪初被一块陨石砸开的巨大陨石坑。然后过境去伊朗。

路过一个兵营前,两条杂种狗向我包抄扑来,照例没有大兵出来为我解围。我用手中的木棍轮番指着它们,但每次我转身对付其中一条,另一条就向我更近一步,我处在非常不利的境地。终于有个略有同情心的士兵出现:他弯腰捡起一块石头,那两条狗立即安静下来,惊恐地逃远了。我又学到了一招……

中午,我在路边坐下,吃了点面包和无花果干。没办法,我思绪纷乱,完全无法让心思集中于当下,我有点力不从心。一阵微凉的细雨飘落在草原上,一个三十多岁的男人牵着马从田间回来,肩上扛着把长长的铁锹。他裂开掉光了牙的嘴朝我笑笑,应该是表示友好吧。但稍后另两个狂躁的混蛋停下卡车,毫不客气地问我要钱。而且在古尔布拉克,另一个失望等着我,经过三十五公里的艰苦跋涉后,我发现这里没有一家旅馆。草原上只散落着几间可怜巴巴的土垒房,以及供海关人员居住的廉租房似的几幢小楼。一大堆卡车杂乱无章地停在一片开阔草地上,雨水和油箱漏出的油把草地变成污浊的泥塘,一片遭受劫掠似的令人崩溃的场景。但一群换钱的小贩可不会错过机会,他们手里摇晃着一沓沓纸币冲向我,美元应该藏在衣袋最深处。

"你有美元吗?有德国马克吗?"跑得最快的那个问我道。

我可没兴趣在这种地方换钱,但那人不死心:

"一美元换七千里亚尔!"他坚持道。

在多乌巴亚泽特,人家给我的开价是五千里亚尔。但我说过我不愿在这个令我压抑的地方换钱。那个人仍然跟在我身后:

"七千两百,七千五百,七千八百,八千!"

我毫不理会,竭力摆脱纠缠。

"八千两百!"

我明白要是不换点钱就无法摆脱纠缠,所以用几美元和剩下的土耳其里拉换了点伊朗钱。等我过了国境才知道,一美元可以换九千五百里亚尔。

那个人告诉我过了国境线,在巴扎尔甘有好几个旅馆。尽管双腿像灌了铅,背包带把肩膀勒得生疼,我还是决定今晚过境去碰碰运气。

终于在卡车的丛林中找到一条路,我走进土耳其海关大厅。上百个人拥在那里,大部分人挤在一道围栏后。大厅底部,一长串人排在一个柜台前,没有任何指示牌,没有任何语言文字说明办理程序。大厅里充斥着难闻的烟味,人们就像在大粪坑里一样交头接耳。一位友善的年轻人走过来,用蹩脚的英语告诉没头苍蝇般乱转了许久的我:

"要在那个围栏后面排队,需要耐心。我和我的朋友已经在那里排了四个小时,大概还需要四个小时,我们轮流占着位置。"

一股强烈的疲累感袭来,想到还要在这个混乱嘈杂、噩梦般的地方站上几个小时,我就被彻底击垮。可是没有办法坐下来,周遭没有一条长凳,我也没有可替换排队的人。我试着蹲下来屁股靠着我的行李,但重压仍然在,并且人群挤得我几乎窒息。

等待没完没了。柜台那边，三个彪形大汉耐不住疲惫和敌意吵了起来，还动起手。被围栏隔开的人们还算遵守秩序，但到柜台跟前，没了围栏，几个小滑头就想插队。这里大部分是伊朗和土耳其的卡车司机。我的近邻告诉我说，他的情况有点特别，他在伊斯坦布尔被偷了钱和证件，他得到一张土耳其警察开给他的安全通行证，但他不敢肯定这张证明能保证他回到家乡。一名跟我一同进入围栏的商人（从他考究的衣着可以猜到），毫不迟疑地径直走到一扇玻璃门前，里面有个海关官员在堆满文件的写字台后面喝茶。那个有特权的家伙一会就出来了，是此地的老熟人还是他塞了小费？我不知道，但这很管用。他穿过由一个大腹便便的门卫守着的那道芝麻大门，后者毫不吝啬地点头哈腰，而我刚进来时就注意到他对待别人十分气势汹汹。大门挂着一把大铜锁，每过一个人，那家伙就会把门小心翼翼地锁上。你得首先亮出是自己人的证明。

土耳其海关人员表现出一种轻蔑和倨傲，因为后一个家伙要穿过人群去办公室，他突然就大喊大叫起来，粗暴地推搡人群让他们排成一条士兵队列似的直线。有个人没有立即照办，他就把人家一下子推到墙边。面对这种魔鬼般的权力滥用，没人敢抗议，大家都敢怒不敢言，深知他们会面临更严重的刁难。

我的运气还算不错，只花了三小时就来到那个柜台。西方人的身份保护了我，他们没有讹诈我。给我盖章的海关职员觉得有必要对我表示歉意。

"很抱歉让您久等，"他说道，"但是没办法，我刚刚核实完了六百份护照。在这里，六百份护照就意味着六百个麻烦……"

他郑重其事地盖完章，我被允许进入那道芝麻大门。铜锁打

9

开，我进入另一间屋子，这里不见得比前一间更好。大门上方挂着阿塔图尔克①的照片，进入伊朗那侧的大门上挂的则是霍梅尼和哈梅内伊的照片，两位伊斯兰伊朗领袖的画像是唯一的装饰。这个海关中间地带的氛围跟土耳其海关大厅很是不同，大厅天花板高耸，没有窗户，四周有一圈水泥长凳。人们在那里聊天，但不再是刚才那样的混乱无序。司机们把护照交给他们中的一个，我走上前，他们为我让出个位置。过了一会，一名伊朗海关官员出来接过那一摞护照，一位经验丰富的老手带着热情的微笑，拿过我的护照放到那摞护照上面。一个会讲英语的伊朗人跟我搭话，大家想知道我的国籍以及我旅行的细节。人们围着我一圈，有人把我的话翻译成土耳其语或波斯语。

　　大门再次打开，海关官员请我过去。我提出异议，我说他们排在我前面，没有任何理由让我先过……但司机们做出友好的手势，把我推到前面，祝我一路平安。到了另一侧，我等着接受考验，面对的却是柜台后两张和蔼的面孔。其中一位递回我的护照，向我致意。在下一个房间，一名官员示意我不用打开背包，我可以离开了。到目前为止，我没有遇到任何有人在巴黎一再对我提起的丑陋现象。又有一个出口，通向洒满阳光的院子，我走了出去，这就到了伊朗。我立刻被环境的变化所触动。山脚下立着几幢海关的房子，巴扎尔甘小城沿山脚延伸。山脊上修建着水泥岗亭和带刺钩的铁丝网。另一侧山坡，有一条长长的沥青下坡路，路上整齐排列着望不到尽头的小卡车。山脚下有两个停车场，停着一长溜重型卡

---

①　即土耳其国父凯末尔。

车。这里与海关另一侧的混乱无序、肮脏破败有着天壤之别。我走了不到三百米,有名年轻士兵走向我。

"我是海关关员,我下班了,我可以帮你什么?"

我们一起往山下的村子走去。年轻人告诉我他在海关系统服兵役,但他学习的是会计专业。我需要换外汇吗?不需要,他友善地避开冲向我们的换钱小贩。我需要旅馆吗?他带我走到路边很多商家中的一个,离开前还帮我谈好了价格。我在伊朗下榻的这第一家旅馆,与我在土耳其住过的差别不大,不过仔细想想还是有差别,逃不掉的卫生间漏水顽疾,但比土耳其要好很多。

第二天早晨,我出发得有点艰难。肌肉僵硬,且又有点腹泻……我在伊朗的第一段行程,从巴扎尔甘到马库①之间的二十二公里,仿佛没完没了。等找到一家旅馆时,我已经筋疲力竭,像根树桩般倒在床上,一口气睡了两个小时。

这里的生活对一名徒步者来说很是温馨。我本以为人们会紧抱坚定的宗教信仰,敌视外国人,但我不断惊讶于一路上当地人对我表现出的热情和友善。因为语言不通,村民们会在我走过时微笑或稍稍躬身,以手抬胸跟我打招呼,有些还会和我热情握手。孩子们围着我,但从没有人向我乞讨,要钱或要礼物。马赫迈德,一个十来岁的小男孩跟着我走了一段路,他的弟弟很快也跟过来。我告诉他们说我是法国人,我叫贝尔纳。其他孩子也立刻争先恐后围上来。一个顶着一头乱蓬蓬黑发、有着明亮大眼睛的孩子叫凯文,很

---

① 伊朗阿塞拜疆省西部的一个城市。

喜欢说话，不停跟我说着什么，也不管我是否听得懂。比电话传播效率还高，不一会儿，路上又窜出一群群孩子。当我走到村子尽头时，身后跟了三十多个孩子。

重新找回孤独，我按自己的节奏前进，对新鲜风景充满好奇。平原上阡陌相交，排成一线的白桦树吐着嫩绿。现在是五月，酷热还未来临。那边，高原上亚拉腊山洁白的山峰在阳光下闪着迷人的光芒，转瞬即逝的礼物，因为十分钟后，它又披上了阴霾的头巾。

我睁大眼睛，注意这里的习俗和被禁止的行为。为了不触犯禁忌，我的打扮有别于一般徒步者，穿了一条好几个口袋的长裤和一件宽松的长袖白衬衫。我很不习惯这样包裹得严严实实，汗如雨下。不过我知道，熬过头几天的不适，我会逐步适应炎热。

我的大背包和大头皮鞋自然吸引了众多目光。先是一名军人，后来是一名汽车修理工拦住了我，请我喝茶，满足他们的好奇心。在汽车修理铺门前，他们把唯一一把椅子让给我坐，小茶几上放了茶壶和玻璃杯。五六个附近的商人围着我蹲下，一连串问题连珠炮似的砸向我。我俯身看着索菲在巴黎替我准备的塑封小卡片，结结巴巴念着注音的波斯词语。我的东道主们很欢乐，因为我犯了好些个语法错误。我告诉他们我是"寡妇"时，大家都笑坏了，因为搞错性别在这里简直不可想象。我学会了把一小块糖含在嘴里，再喝一口热茶，让它慢慢溶化。当二十多辆房车组成的一个德国车队穿过小镇时，我顿时失去了引人注目的地位。汽车修理工做着夸张的手势，鼓动我向他们学习。我同样用肢体语言回应他：他更喜欢一个可以触摸到的游客还是只能看看的游客？这个问题铸就了我们的友谊，他伸过沾着油污的大手拍了拍我的手。

我在此小憩时，一直观察着附近一个环形路口的警察，他裹在紧绷的绿色制服里，像个乐队指挥一样指挥着交通。交警芭蕾舞般井井有条的动作总是让我着迷，它们没有国界之分。他的同事来接班，那名警察果断摘下墨镜，郑重地递给另一位。也许墨镜也是制服的一部分……总之，戴上它的人似乎被赋予了一种权力。

在马库，我让自己休息一天。尽管多乌巴亚泽特与巴扎尔甘间的大段距离还未完全消化，但我并不觉得很疲惫。不过从去年开始，我知道对自己要多加小心，行走的快感让人沉醉，前进的乐趣让人忽略身体的警告。过度疲乏会让我脆弱，细菌将趁虚而入，况且我身处环境的卫生条件并不好。所以我停下来做第一次休整，我一共才走了可笑的八十二公里。

我想利用这一天时间去参观马库二十公里外的黑教堂（Ghara Kelisa）。每年六月十九日，亚美尼亚基督徒会聚集于这座圣塔代厄斯（有人翻译为圣巴纳贝）教堂参与一年一度的弥撒。因为村里没有任何接待设施，信徒们便围着教堂扎营，据说那场景很惊人也很独特。但即便为了亚美尼亚基督徒，我也没胃口在那里露营十五天。

我包了一辆出租车和一名导游，司机叫阿里，导游叫麦迪。但麦迪很快露馅，他什么都导不了，他掌握的英语单词跟我的波斯语词汇量差不多。通向教堂所在的山谷里，沿途石块上刷着波斯语的口号，它们对我永远成为一个谜。开始我以为麦迪或许不想翻译这些内容，但实际上我们还没到达目的地时，我就发现他在明目张胆地撒谎。面对一座肯定是在建监狱（无窗的高墙，围墙四角建有岗亭）的建筑，我问麦迪："又一座监狱？"他想了一会后回答说：

"不,一座体育场。"

我很想加一句:"皮诺切特①式的体育场?"想想还是算了,我可不想他对黑教堂也这么胡说八道。

教堂位于一条新月形的山谷,不见一棵树,稀稀拉拉的草地已被阳光烤焦。从远处首先看到的是一件白石圆锥体,在灰色山体背景的衬托下十分显眼。随后顺着地形,教堂渐渐露出真容。目光落在左侧云团笼罩的山谷,"黑"教堂实际上却呈沙土色。十世纪时,它以玄武岩建造,这是黑教堂名称的来源。它先后在十三世纪和十七世纪毁于地震。后来玄武岩的围墙得到部分修复,修复后的钟楼也呈现黑浅相间的一个个圆环。这座小建筑的比例堪称完美。我的向导,正如我担心的那样,对教堂完全说不上三个字,只会小丑般地跟阿里打闹嬉笑,对这个宗教圣地,没有表现出丝毫尊重。

黑教堂附近的亚美尼亚小村子里,身着鲜艳裙子的妇女在休息,男人们忙着修理灌溉渠,迎接夏天的到来。一个穿一条鲜亮蓝色长裙的小女孩站到我跟前,想要拍一张照片。她大红的背心和明媚的笑脸吸引了我……可当我举起相机对准她时,她变得一脸严肃甚至有点忧伤。我给她几颗糖想逗她笑,但是不管用。我把小徽章放到她手上,还在我衬衫上指给她看徽章怎么别,但也不起作用。孩子们对这些不占地方的小玩意并不感兴趣。我的朋友和读者在我出发前寄给我上百个小徽章,有些人割爱了自己的收藏。不过请他们放心,这些小徽章一定会被分送出去,因为伊朗从一九五六年的一千九百万人口,到一九九六年已增至七千万,尽管其间与伊拉克

---

① 智利总统和陆军总司令,1973 年发动军事政变推翻民选总统阿连德,实行独裁统治。

的流血战争造成年轻人口的一个低峰。

战争无处不在,每一座城市、每一个村庄,到处画着代表战争中献出生命的"烈士"的大幅肖像。在墓园里,大量捐躯者墓上插着伊朗国旗。这情形让我想起我们乡村纪念第一次世界大战的纪念碑。

回到镇上,我向一个人打听哪儿有邮局,他反过来询问我怎么会出现在这里。我这个外国人身边很快围了一群人。一个胡子剃得干干净净(在这里非常少见)、衣服穿得比别人考究些的伊朗人翻译各种提问。他英语说得很不错,我称赞了他。

"我是跟红十字会的人学的英语,因为我在伊拉克被关押了五年。"

"五年!真是个大麻烦……"

他扫了一眼周边,确认没人听得懂,便抓起我的手臂让我把他的话听得更真切。

"二十年前,这里才是大麻烦,我的朋友。"

仿佛意识到说了太多,他匆匆离开,头也没回。

在马库休息的一天使我体力恢复,我带着充满活力的双脚重新上路。走了一个多小时后,我离开了这座城市所在的狭长山谷。鸟儿从峭壁穴居的洞口展翅飞出,峡谷通向一片肥沃的原野,榛子树围起的粮田里,绿色麦浪翻滚。

中午,一家小饭馆提供的是绕不开的烤肉串,一个男孩毫不客气地径直坐到我的桌子,抢过我的旅行指南。他指认着照片上他所认识的伊斯兰共和国的重要人物:掌舵人霍梅尼,他的接班人哈梅内伊，刚刚赢得选举的哈塔米总统。

在田野里，我发现与土耳其只有妇女劳作的现象不同，这里是男人握着铁锹或锄头在忙碌。太阳依然高照，一辆快速超过我的小轿车突然急刹车，然后掉头开到我身边停下。司机对我喊道：

"我去大不里士。"

是的，是的，我也去大不里士，但我坚持步行去那里。他像只跳蚤一样很生气，气呼呼地把车开走时差点压到我。每当我表示要步行，我在伊朗人这里得到的总不理解，与在土耳其时如出一辙。今天，如果一个人单纯就想徒步走世界，是否真的就那么不合时宜、荒诞和不可思议？我一直觉得自己在做一件寻常事，可经常别人反馈给我的信息，表明这完全是一种疯狂举动，最后搞得我也怀疑起自己……

出了马库，我选择右侧一条通往南方的小路。路上车不多，有时阒无一人，我享受着这份孤独。我行走的节奏渐渐越来越快，肌肉正在适应我强加给它的重任，但持久的耐力还未完全建立，走了二十五公里后，我开始有些吃力。再走上五公里我就要到 Shot 了，地图上这么说。双语的路标上标的是 Shut，村民的发音是 Shout。我到达那里时一场冰雹劈头盖脸袭来，最后我在咖啡馆老板马赫迈德[①]那里找到了一间出租的房间。他的六位留着小胡子的朋友围坐桌边，向我抛来一堆问题。

过了一会儿，一个满脸自负的家伙一进来就表现出一种咄咄逼人的戒备，打听关于我的一切。当我问他下一个村子有没有旅馆

---

① 原注：鉴于政治氛围的考量，当我的对话者其言谈举止有可能引起伊斯兰风化警察的关注时，我会用他们的化名。

时，他递给我一张波斯文的名片。

"拿出这个，告诉他们是我介绍你来的。"

他的口气不容反驳，不可置疑，毫不留情。就这么一个动作，让他气势如虹，他这么说着就走了出去。他一走，那几个小胡子男人齐声说那是个非常非常有钱的人……所以这儿也是财富和权力说了算。

我那张不靠谱的地图显示，有一条路通向南方。但与我聊天的诸位都肯定说那条路只存在于纸上。算了，那我就穿过田野，我可不愿意绕道十公里。他们一起叫嚷起来，说我会迷路，还可能遭遇不测。马赫迈德提议明天早上开车送我去通往大不里士的那条路上。面对他们的一致坚持，我同意了。

他们租给我的房间不出所料的脏。两张床，一张的床单大概从伊斯兰革命以来就没有换过。不过考虑到有外国人，另一张床的床单略干净些。在卫生间，我显然打搅到了一大家子的蟑螂，个头有拇指那么大。窗户没有窗帘，我只能关上灯，保留一丝体面。夜里，两名巡逻的士兵在我楼下驻足生火，另有四名大兵加入，他们在这个临时据点煮热茶，所以夜里我睡得很不好。到了早上也没有如昨日说好的汽车来接我，因此我决定还是穿越田野。鉴于这几天我受到的接待，我敢肯定路上不会有太大危险。至于迷路的风险，应该可以避免，我出发前在巴黎购买了一个GPS。GPS是一个与手机差不多大小的电子产品，与卫星相连，能精确显示你所处的位置。而且，如果你能准确设置，它会指出你所去目的地的方向、相隔的距离，以及你的前进速度。它甚至还能辨别出被你忽略的其他需求……如果你想顺畅遨游世界，还指望别的什么呢（除了我那把不可或缺的多功能瑞士军刀)？我像个孩子一样急不可耐来验证这件宝贝是否能践行承诺，同时也考验一下我的使用能力，因为通常我操作这些电子小玩意时，总会有点问题，它们对我来说太复杂了。

离开小镇，确认整个世界都属于我，当然我路过的矗立于镇中心的那座塑像可能不太同意。塑像是一名穿迷彩服的士兵形象，一手握着卡拉什尼科夫冲锋枪，一手举着伊朗旗帜，见证了伊斯兰革命意欲征服全世界的时代。不过我觉得眼下是我要去征服它。

走了几公里后，一座砖墙驿站的废墟出现在眼前，只剩下一部分地基。可以说这是第一个明确信号，说明我正走在丝绸之路上。远方的地平线，画出一道锯齿形森林的剪影，大小亚拉腊山雄踞其上，白色峰顶刺向湛蓝的天空。为更好欣赏这无敌的美景、令人眩晕的寂静，我放下了行囊……我刚重新上路时，一辆摩托的马达声撕破了寂静。那名年轻骑手不但把我震得头晕脑涨，还向我提了一堆没完没了的问题（国籍、来自何方、要去哪里、我的年纪……），最后他从衣袋掏出一支圆珠笔，我愣了一下，掏出我的笔做交换，他好歹过了玩小徽章的年纪。他心满意足地走了，第二天我发现他的笔果然写不出字。一次小小的遭遇，一场小小的骗局……显然从边境开始，我就以小小的方式，苦涩地体验这个国家。

不过有个上了年纪的老头很让我感动。我们打招呼，他询问我的自然是千篇一律的问题。他肯定听明白了我一路的行程，跑到马路中央，想要拦下开过来的第一辆车。我费了九牛二虎之力才让他放弃这念头。他手里拿着一只碗，上面盖了块湿布。那是什么？他一脸神秘地掀开湿布，里面是一些甜瓜的种子，刚刚萌发的芽胚在阳光下呈透明色。他像个满心慈爱的父亲，小心翼翼地用一根手指拈起一粒种子，埋到地里，仔细盖上土，让胖鼓鼓多肉甜瓜的这份小小希望不受伤害。

我按照 GPS 的指引，穿过田野。近期的雨水使田地泥泞，沉重的背包让我的鞋子深深陷到疏松的泥土里。地上还有星星点点的白斑，那是春日阳光下尚未完全融化的积雪，可见冬天这儿的雪有多厚。但第一批暖流促使虞美人花争相绽放，缎带似的一片朱红色在微风中轻晃。我出了点汗，微湿衣服，感觉却很好。三小时后，我跨过一条小河，正要走上沥青路时，一辆警车拦下我。两名警察询问我的目的地，其中一位用圆珠笔在手心里写下我离目的地的公里数，便转身离开了，也没检查我的证件。警察是放松警惕了吗？这通向无忧世界的第一步，没来由地让我高兴，仿佛自出发以来锁住我的莫名恐惧终于被解开了。

此刻，小路向一个山口攀升，穿越一片更高的丘陵。沟壑环绕着一座座紧挨着的小山包，让人想起某些罗马式教堂的建筑技术。我终于抵达山口，一辆绿色的两缸小车，像只青蛙似的蹦蹦跳跳到我跟前，在我前面几米处突然急刹车。一个秃头小个子男人，仿佛从车里弹出来一般，在他座位上散乱的东西里翻了一会儿，然后拎着个装了巧克力糖的纸袋走向我。他抓起一把糖塞到我手里，一边问我的名字和国籍。随后他迅速离开就如他的突然出现，伊朗人有着迅捷的友谊。晚上等我再见到他时，他解释了匆忙离去的原因：他是医生，正被叫去处理一个难产的病人。然而我还是惊愕不已，他甚至都没想过完全不停车？一个外国人，那可是很神圣。我问他在这么紧急的情况下，怎么会想到不惜代价送一把糖给一个陌生

19

人!他打了个表示放心的响指,岔开话题道:

"母子都平安。"

我再次上路,阳光灼热。东边是分开伊朗和阿塞拜疆的高山,山上的白雪在阳光下闪烁,仿佛大众舞厅里天花板上闪耀的发光球。

二 大巴扎

<blockquote>五月二十日，沙阿博拉吉，一百五十一公里</blockquote>

阿拉·萨迪很不耐烦。现在是晚上七点半，这一天真是漫长啊。他陷在一把老板椅中，双脚舒舒服服地搁在宽大写字台上，正在休息。这个背着红色大背包刚走进来的欧洲人并没有让他从瞌睡中醒来。很好，因为这外国人正好也不想要什么东西。他不是放下而几乎是扔下他的行囊，一屁股跌坐在一把椅子上。

太疯狂了，我真不应该走上四十公里。可是道路如此美丽，路上村庄又那么少，我几乎没得选择。沙阿博拉吉农庄将是我今天的歇脚处。几乎所有带"沙阿[①]"的地名，在伊斯兰革命后全部被改掉，不过这种做法很快被叫停，沙阿博拉吉得以庄严地保留了自己的名字。阿拉·萨迪和我，就这样过了十来分钟。等我稍缓过劲，我忐生生地想要一杯茶，但他看都不看我一眼，仿佛我不存在似的。我也没有再坚持。

这时餐馆的门被猛然推开，进来的是扎费尔，就是我中午遇到的那位医生，总是那么火急火燎。他过来坐到我桌边，从衣袋里掏出一把焦糖，喊道：

[①] 沙阿（Shah），旧时伊朗国王的称号。

"给我的朋友来杯茶!"

阿拉·萨迪这回终于听见了,慢吞吞走向厨房。他个子不高,腰围来补,这让他看上去像只圆球,看不出年纪,大概在二十五到四十岁之间。手臂上和衬衫领口露出黑黑的汗毛,然而脑壳上却一根毛都没有。他拖着沉重的步子像只白鹅似的摇摇晃晃,拖鞋踩在地砖上发出"噗哧、噗哧"的声响。他回来时我问他有没有房间出租,他抬头看看天,仿佛在请真主证明我言行的轻率。

"哪儿会有空房间呢?"

他抬抬下巴,指向无穷远。

我拿出昨晚咖啡馆那个自命不凡的男人给我的名片,他接过去仔细看了一会,但似乎不认得上面的波斯语。医生过去帮忙:"古力·阿萨迪"。一听到这个名字,阿拉·萨迪立刻露出灿烂笑容,房间当然也有啦!他要去给我做一顿美食。他走了,迈着几乎敏捷的步伐去做饭。我不知是什么造就了这样的魔力,但我乐享其成,吃了我入境以来最好吃的一顿晚饭。有一句波斯谚语这么说,"面包是神的恩赐",为这胖子带来的美食,我宁愿遭受惩罚。

做医生的那个男人又急匆匆离开,去照顾他的病人。不过我并没有独自待很久,一会又进来一个家伙,几乎连拽带拖地把我拉去参观他的烟草烘干机。随后又向我介绍他的两个儿子,其中一个会讲几句蹩脚的英语。两兄弟长得一点都不像。

"很正常,"那人说,"他们不是一母所生。"他指着在隔壁门口等我的两个女人,一位浮肿的脸上堆着笑容,另一位年轻些的咧嘴露出黑洞洞的口腔,因为她牙齿全掉了。这场景让我很不适,我更愿意回我的房主那儿,但他已经没有了刚才我用餐时的那份殷勤。

阿拉刚才蜷缩过的那把椅子上，现在威严地坐着个老头，朝我投来冷冷的一瞥。那是阿拉的父亲，与他简直一个模子里刻出。老头可不认识什么古力·阿萨迪，也毫不在意。我的房间泡汤了。阿拉小步溜进厨房，躲了起来。这时又进来一个老头，这一位倒是喜气洋洋很有活力，来跟那个欠他钱似的老家伙打招呼。来人戴顶绒线小帽，黑色小胡须，下巴还有一大捧扇形的花白大胡子，气度不凡。特别是阿卜杜拉·阿卜杜拉希笑容明媚，露出洁白的牙齿，还镶着两颗金色的犬牙。他上前同我打招呼时，我把找房间的事抛到了脑后，问可不可以给他拍张照片。他大度地接受了，我掏出相机。这时边上的老家伙换了表情：我又有房间了。总之，我不用担心会流落街头，除了两名游手好闲的小青年争相要接待我留宿外，刚才那位烟草种植者也提议我可以去他家过夜。我赶紧谢绝。

那个矮胖子重新露面，带我去我的"房间"——厨房边上的一间小屋，我要睡在地下。我问他名字的拼写是否跟穆斯林的真主一样的写法。可惜他是文盲，啥也不懂。好吧，我们不是每天都有机会睡在安拉的屋子里。

我在升起的热浪中走了一个半小时，真有点想打退堂鼓。哇，奇迹出现了，大亚拉腊山阁下和小亚拉腊山就在那里，庄严耸立于蔚蓝天际。我在凝望中出神，竟然没有听到一个小牧童走过来，发现他在我身边时，我吃了一惊。经过一番例行的打听，他的好奇心得到满足，于是麻利地爬上一个小山包，双手合拢做喇叭状，朝山坡另一侧大声喊着他刚听到的事。像是一种回声，我们听到更远处的一个声音传递着这个消息，从一个山谷传到另一个山谷。如果说我想悄悄经过这里，现在肯定不行了，至少我已经声名远播到了大不里士！

不过上帝保佑，在卡拉赫-齐亚-埃丁，我并没有如预想中的那样被轰轰烈烈地迎接……这倒让我很快找到一间有舒适床铺和热水的房间。然而幸福很短暂，天亮前，我就被一记猛烈砸在我房间隔墙上的声音惊醒，原来这堵隔墙被当作足球场球门的边框，附近的一群捣蛋鬼在旅馆走廊里踢球……这个国家的小孩什么时候才睡觉呀？

烈日当空，我沿一条贴近河流的公路跋涉了一个多小时。一拐弯，看见一家饭馆，说饭馆有点夸张，其实就是四根插地的柱子，撑起一个由树枝和稻草搭成的顶棚，棚下的阴影里放了两张桌子。我坐下来，毫不客气地把被汗水浸湿的袜子脱下，放在太阳底下晒。我开始吃饭，逃不掉的烤洋葱和一个西红柿。拉祖尔停好大卡车，过来向我诉说他的霉运：之前，他做运送游客的生意（这就解释了他一口出色的英语），但现在他的企业破产了，他只能帮人拉燃料油。为了不忘记他学了二十年并且无比尊崇的阿尔比恩[①]的语言，他从不放过任何与偶遇的外国人交流的机会。因为他一直挓着自己的小胡子，我忍不住问为什么伊朗人都有小胡子？

"因为只有女人才没有胡子。"他一本正经地说道。

无可辩驳的理由，我不由得陷入沉思。

[①] Albion 极可能是来自古凯尔特语"白色"的拉丁语音，因为位于多弗镇港口的望海白崖是古时进入或离开英国都会经过的地方，久而久之，远来之人就以它的颜色来替代对大不列颠岛原有的称谓了。这里指英语。

拉祖尔工资很低，但十年后老板会把这辆车送给他。这种安排很巧妙，司机会精心维护这庞然大物，仿佛那已经就是自己的车。他离开后，我在一堆刚割下的草垛上小憩了片刻。我要付钱时，老板拒绝了。不，你什么都不欠我，他说道。我坚持付钱，因为昨天我刚学会这里的客套规矩，在接受一样礼物之前，至少得先拒绝两次。前天，在复习过塑封卡片上的句子后，我问一个卖明信片的小贩：我要付你多少钱？他手放在胸口回答我说：不要钱。送给我了？谢谢，我有点惊讶地说道，一边把明信片放进衣袋，这被看作一件蠢事。知道实情后，我可不能再次表现得像个没教养的人。所以我又坚持了一次、两次……但今天的情况和客套没关系：老板告诉我说拉祖尔在付饭钱时把我的那份也一并付了。这种默默的东方式的慷慨，总是让我大吃一惊。你能想象一个西方人在送出一份礼物后，不等着你回谢他一声？

现在是下午五点，热浪退却，但坡度很陡。从一个山谷翻越到另一个山谷后，我放下背包喘口气，也让被汗水浸湿的后背干燥一下。山脚下，埃沃格利绿洲在一片石头之海中呈现一块块喜人的绿色，看上去近在咫尺。路牌指示五公里，而事实上我的 GPS 不会搞错，它显示有十公里。况且我走了五公里后，看到一块相同的路牌，还是标示着五公里。

原野上气象万千。公路上，夕阳把火红的光芒投到一长溜汽车的挡风玻璃上。望向北面，一辆卡车冲进一条土路，扬起彗星尾巴似的一股尘土。远处，一排山峰划破蓝天，在灼热的气流下，看上去微微颤动。我要经过的最后一个山丘脚下有个警察局，它的上方竖着霍梅尼和哈梅内伊的两幅巨大照片。我等着全副武装的警察突然出现，但是没有，只有成群结队的白鹭唱着三个音符。还有两只白鹭在天空打转，陪伴着我。

夜里到达埃沃格利，如果我能找到一家旅馆——人家向我保证能找到——那么这漫长的一天就算是黄道吉日了。后来过了好几天我才发现，伊朗人的"旅馆"这个词实际上是指餐馆。如果一家饭馆既能提供吃饭又能提供住宿，就被称作"mossafer-khôné"或者"客栈"。但是那些小老板为了吸引外国游客，就把他们的饭馆贴上"旅馆"的牌子。当我打听沿途的古老驿站时，我永远不知道人家指给我的小客栈是现代抑或古老。我询问的一家小饭馆以及后来的两家都拒绝为我提供住宿。我已准备好睡在星空下，因为夜幕已降临。我上门的第四家小饭馆，由两个一身黑衣的男人经营。现在正是伊朗人为公元六八〇年被刺杀的什叶派第三位伊玛目侯赛因服丧的哀悼之月。身材高大的哥哥看起来是老板，他很愿意接待我，如果警察不找麻烦的话。他说我可以睡在 meçit（祈祷室），那是专门为卡车司机祈祷准备的小房间。我刚在这间仅有一条祈祷毯的陋室安顿下来，弟弟就进来找我。他把我的行李搬到侍者的房间，让侍者今晚睡祈祷室。让一名基督徒睡在一处穆斯林的礼拜处，肯定不合适。

中午我来到卡普利克，它看上去是个贫穷的库尔德村庄。柴泥墙的平顶屋上，鹳鸟在春天筑巢，村子的主路上不见人影。我只看见几个男人在砌一堵墙，泥浆水从他们的指缝往外流。不见一家货摊，也没有任何小饭馆。下一个村子有两小时的脚程，也几乎没什么小商店。所以我得饿上一顿。有人递给我一杯茶，我正呷了几口，一个身材瘦小的女人走过来，端着一个装了面饼、奶酪和酸奶的托盘。她叫索玛利亚，邀请我去阴凉处吃这顿简餐，村里的午餐时间已过。一群人跟着我去女主人家里，大家都想看看一个外国人吃饭。在这群沉默和关注的人面前，我吃下了女主人奉上的所有食物，除了我怯生生留在酸奶碗底的一只大苍蝇。索玛利亚是拜兰的第二个老婆，拜兰是个长着一张鼯鼱脸的精瘦库尔德人。他的每个老婆都有一处房子，他根据心情更换地方。索玛利亚是个性情快活的女人，有三个儿子，最小的一个两岁。她戴一条头巾，马马虎虎在下巴处打个结，一条印花长裙，一件亮紫色的套头毛衣，袖口挽起。在她住的唯一的房间里，三根钉子足以承担衣橱的功能，挂了一条裙子和两件外衣。一个煤气小炉子搁在一个放餐具的上釉小柜子上，那是这里唯一的一件家具。餐具包括几只玻璃杯和四只白铁皮盆子，屋子里唯一豪华的东西是挂在墙上的一条大壁毯。我问女主人是她织的毯子吗？她自豪地把我领到一间没有窗户的耳房，里面放着她的纺机。一个没有刨光滑的木架上，绷着编织中的毯子。可能我表现出了感兴趣的样子，索玛利亚为我示范：她与另一名年轻女孩开始编织，她们的双手像在跳优美的芭蕾，在丝线间舞动。女主人最小的孩子钻到她怀里，掀开她的毛衣吃奶，她也不为所动。过了一会她有些担心起来，不过是为了我：我在重新出发前要不要睡个午觉？为了让我安静睡觉，所有人都消失不见了。躺在这间陋室的地毯上，一个钟头里，我忘记了一切。

我重新上路时，空气依然灼热。天上的云朵凝固不动，仿佛就是明信片上的云。没有一丝风，草原上一切都静止，唯有偶尔飞过的一只蝴蝶，给这死寂的世界带来一丝生机。下午四点左右，一小群野驴近前来围观我这个不坐汽车移动的两脚动物。昨天同我说过话的警察拉响警笛从我身边开过，友好地向我挥挥手。在莫朗，我转来转去，想找一处接待游客的"宫殿"。走了五十公里的路程，我已筋疲力竭，终于灰心丧气地跳上一辆拼车的出租。可那个红棕色头发的司机狮子大开口，到旅馆时问我要一万里亚尔（十法郎）。我没有抗议付了钱，他若是要十倍的钱，我大概也会付给他，因为我早已疲惫到极点。这家"宫殿"修建于巴列维国王时代，为接待蜂拥而来的旅游者。自从伊斯兰革命后，房间空了四分之三。屋顶的马口铁锈迹斑斑，水管漏水。经理先是问我要三十美元，后来降了一半，告诉我说他妹妹嫁给了一个马赛人，尽管多次打电话给她，但她拒绝回伊朗生活。我说也许她更愿意在一个并不强制戴头巾的国家生活。他突然在柜台的抽屉里翻找什么，装着很认真地看一本小册子。他在害怕什么呢？如果他的谨慎有道理，可为什么又要告诉我他的烦恼？但我实在太累了，不想关注那位在马赛的伊朗姑娘的命运和她无聊哥哥的命运。我瘫倒在床上，像根木桩一样一觉睡到第二天早上。

出城的地方，有一块路牌：大不里士一百三十五公里，德黑兰七百五十五公里。这些数字既没有让我害怕也没有让我兴奋。仿佛我已经没有了神圣的热情。可是为什么，为什么我要投身到这场今天看来严峻和令人生厌的冒险？为什么？前天我还以为我重新找回了锐气，但我必须承认，一开始我就错了。照此下去，最后我会对单调乏味的大草原，对高耸入云的亚拉腊山，对伊朗，对波斯，对徒步，对全世界，都产生厌倦。我正胡思乱想之时，一辆房车从我身边超过发出爆音，我蓦然发现车牌竟是……大西洋岸卢瓦尔省①。可是太迟了，车已开远，遗憾。我很想能说上几分钟法语，不仅因为思乡，还因为行走过程中的这份孤独。我自我安慰未被旅游者打搅，他们一定不怎么有趣。让我十分意外的是，那辆房车出现在了地平线，它刚刚在公路边停下。

"我们猜想你是欧洲人。"加埃唐说，小伙子在南特附近的一家物流公司工作。

他和妻子，两人只想着旅行。加埃唐不休假地干了一年多活，拼命攒钱。然后他请一个半月的带薪休假，外加一个半月的不带薪假期，他们就出发了。他们很独立，在伊朗游历了将近两个月，现在正向波斯波利斯出发。盖尔，一个脸蛋圆鼓鼓的小男孩，以及他妹妹，一个在车窗后蠕动的小婴儿，似乎也很喜欢这样的环境改变。

"经济实惠的度假方式，"加埃唐告诉我，"我刚加满了柴油，六十五升才花了六法郎。"

当然，这是另一种看待事物的方式……但这种忽视宽广世界神秘性的视角，给我浇了盆冷水。等他们掉过车头使劲跟我挥手告别后，我反倒有一种奇怪的解脱感。几周后我才知道我们逃过了法国因为油气价格大幅上升造成的一次危机。

我掏出笔记本正记录下我们这次相遇时，一辆警车悄悄在我身边停下。

---

① 法国西南部的一个行政区。

"证件。"一名看上去小头目模样的警察用英语说道。

我掏出护照,但他不是要这个。

"我说的是你刚才写字的纸。"他解释说。

我笑起来,递上我的旅行日志。考虑到我的潦草字迹和电报风格似的文字,况且他对法语应该很陌生,估计什么也看不懂。然而正因如此,为补救局面,他决定一页页仔细翻看我的日志,以找出证据,证明我就是他梦寐以求想要抓捕的那种恐怖分子。没有找到任何可做为口供的内容,他失望地把笔记簿递还给我,朝他握着方向盘、面无表情的同事说了句什么。他们没再理我,开车离开了。这时我才想起来他甚至都没看过我的"证件",了解我的身份……

过了一会儿,一辆惹眼的荧光黄卡车停下,尽管我做手势表示不需要搭车,司机还是打开驾驶室车门走下来,搬出一个煤气小炉子和一个烧水壶。

"喝茶!"他提议道。

我从不拒绝喝杯茶。开始煮茶前他告诉我说,几天前他就见过我,在从马库到大不里士运送砖头的路上。他心里充满了疑问,这回再也忍不住,决定弄个水落石出。我觉得很有意思,在等水开的时候,给他讲述了我的旅途故事。一辆、两辆,最后三辆皆为颜色醒目的大卡车停下,他同样好奇的同事,向他打听情况。于是我们坐在大卡车的阴凉处一起喝茶。最年长的那位,非常想跟我这个让他充满好奇的欧洲佬交流,他突然将一根弯曲的食指抵住另一根弯曲的食指:

"法国和伊朗,友好。"他用很勉强的英语费劲地说道。随后他又用两根手指在额头比出两个角:"美国,不好,撒旦。以色列,不好。"最后将手从左往右滑动:"德国,一点点好。"

为了不欠他的情,我也把两根食指抵在一起说道:

"法国-伊朗,朋友;法国-美国,朋友;法国-以色列,朋友。"

那穆斯林呢,我怎么看待穆斯林?

"在法国有四百万穆斯林。"我说。

这信息总能让我的对话者大吃一惊,带来意料之中的效果:我们像好兄弟似的相互拍着肩膀。

中午,我在远离大路的一个小饭馆的大树下吃饭,希望能尝尝诱人野餐的滋味。稍远处停着几辆工程车,我听说两个月后,一条高速公路将从门前三米外通过。我跟老板说起这事,他很高兴。他希望这条路在带给他分贝的同时,也会带给他同样多的顾客。

诚如我的担心,在苏菲扬这一站,我很难找到一个住处。哈桑,一个开朗的大胖子,正坐在自家杂货店门槛上乘凉。他递给我一罐可乐,但不确定我能找到住宿的地方。一个小男孩把我带到清真寺门前,那里停着好几辆送朝圣者去东部圣城马什哈德的大客车。等候的人群熙熙攘攘,大部分是妇女和老人。人们在地下室辟出一个很大的集体宿舍,但绝无可能留宿一名基督徒。我遇见的第一家餐馆也一口回绝了我的求宿,第二家要求有警察局许可证明,可天知道证明为什么要到晚上八点才能出具。为了不让这种恼火的徒劳等待坏了心情,我去水桶灌满水壶以备第二天之用。这里的水取自很远的地方,因为在苏菲扬,水龙头放出的是咸水。

我跟卖三明治的贾维特以及他的朋友银行职员穆罕默德聊了会儿天。后者对法国足球的熟知程度,让我目瞪口呆。他凭记忆告诉我所有甲级球队的名称、教练和主力球员的名字。他说起圣艾蒂俱乐部从前的辉煌战绩时滔滔不绝。他还略为卖弄地向我解释说，为什么无论年轻人或老年人听说我是法国人时，都会齐声说"齐达内、齐达内"：

"很简单，他的出名当然首先因为他是世界杯冠军队的灵魂队员，但更重要的因为他是穆斯林。这里的每个人都对他引以为豪。"

贾维特并没有征询警察的意见，就把我安置在他店铺楼上的一个小房间里，那里有个床架子。为了让我睡舒服一点，他找来一床席子，所以我不会露宿街头了。遗憾的是他冷柜的压缩机，每隔十分钟就要启动一次，我几乎一夜无眠。早晨，我被贾维特关在屋里，等到很晚他才把我放出来，因为他睡过了头。

我出发时兴致依旧不高，我很想遇见一些可与之交谈的人，而非局限于连说带比画的几个简单句子，那样实在不带劲……我感觉一切仿佛处于一种悬而未决的状态：布景已成，人物亦准备登场，大戏即将开幕，就缺一束灯光让一切动起来，也许是我已经不知道如何将世界照亮。我在那里沉思，一位老农拦下我，我们交谈了几句。

"有个家伙在丝绸之路上，经过这里。"

我突然触摸到了强烈的希望，可以找到一个徒步的旅伴。

"这是多久前的事？"

他一脸茫然的表情。

"他是个意大利人。"

"他是年轻人还是年长者？"

又一次满脸无知的表情。

"他叫马可……"

我灵感乍现。

"马可·波罗？"

"对对……"

那我只好继续独自前行，心里想着马可·波罗。不过自从威尼斯人的远行以来，风景不知改变了多少，我无法撇开那些车厢刷成果冻色的成群结队的大卡车，过节似的摁着大喇叭向我致意。

十九世纪，纳赛尔丁沙阿任命他最喜欢的厨师为桥梁公路部部长和总工程师，据说厨师烤出的羊羔和山鹑无人能及。好吧，如果说他烤的肉让国王大饱口福，他修的路实在经不起考验……那结果糟糕透顶。

事情起了变化，因为伊朗拥有石油和沥青，今天其道路的舒适程度令欧洲人都羡慕，跟土耳其的坑坑洼洼简直天差地别。不过对我这样的徒步者，带来的收获并不大。

苏联人在一九四一年至一九四五年间占领了外省，撤退后留下几条铁路线。正好一列望不到尽头的油罐车开来，司机也学着卡车司机同行的样子，向我鸣笛致意。火车的隆隆声伴随长长的汽笛声，在通往大不里士的山谷里回荡。我几乎伴着军乐似的走进这座曾让中东旅人无限向往的城市。

想到就要揭开这座城市的面纱，我兴奋得像只跳蚤，二十世纪初它还是伊朗最大的城市。总之，它的大巴扎和批发商十分著名，直到布尔什维克革命驱使大量资产阶级商人移民到伊斯坦布尔或其他地方。

下午两点，火炉般燃烧的时刻，但我并不在乎……大不里士首先呈现在我眼前的是天边的一团工业废气。我知道当今时代，无论哪个国家，都需要以城市为主。但穿过这些悲惨凄凉的街区时，是多么巨大的失望啊。虽然我从西面进来，一般是大城市周边的高档社区，然而在大不里士，郊区矗立着众多污染环境的工厂。

巴黎一位朋友的双亲马赫西德和艾哈迈德，住在高档社区的一所大房子里。我将在此住上两天，愉快地体验当地文化。诺鲁孜节的遗韵未消，玄关处一条金鱼在鱼缸里游来游去迎接我。他们告诉我，在伊朗，人们于春天到来之际庆祝新年，家人在这欢腾的一天齐聚一堂，奉上七种礼物，驱邪避灾。十三天以后，将是踏青节①，人们走出家门，野餐对每个人都必不可少。

马赫西德是一位画家，她的作品装饰了一大间画室。暮色降临，刚浇过水的花园透着丝丝清凉。我吃着烤肉和满口生香的甜瓜，与这家人以及一对会讲多种语言的夫妇开怀畅聊。每个人都吃了很多大蒜，因为今天是周四，明天是休息日，不会影响到其他人。

我拿出记事本，把我自过境后积压心中的各类问题一股脑抛给我的东道主们。不过我们的讨论很快回到那件大事上来，明天就是议会开启的日子。三个月前，现任总统哈塔米在议会选举中大胜保守派。

在这样一个温润的夜晚，石榴树下的畅谈终于缓解了妨碍我品尝世界的那些苦涩。我渴望着去发现一切，去迷失在大巴扎……不过我首先需要的是去睡觉。

---

① 波斯新年踏青节（Sizdahbedar）：波斯新年后的第十三天，人们把家里的青苗带出去扔掉，把过去一年的晦气和不吉利带出家门。

跟着四位名字令人浮想联翩的迷人女士：马赫西德（波斯语意为月亮之脸），她女儿巴哈尔（春天的意思）及她的两位朋友法里巴（善良）和费鲁泽（绿松石），还有另一个稍后赶来的朋友阿扎黛（自由），一起去蓝色清真寺，是我今天早上的一大乐事。

可惜无法走近这座伊朗最美丽、最古老的清真寺之一，它的马赛克瓷砖尤其出名。清真寺周围正在修建一个商业中心，大吊车和围栏显示这里禁止参观，只能远远瞥见它被三次强烈地震毁坏的外墙。最近还爆发出一桩丑闻，人们曾在清真寺周围挖地基时挖出不少珍贵的陶罐。但陶罐消失了，后来出现在了以色列的一家博物馆里，这可是伊朗的死敌啊。人们一直在追寻犯罪分子。

没能如愿参观，为了安慰我，我的缪斯女神们把我带到埃尔戈利花园，从前的亲王府邸，伊斯兰革命后对公众开放。周五，全大不里士的人都会来这里，因为城里可供消遣的地方太少。花园离城中心有点距离，需开车才能到达，所以即便免费开放，那也是富人的特权。那里弥漫的氛围，很像上世纪末优雅的巴黎人坐着敞篷马车去"树林"，为了看别人也为了被别人看。人们三五成群散步，熟人间打着招呼，但留神头巾滑落露出发根的女人，或忘记扣好上衣最后一粒纽扣、露出小腿或裤子的女人……因为便衣警察也常会来这里。年轻人在小径上漫步，在这里，小伙和姑娘可以远远地、十分小心地见面。但任何触摸，哪怕是纯洁地牵牵手，任何调情，哪怕十分谨慎，都会招致斥责甚至拘捕。我们在五个聊得热火朝天的女孩附近坐下休息，不远处四位小伙友善地偷瞄着姑娘们，同时也瞟着我们的桌子。等我们一起身，他们马上就冲了过来。年轻人互送秋波，但克制是这里的规矩，根植于对风化警察的恐惧。

年轻人只能偷偷摸摸地交换电话号码,当然也仅是富家子弟才有电话。湖面上有几家人在划船,湖边有年轻人吵吵嚷嚷地牵着一只小羊羔。

看到我惊讶的神色,我的宁芙仙女们向我解释道。《古兰经》禁止把狗拴起来,这样做会遭到处罚或拘捕。但《古兰经》没有禁止人们牵绳溜小羊羔。

人们都知道波斯人对于诗歌的热爱。大不里士一个小小的墓园里就葬了四百零七位诗人,但一场地震足以将其摧毁,只留下少数几座尚可辨认的坟冢。为了修复因大地震怒而惨遭践踏的墓园,大不里士人在此建造了一座陵墓以纪念波斯诗人的荣耀。我的向导们带我去了那里,还去了一九八八年逝世的伊朗最后一位大诗人沙赫里亚尔的故居及纪念馆。

第二天上午,主人们留在家里看议会开幕的直播,我租了一辆出租车去拜访米莉亚姆修女。我们离开城市和高速公路,路边的草地上坐着一些正在野餐的家庭,对噪声和汽车尾气漠然无视。拐向北边的小路边上堆积着臭气熏天的垃圾,几间屋子里住着一些靠翻捡垃圾山的废纸、废金属谋生的人。接着我们进入到一片空无人烟的区域,碎石和红泥铺成的道路在丘陵间穿行,已年久失修,被谷底融化的雪水冲得坑坑洼洼。严酷的太阳照在巫婆似的小烟囱的云石片上,闪着光芒。

随后在一个小山坡的坡顶,可以看到下面有一片绿得醒目的山谷,就是在那里,离大城市三十公里处,生活着一些麻风病人。从前,他们被社会排斥、被家人抛弃,被逼到山里。他们袭击旅人,吃他们的马。后来大不里士的一个王子赠送给麻风病人这片山谷,目前住着约六百来号人。有些人与正常社会已经完全失去联系,在那里扎根了好几代。

一名警察拦下出租车,车不能开进这片禁地。司机显然也不想坚持,那种疾病仍然让人害怕。一座点缀着浓烈色彩几何图案的建筑应该是大礼堂。我在绿树掩映的小路上,遇见几个人,其中一个女人烂掉了手指和鼻子。

三位修女接待了我,她们显然很高兴,因为这里少有外人造访。一位是奥地利修女,一位意大利修女朱赛皮娜,一位法国修女米莉亚姆,她们把自己奉献给了病人。米莉亚姆是蒙托邦人,七十多岁了,在这里工作了二十五年。三人的通用语言是法语或波斯语,隶属于圣樊尚-德保罗修女慈善会。如今,痊愈的病人几乎都会被送回家。她们向我确认,伊朗的麻风病人越来越少,但还是会有病人被送来此地,比如她们指给我看的那位年轻姑娘,她的病很晚才被确诊。这里的麻风病人相互通婚,经过妥善治疗后,可以生出健康的孩子。这些娇小的修女为几名年轻人感到自豪,他们学业出色,成功通过了困难的大学入学考试。

众多教会学校推行用法语、英语或西班牙语教学,尤其在大不里士、伊斯法罕或乌鲁米耶。伊斯兰革命后这些学校被迫关闭,教职人员也被赶回自己的国家。但他们没有打发走马什哈德麻风病医院的修女,巴巴-巴赫里这儿的修女也未被驱逐。她们像喜鹊一样叽叽喳喳,告诉我她们在这里的生活,她们是伊朗宗教里的少数派。我有些搞不清天主教徒、亚美尼亚东正教徒、亚述景教徒或天主教徒,以及在伊斯法罕和克尔曼依然众多的琐罗亚斯德教徒,还有我第一次听说的巴哈伊教。因为相对于伊斯兰,巴哈伊信徒更信仰基督和圣母马利亚,但更不可饶恕的罪孽在于他们的教会总部位于以色列的海法。这些可敬的修女,在这个被排斥、被世人遗忘的世界,在这个冬天冰封、夏日骄阳烧烤的角落里,达观地奉献自己。如果可以,我真想在离开时拥抱她们。

叫嚷、抱怨、哭泣。我这是在做梦吗?我参观的大不里士大巴扎一片嘈杂,哀叹诉苦声在砖墙和尖形穹隆下此起彼伏。大不里士巴扎是伊朗最大的集市之一,仅次于德黑兰集市。四个世纪前,东方的所有财富按着商队和富有商人的意愿,铺陈于此。这些人从已知世界的最远处来此地购买、出售、交换地毯和珍贵织物。在伊斯兰革命及俄罗斯边境关闭之前,这个大巴扎依然繁荣和出名。三十平方公里的面积,俨然一座城中城,人们可以在那里买到调料和令人陶醉的各色香料、玉石珠宝、寒光闪闪的匕首、镶嵌宝石的长剑、威尼斯玻璃制品、中国瓷器、阿拉伯乳香,等等。人们甚至还在那儿售卖鸵鸟,不知怎么一直卖到了中国,中国人花重金买这种"骆驼一样的鸟"。人们还能在那儿买到最好的狩猎大砍刀。当然还少不了丝绸,成千上万匹丝绸成捆成堆,还有堆成小山似的锦缎。

我在市场的小巷迷宫中晕头转向,完全搞不清自己的位置,因为过道两侧的小店样子都相似。不过砖瓦上的图案分布、形状、花纹和颜色从不相同,大不里士人不会搞错。烤肉的烟熏味,说话的嘈杂声,人群的拥挤,装满货物拉车人的吆喝声,色彩缤纷摊开的布料,这些令人厌烦的声音、颜色、气味,让我昏沉、让我慌乱。一阵哭泣声将我从白日梦中唤醒,我竖起耳朵,顺着声音走过去,不时停下脚步辨别方向。在橱窗摆满黄金宝石、光彩夺目的珠宝区,我发现了他们。二十多个白胡子老头,清一色披着黑袍,头戴深色无边圆帽,正坐在祈祷地毯上哭得泣不成声。其中一位还用了一只扬声器,哭得比别人更大声。过道上方,悬挂着霍梅尼伊玛目的头像和一些黑色小旗。有个一大把白胡子的老头,正擦拭饱经风霜的脸颊上滚落的泪珠。所有人手里都拿着被泪水浸湿的手绢,对身边走来走去的人群视而不见,而后者对他们的悲伤似乎也漠然视之。我的困惑应该写在脸上,因为一名年轻人来到我跟前。

"你感到很惊讶吧?现在是哀伤月,"他用一口流利的英语对我解释道,"这一周,什叶派都要为侯赛因的死哭泣。"

突然,我记起来了,侯赛因是第三伊玛目,是阿里和先知的女儿法蒂玛的第二个儿子。公元六八〇年,他与部分家人一起被杀害。人们每年在他的祭日阿舒拉节纪念他。在一个多月时间里,人们会在屋子进门处挂上黑色小旗帜,男人们为他服丧。确实,大部分波斯人为什叶派,而库尔德人则是逊尼派。对我这个西方基督徒而言,好像区别不是很大……是的,我知道阿里是什叶派唯一承认的合法哈里发。

卡利勒似乎并不急着离开我,一撮小胡子衬托出他贪吃的人嘴和炯炯有神的眼睛,衣着的随意显示他是个很现代的大学生。他打算从事计算机方面的职业,与其他年轻人一样,他也一门心思想去国外。他来大巴扎买东西,很高兴有机会实践他的英语,因为他和很多伊朗人一样,以为西方所有人都讲英语。他自告奋勇为我做向导,带我去地毯市场。我很高兴,这样正好帮我摆脱那些猎犬似的掮客,他们个个自称是批发商的儿子或合伙人,正在组织"展览",

跟销售无关。他们请你"就是随便看看"。到了现场，那些冒牌艺术家立马变脸成奸商。卡利勒用波斯语毫不客气地赶走了那些讨厌的家伙。穿过一条两边橱窗挂满华丽地毯的长廊，我们来到一处比例完美的大厅。十九世纪，居住在大不里士的王位继承人穆扎法拉丁沙阿，命人在大巴扎内部造了一座宫殿。这个被地毯商人占领的地方今天依然保留了他的名字：穆扎法拉丁。

我的向导又带我去参观了"宪法之家"，二十世纪初"制宪运动"的进步人士曾经在这里聚集，现在成了一座纪念馆。受土耳其阿塔图尔克掌权的鼓舞，公民、军人，甚至一些教会成员，于一九〇五年至一九〇八年间，试图在伊朗建立民主。这次尝试最后被绞杀，上世纪二十年代礼萨汗建立了巴列维王朝，投票通过的宪政最终落幕。后来轮到巴列维王朝在血泊中被推翻，迄今也有二十年。

路上，我正要往一只邮筒里塞明信片，卡利勒拉住了我的胳膊。

"你要干吗？"

"你看见了呀，我要寄信。"

"邮局的邮筒是黄色的，这种灰色邮筒专门投放给警察局的信。"

"……？"

"为了告发那些行为不符合伊斯兰革命的人。"

我们走进一家邮局，卡利勒毫不费劲地窜到柜台前长长队伍的最前头，喊我跟他过去。我不喜欢这样，我有的是时间，我也尊重别人的时间。因为卡利勒大声坚持，旁人开始激烈呵斥。

"你看，有人发火了，"卡利勒对我说，"不过他们不是冲你发火,相反,他们批评政府赶走了游客。从前游客那么多,日子也好过得多。"

　　我转过身,那人给了我一个灿烂的微笑,热情、友好。

三　骆驼商队

　　马赫西德和艾哈迈德一直开车送我出了这座大城市。眼看着我要离开，女主人言谈中露出淡淡的忧伤。"我们永远不会忘记您。"她说道，有些激动。我无视风化警察可能的干预，拥抱了她。他们是如此勇敢，因为他们，我更多认识到哈塔米的自由派在选举中胜出的政治意义，我也明白所有投票给反对党的人，并不想要新的冲突，他们只想要一件事：重新获取他们的自由。

　　下午，我在电视里看到哈塔米，在两个阴郁的大胡子保守派代表纳乌里和拉夫桑贾尼（前者是哈塔米总统选举时的可怜对手，后者是因在选票问题上做手脚而招致选民和政治盟友嘲笑的前总统）面前进行了他的入职演讲。新一届议会的开启及新议会对法律的投票将至关重要。

　　还有一个不能忽略的细节，我品尝到了真正的伊朗美食。昨天晚上，作为告别晚餐，马赫西德做了一道大不里士肉丸，一道用碎羊肉和鸡蛋一起炖的菜肴，佐以小扁豆和土豆。这道菜离美味之王已经不远了。

　　我在晴朗的阳光下踏上征途。我沿马路左侧走，这样可以迎着飞驰而来的车流，也可以让众多执意要替我节省脚力的小车或卡车司机知难而退。你可能会说这一切不该让人感觉幸福吗？可你知道为什么我感受到的却是忧伤。十五天里我走了十一处节点，我感觉仿佛是一大片空白，一种荒芜。虽说人们对我并无敌意，但我不得不承认到目前为止，除了马赫西德和艾哈迈德一家，还没有一个人打开家门让我过夜。我还没有看到过一处真正的驿站，没有心情激荡，没有遇到过从《一千零一夜》中走出的任何人物，没有任何精灵、公主、仙女、苏丹后妃或女鬼擦肩而过。一个小步前行的徒步者的生活……如果说我的双脚在伊朗，我的头脑还在家乡，我的热情还留在诺曼底的家里，然而没有这份热情，这样的旅行简直不可想象，我更愿意在那里对着地图和书籍旅行，而不是在此地。马什哈德还如此遥远，撒马尔罕简直就是世界尽头。我感觉一些说不清的威胁压迫着我。去年的疾病、在库尔德地区受到的攻击还会追随而来吗？我的行走很机械，没一点冲劲。

我在大不里士图书馆找到过一本书，书上说在离此地不远的萨布里，曾经有过一座驿站。我在大巴扎买到的一张地图，比我在法国找到的地图更详细，显示一个叫西布里的村子，应该就是那地方。需要绕行十公里左右，我决定过去看看。这条路不久前刚铺过沥青，路面的凹坑有澡盆那么深。步行了一个半小时后，小路把我带到一处军营，六七个武装到牙齿的士兵守在入口。他们似乎正无聊中，看见一个驮着大背包、汁流浃背的外国佬走过来，显得很高兴。他们从未听说过驿站的事。我一再解释是古代的驿站，不是现在的客栈。不，不，没有驿站。

这条路接下去的是一段硬泥路。带着GPS，我倒不怎么担心迷路。又走了三公里，驿站就出现在那儿，在小路左侧，被包在一处军事基地的里面，一道双层带刺铁丝网拦住了入口。士兵们应该整天在这里训练，因为那里设置了一些障碍物。这是一座萨法维时代留下的建筑，就是说十七或十八世纪。石头地基上垒着土墙，遭受风雨侵蚀，历经地震摧残，仍屹立不倒。它背靠山体，俯瞰一片不规整的平地，面向三千五百多米高的萨汉德峰，峰顶可见白雪在阳光下闪烁。

至于西布里村，只存在于地图绘制者的想象中。自认倒霉吧，走回头路已经来不及了，而且那些小兵也无法为我提供住宿。所以我只能继续冒险前进，沮丧之感越来越拴住我的灵魂。接着，我不经意来到了一处公共设施的建筑工地，入口处的工棚里窜出三个头发乱蓬蓬、大叫大嚷的家伙，那可不是闹着玩的。两个矮壮的家伙手握短木棍，第三个大块头朝我走来，看上去冒冒失失，满脸警惕。他不需要短棍，他的双手就是大头棒。他摇摇晃晃地过来：

"你从哪里来？要去哪里？"

他又加了句什么，伴随一个不容置疑的表情和手势，指向东面。我认为他的意思应该是"继续走你的路"。我从衣袋里掏出我的神奇小纸片，谦恭地叙说，像个小兵。但他完全听不懂我的波斯语。我败下阵来，把纸片递给他。他只有一只手行动自如，一半头皮被掀掉，让酒红色油光光皮肤上的头发留长去遮盖另一半。战争留下的纪念？在这里，这是很常见的事。他难以辨认我纸片上的文字，叫那个绿色瞳孔的矮个子过来帮忙。我顺从地等待着最终的判决。听见他们兴奋的叫喊，我知道自己被特赦了。他们惊讶于我从土耳其边境出发，已经走了三百五十公里。当他们弄明白我要去马什哈德，一切怀疑都卸下了，他们邀请我进他们的小屋一起喝茶。这里没有叫西布里的村子，方圆几公里之内，他们是唯一的居民。彪形大汉叫埃斯特拉菲，第一位矮个叫马赫迈德，淡色眼睛的那个叫扎姆奇。

他们会收留我一夜吗？

不，不可能。他们是工地守门人，只要有个头头来检查一下，甚至安拉也帮不了他们。我做了个怪脸，模仿挖掘机飞升的样子，他们都笑了。我试探说我睡在那间小屋子的地上。他们在那里嘀嘀咕咕了很久，我终于再次得到恩惠。我太高兴了，我们达成协议，我给他们拍照。这可不是一件简单的交易，因为他们知道这些照片是要传给子孙后代的。然后大块头把我带到他的小窝棚，他睡地上把床让给我，我使劲抗议，但他什么也不想听。我甚至还能洗上一个冷水澡，七点到九点，两个小时内有冷水供应。在埃斯特拉菲结束每天最后一次祷告之前，我就已经睡着了。早上五点我醒来时，他正在门前用一桶冷水沐浴，然后跪下做他的第一场祈祷。我们非常热情地分手道别。

路上的交通着实可怕。卡车、朝圣者的旅行大客车、小货车、轿车和重型卡车，不可思议地你追我赶。当三辆车子迎面开来，在这条只有两股道的小路上超车时，我不得不跳到路边的沟里。有人死命踩刹车以避免撞车，轮胎发出刺耳的声响。后面全乱套了，有人插队，有人一百八十度转弯，跟土耳其交通同样混乱的场景在此上演。显然只需向安拉祈祷，就能逃过伊朗马路对所有保持理性的生命的大屠杀。鉴于我并未把自己的性命交到安拉手里，必须加倍小心，每隔十分钟就要躲到路边的壕沟。照此速度，天黑前我到不了巴斯坦-阿巴德。

我就像个失魂落魄的幽灵走进这个乡村小镇。不仅我的双脚反对继续前行，而且自从我公开表示行走更多需要依靠头脑而非双脚后，我的脑袋并不积极参与，它只想着睡觉、睡觉。

那个人身体细瘦，鹰一样的脑袋，蹲在自家小客栈门口。我上前要一个房间，他也不站起身，只是举起四根手指头，我的理解是四万里亚尔（四十法郎）。我要求看一眼，小房间还算干净，奢侈的是居然有公共淋浴。我重新下楼时，老板只举起三根手指，并表示晚餐包含其中。房门没有安锁，一根小铁条算是钥匙，开灯需要把插头插进插座。端上来的鸡浸在一层黄色的酱汁中，让人没什么食欲，而且对我毫无价值，因为凌晨三点，我不得不像条光溜溜的虫子一般箭步冲向卫生间。安拉保佑，不要被风化警察撞见。早上，我乏力、腹痛、心情灰暗，最终决定在此休息一天。我在一个理发匠那儿剃了头发刮了胡子，把所有衣物洗涤一遍，一切焕然一新，生理指标一切正常。我出发时的心率每分钟七十六跳，现在是六十八跳，这至少为我去不了附近的乌鲁米耶湖带来些许安慰。自公元前五百年的乌拉尔人起，乌鲁米耶湖一带出现过好几个文明。我也见不到那成千上万著名的火烈鸟，见不到达布迪岛上成吉思汗的孙子旭烈兀的墓。他是残忍的刽子手，一群处女在他墓前被献祭，为了能在另一个世界供他使唤。尤其是我看不到苏莱曼宝座遗址，这是占据整座岛屿的堡垒，现在人们还能看到厚厚的城墙和三十八座防御塔楼。

我的客栈老板应该是好心地骗了我，两晚房费只让我付了二十万里亚尔……在他决定不加收钱之前我赶紧离开。

太阳还未升高。经过一天的休息，我体力恢复，步履矫健，身上的背包似乎也轻了不少。风景一路展开：一望无际的田野里种满麦子和蔬菜；朝阳从萨巴兰峰探出脸，洒下道道金光；灰白的泥沙小路，蜿蜒通向远方山坡上的村子。不时可见一排排白杨树，飘落的飞絮在晨间的清风里起舞。云雀叽叽喳喳叫晕了自己，直愣愣扑向大地。这真是个美丽的清晨。但怪物般的大卡车很快出现了，吐着废气轰隆隆驶过，有些还肆无忌惮地在驾驶室前用艳丽字母贴上"我们信奉上帝"……他们说的是哪个上帝呢？他们的上帝、基督徒的上帝，抑或无视官方宣传而在这个国家盛行的绿色上帝——美元？

　　阳光变得灼热，到处有柴油马达，抽出井水喷洒到庄稼上。路边有个卖茶的老头不急不躁地等着顾客，一层火炭上放着一把被熏黑的金属茶壶，里面的水正沸腾着。草篮里放着一个他以为很显眼的玻璃杯。可那些夺命赶路的司机，又有谁能看见他呢？我给了他两千里亚尔，对他应该是笔巨款，他要把茶壶里所有的茶都给我。因为我急着离开，他端着茶杯在后面追我，请求我喝一杯。我明白了那人因为我的赠予感觉受了侮辱。如果我接受喝茶，那就是买卖；如果我拒绝而他留下钱，那他就变成乞讨。我强忍着恶心，接过他发臭的杯子，多亏他递给我一块糖，我咬在牙齿间，这才把茶灌了下去。这件事让我明白，想做个慷慨施予者的我，此时在别人眼中的实际模样，就是一个可怜的伊斯兰苦行僧……

　　在阿里-哈拉杰，道路下方有一座显然建造于阿巴斯王朝时代的小驿站废墟，它就如清真寺吸引信徒一般吸引了我。但不远处干活的泥瓦匠们拦住了我：禁止靠近。可能是出于安全考虑，但这又狠狠踢了我一脚。就是说我在这里，一座驿站都造访不了。

这些驿站的建造传统可追溯到两千五百年前亚历山大大帝征服之前的阿契美尼德王朝。希罗多德记述说他们在两千五百公里长的距离内建造了一百一十一座驿站，后来这些路段就成了丝绸之路。计算很简单，每隔二十到二十五公里修一座驿站，正好是正常步行一天的距离。最初，主要是邮路的中转站，以土砖简单砌一圈围墙，里面有供管事人和马匹栖身的房子。但很快商人们在此躲避坏天气和盗贼。后来，在丝绸之路上长途跋涉的信徒，无论是佛教徒、基督徒、摩尼教徒、琐罗亚斯德教徒或后来的穆斯林，千年以来都在那里歇脚。

于是，驿站朝着更复杂的方向发展。它的外表看去像一座堡垒，保护住客免遭四处肆虐的流寇；对内，驿站在长方形的院子里提供旅客所需的各种服务。烤面包的炉子、水池、马厩、寄放货物的商店。各种手艺人、马蹄铁匠、牲口看护人各司其职。波斯建筑师一直追求建筑的完美和经济实用，很快驿站的建造遵循同一种模式：一个巨大的正方形，三面是牢不可破的盲墙，第四面是一扇宏伟的大门，门上设有射击孔。院子内部，每个批发商拥有一处套房，由一间卧室和一间开向院子或小径的屋子组成，他们可以在此展示他们的宝物或接待顾客。这样的驿站通常离城市不远，甚至就建在城里，也可以修建在人迹稀少的地方，为那里带来生机。

已到正午，我感觉良好。我本打算在此停留，但现在我决定走到下一站。为了补充体力，我吃了一份炖羊肉（âbgousht）。这是我在大不里士发现的一道菜肴，吃上了瘾，是徒步者的理想食物。人们把菜放在烧热的铁罐或陶罐中，外加一个深凹的盘子和一根杵棒，一起端上来。把面包放在盘子里，将罐子里的汤汁浇到面包上，等着被面包完全吸收。汤喝完了，开始对付罐底的羊肉，再用杵棒将西红柿、土豆、鹰嘴豆等蔬菜捣烂。既美味又滋补。

在过于疯狂地行走了四十五公里后，晚上我来到一个叫卡拉-锡亚杰曼（Qara-Siyâh Chaman）的小镇，意为黑黑小镇（Qara 是阿塞拜疆语"黑"，Siyâh 是波斯语"黑"），真是个不祥的地名。确实，当我询问唯一的小咖啡馆能否借宿时，人家把我拒之门外。我又敲了几处门，都被拒。有人曾告诉我阿塞拜疆人是世界上最好的人，也有人说他们吝啬而冷漠。看样子在卡拉-锡亚杰曼小镇，好客和慷慨并非占上风的美德。小饭馆隔壁的人家同样也拒绝了我。一个毛头小伙子说他可以帮助我，借口想想办法，带着我进出可爱小镇上的所有茶馆。我立刻明白他只是为了满足自己小小的虚荣心，把我当作奇观来展示。起先我接受满足一下观众的心愿，但一个半小时后，我得认清形势：找不到落脚处。所以我去警察局乞求可以蜷缩一夜的角落。接待我的士兵有点淘气，像摆弄扫帚一样晃晃他的冲锋枪，就把我领到他的上司那儿。上司命令他的下级处理，下级又对下下级吼了几句，最后一位用同样的语气再对手下发号司令，后者让我跟他走。最后我又回到了刚才拒绝我的小老板那里。"照料这个人的吃住，这是长官的命令。"士兵简单地说道。我就这样坐在一盆丰盛的杂烩饭和一大堆烤肉面前，还有咸酸奶佐餐。人们有时还会在这种好吃的酸奶中加点蜂蜜。老板周到又殷勤，这证实了我几天来的判断：他们对我的冷漠是出于对警察的恐惧。一个有着巨型告密邮筒的国家，人们很难流露真情实感。

我的房间是餐馆楼上的一间大屋子，地上直接放了三张床垫，那名士兵竟然要陪着我一起过夜，显然他对自己作为陪伴者的角色很当一回事。他穿着内衣，把自己裹得像要在极地过夜，呼噜打得很有节奏，好似单调的军乐，让我昏昏沉沉，不一会我就沉入深深的睡眠。

山谷在两道峭壁间越收越窄。谷底，几周前还是羞羞答答的小溪，如今却变成一股愤怒的激流，卷走它流经之处的一切。九点钟时，热浪升起，我光秃秃的脑袋急需遮阳。一阵翻找后，我必须承认：我把我的帽子弄丢了。这是多么大的打击！我的旅途伴侣，我脑壳的朋友，三年来它陪伴我走过五千多公里。没有了它，无法继续前行。我的粗帆布帽，洗得发白变形，有资格进博物馆了。它是我最宝贵的财富，行走时怎能没有它？那还不如不穿鞋子。此后，我该如何面对沙漠？以前天气过热时，我把帽子在水里浸湿，它厚重的帆布可以长时间保持清凉。走在路上我的帽子就是我的旗帜，大家从未见过类似的帽子。人家会跟我说："八天前我在某某城市见过你，因为你的帽子，我认出了你。"每到一站，总有人借我的帽子戴一下，体验片刻做外国人的角色。也有人想花钱买或以物交换。我总想让那些羡慕者明白，要我的帽子就相当于要我的命。

我竭力在记忆中搜寻，但想不起什么时候最后一次见到它。我每天把它拴在背包上方，有可能带子松开后掉了。我做了个决定，拦下一辆往北开的吉普，趴着车门沿路仔细察看，希望能找到它。但回到卡拉-锡亚杰曼，我同样失望。也许被什么人捡走了，或被风吹跑了。绝望中，我突然回过神，回到那家小饭馆。看到我一脸失落，老板愉快地在门口迎接我，带我到早上吃早饭的那张桌子。

我的帽子就在那里，放在隔壁桌子的一把椅子上。我请所有在场的人喝了茶，把该找的零钱也留下，这是最起码的心意。

有位善良的司机同情我的一波三折，问道：

"你发现丢帽子的时候，走了多远？"

"十公里。"

我知道其实我走得更远，但我只会用波斯语数到十。

他抓起我的背包，放进他崭新的十吨大卡车的驾驶室，请我上车。开了正好十公里后，他停车，指了指里程表。谢谢，老伙计。说不定路上还会再见，谁知道呢？

四个老头在李子树树荫下躲着日头，舒舒服服坐在新收割的草垛上，他们招呼我过去一起喝茶。他们当中有一位是我昨天见过的满口假牙的毛拉，叫塞耶特–侯赛因。他把我介绍给他的伙伴们，其中叫阿特塞法莱的那个老头，相貌不凡：粗硬的白发筷子似的根根直立，银色的髭，晒成古铜色的脸上胡子拉碴、皱纹沟壑纵横，一种典型的上了年纪的男子气概。我在他兄弟们的笑声中为他拍了一张特写。

气温逐渐升高，路上，有同我们那儿的松鼠一样不小心的蛇，被压扁了身子，蛇皮在道路中间发着寒光。连绵起伏的丘陵让人想起奥弗涅[①]的风光，小路在激流冲刷出的狭窄河谷中蜿蜒。一只鹰在骄阳下从上空懒洋洋滑过，仿佛拴了根线似的。在一片宽敞的坡地，我看到了第一批葡萄园。理论上这里的葡萄用来做葡萄干，因为这个国家禁酒。不过有些知情人"在严守秘密的情况下"告诉我

---

① 法国中部的一个地区。

说，一部分收成蒸馏后，做成烈性劣质酒。我甚至还尝过，当然依旧是在严守秘密的情况下。伊斯兰教法对于被认定为犯罪的行为，用鞭刑惩罚起来可是毫不留情。不过也有知情人暗示说，谨慎地递上几沓里亚尔，能让安拉宽容得多。

在米亚内大花园，这个周五就是节日，几十个家庭来此野餐。伊朗人特别喜欢在户外吃东西，因为游牧基因的遗传？对此地难得一见的草坪的热爱？为离开火炉般的屋子享受阴凉地？希望被看见？各种因素都掺杂到这份喜好中。人家告诉我，这里的人对凡是具有花园（古波斯语 paridaïza，波斯语 ferdow）性质的地方，有一种古老的乡愁，而我们的"天堂"（paradis）一词也来自他们的花园。不过请注意，在伊朗，野餐并不意味着简陋。人们会把全套装备，有用或没用，统统搬上汽车。要有准备或加热菜肴的煤气罐，铺在地上的毯子，还需要一块桌布，因为大家不是野蛮人。吃饱喝足后需要睡午觉的枕头，午觉不可或缺。还要有神圣的水烟，不管男人女人都能从中找到幸福。当然，头等重要的是茶壶，大家要喝上几升的茶。不过还有一个我必须赞叹的共识，没有人带着收音机。十点到十一点左右，全家人以及亲戚朋友聚在一起聊天，懒洋洋、舒舒服服地躺坐着，忘却尘世的一切。那场景让人想起我们那儿放假后第二天，在马恩河畔的一些场景。地球停止转动，人们沉醉于一种软绵绵的至福，直到暮色降临才起身离开。

侯昌是个书店老板，我想买的公路地图和明信片，他一样都没有。但他关了店铺，把我带到他家里，介绍给他的妻子穆尼尔和四个孩子。穆尼尔似乎就在等着我上门似的,飞奔到厨房,我必须对付一份巨量的甜米饭配碎杏仁、番红花,外加一大块甜瓜。当干果端上来时,我无限感恩。三周以来,我差点忘了吃这么多干果的习惯。

饱餐之后,我去城里,希望能找到一台可以连上互联网的电脑。在一家因周五而打烊的电脑器材商店前,一个大学生,卡什夫·阿丁找我搭讪。他想练习英语,带着我奔走了不下三个小时,最后我们终于找到一台电脑。可惜,路由器坏了……我走进酒店时,四个年轻人在等我。他们听说了我的故事,想要拍一张这个沿丝绸之路行走的冒失鬼的照片。晚上九点,我正打算睡觉,阿丁打来电话,他找到了一台路由器,并喊来了一辆出租车,车应该已经到院子里了。确实如此。

收齐了来自巴黎的消息,我心满意足,高兴地哼着小曲回去。酒店旁的大路上停了十多辆载满忠实信徒的大巴。车队前头,还有一辆装着高音喇叭的轿车,播放着震耳欲聋的口号。每辆车都悬挂着写满波斯文的黑色长条标语。明天是伊朗历的三月十四日①,霍梅尼伊玛目的祭日。来自全国各地成千上万的车辆,朝德黑兰南部圣人陵墓所在地库姆汇聚。

早上,一对欧洲夫妻帕特里斯和玛丽在我面前捆扎行李。他是法国人,她是瑞士人,正在把一些包袋放到两辆奇怪的自行车上,这种车骑起来时人要俯身向前,几乎突在前轮胎上方。他们要一直骑到中国。让我惊讶的是玛丽并没有戴头巾,只是用一条纱巾轻轻

---

① 伊朗历 3 月相当于公历 5 月 22 日—6 月 21 日。

盖住头发和耳朵，帕特里斯则穿着短裤和 T 恤。

"没人对我们说什么，因为我们在运动。"

那我呢，我的徒步难道不是一种运动？你们那点还算不上英雄……

阿里，是我昨天在其哥哥的网吧里遇见的一个小伙子。做过晨祷后，他到旅馆来找我，提议陪我走一段路。昨天晚上我们聊了一会天，他称我为"智者"。这是位狂热的信徒，"疯狂爱上帝"。他参加一些集体鞭笞活动，人们打自己的头，直到打出血来。"但这并不痛苦。"他说。上帝附身，奉献给上帝的虔敬占据了他的人生。他很惊讶，我作为智者，竟然不是穆斯林。面对这般宗教偏执，我忍不住想触动他一下。

"你给我讲的那个上帝，是你的上帝还是我的上帝？"

"当然是我的上帝，安拉是万能的。"

"你凭什么这么说呢？为什么这不可以是一个印度的神或黑非洲或婆罗洲某个失落部族的神？或者干脆是——"我犹豫了一秒钟，接着道，"犹太人的上帝？给我一个证据证明这是你的神。"

"因为我知道。"

"所有理智者都应当抱有质疑。没有质疑，人们永远无法接近真相。成吉思汗的蒙古人信仰太阳，印加人亦如此。他们都认为自己是对的。"

我没敢把理性推得更远，质疑上帝的存在。阿里的身体和灵魂都喘不过气来，三公里后便抛下了我。此后我尽量避免谈及宗教问题，因为我深知我们只能动摇那些正要发生动摇的东西。

我出发后走了十二公里，十一点时正对着一座山峰，它惊人的万丈绝壁杜绝一切攀爬之念,尤其像我这样身背重负的人。隧道的黑色入口如一张贪婪大嘴吞下一串串重型卡车,然后于另一端,再将所吞之物吐出。往左确实有一条小路,但似乎是条死路,没有人走。我选择穿越这条隧道。排气管排出呛人的尾气,直逼喉咙口。这里没有人行道,因为没有行人会荒诞到来此冒险。我紧贴着被尾气熏黑的石墙走,每隔二十米会有一个石墩,以防大卡车擦到洞壁。这些简易的墙垛正好可作为临时躲避处,因为我在道路左侧行走,迎着危险。不过当我需要绕过石墩时,我必须快速跑过,以免被压成肉酱。车辆川流不息,在近乎完全的黑暗中,噪声和迎面扑来的庞然大物,让我胆战心惊。看到我的车没一辆会躲避,这里和别处一样,手握方向盘的人总认为行人不会有什么事,用不着刹车。再说了为什么要刹车呢?因为步行者也可以停步避让呀。黑洞只能靠车灯照亮,而马达的轰鸣声经过洞壁回荡,震得我头痛欲裂。成百上千的排气管排出的废气让人窒息,我只能小口喘息,吸入这纯粹的毒气,要尽快走出这充满噪声和恶臭的地狱。然而被晃眼车灯照亮的目及之处,唯有黑暗。五分钟、十分钟、一刻钟,时间流逝。我埋伏于石墩后面,等着两辆大卡车之间的那点时间差,赶紧冲到下一个石墩。如果与我同向的车流中断一会儿,我便不知道自己的位置,必须手扶石墙才有所参照,避免走到沥青路中央。我的太阳穴突突直跳,我咳嗽,我要喘气,但闻到的只有焦油的臭味。

终于,几百米外透出一丝光亮,是出口。苍白的天光钻入地下,被开过的每一辆卡车挡住,那情形就像是电影爱好者不看大屏幕而是转头看一台破旧放映机转动胶片时看到的效果。我抛下一切谨慎，奋力朝着自由的空气冲去。只剩一百米了，只剩五十米了，二十米了。我屏住气，拒绝再吸进洞里的毒气，双腿因紧张和恐惧而僵硬。终于走出隧道，我撒腿奔向一个废弃的停车场，一团阳光的光斑正好落在山尖。我几乎是扔下而不是放下我的背包，深深地大口吸气，吸进让我陶醉的氧气。我感觉自己从里到外都脏透了。洞口传出的马达轰鸣声似乎已经远离，我终于缓过劲，可以查看这地方了。隧道前方的峡谷壁立千仞，直插蓝天。在沟壑的稍远处另有一个停车场，我看到一些停着的卡车，会不会有一个茶摊或简陋的食铺？如果有的话，会不会营业？我有一点相信天意，总之，我来这里仿佛就是为了确认来到地狱的前厅。

屋里跟隧道里一样烟雾腾腾，五十多个卡车司机围着几张大木桌，桌上铺着油腻透明的塑料布。他们喝滚烫的茶，大口吃大盘子里的面条或炖肉菜汤配面包。一位络腮胡子（他们都是）过来坐到我对面，紧绷在身的T恤衫上印着些格言，我很想猜猜写的是什么。他询问我，想知道我是从哪里过来的。我扬起下巴指指外面时，他向我解释说，还有另外一条隧道，更长更危险，禁止行人通行。"你可别尝试，会要了你的命。"

于是我问他衣服上的句子是什么意思，他解释了一番，但我没怎么听懂，总之与安拉有关。这些句子就像护身符，能带来运气和荣誉。

大概因为恐惧或吸多了废气，我冲进洗手间，又是灾难性地拉稀。喝过茶、吃过炖羊肉后，我在各桌兜了一圈，想找个司机捎我通过第二条隧道。让我意外的是隧道很短，大概只有五六百米。是否远处还有另一条隧道？没有，司机告诉我。他当然也提议把我一直捎到德黑兰，我谢过司机并要求下车。我这才明白刚才那位络腮胡子司机搞错了，他以为我要去大不里士。有丧命风险的隧道，正是我刚才穿越的那条。我的司机礼萨打趣道："今天是节假日，算你走运。正常日子，交通十分繁忙，你还未走出隧道估计就没命了。"我心想我也只能匍匐在霍梅尼脚下，从某种角度说，是他救了我一命。

我受够了摆脱不了的沥青路和隧道，都是因为少了张合适的地图。有时会出现一些硬泥小路，可它们通向哪里？会不是断头路？会不会通向无名小村或通向没有参照物的杳无人烟的大草原？若只是简单的高山徒步，我或许可以试试运气，甚至主动挑战。但眼下我在抵达神秘的撒马尔罕之前，还有三千公里的路程要赶，过海关的日期早就写在了签证上。就这样，我本是为摆脱束缚而出发，在地狱般的隧道口遭受打击后，发现还不得不继续受打击……

一周前，我在大不里士一个博物馆的书柜里，看到一份资料，让人推测此地往北的丘陵后面，可能有过一个古老的驿站，我十二万分想去探访它。我的双肺还未被清洗干净，所以我允许自己在一座砖桥的阴凉处小憩片刻。桥最大的一个拱洞已经坍塌在河里，桥身仿佛被一把斧子拦腰砍断。那是地震的杰作。一些孩子爬到桥上，不脱衣服就往河里跳。我舒舒服服靠着一截矮墙，坐在开满野花的草地上睡着了。醒来后，我决定无论如何要去看看那座大名鼎鼎的驿站。

应该就是这条路吧，在我那张不靠谱的地图上，显示的是虚线。经过判断后，我在国道北面画了个点：贾马尔阿巴德——意为贾马尔的村子。这条路算不上公路，只是一条白色弯曲的小道，在山腰蜿蜒。一辆卡车从山上开下来，扬起一片尘土，仿佛车后拖了条慢慢飘落的尾巴。山坡看上去并不陡峭，但考虑到强烈的阳光和午餐前我需要经受的考验，我必须费很大劲才能到达那里。太阳晒得我后脖颈生疼，汗水顺着脖子下淌，小溪般从背包和后背间流经我的屁股、小腿，最后终于停下，在我的鞋子里积成一片水洼。坡上种着稀疏的麦子，微风吹过，孱弱的茎干轻轻摇晃。不见房舍不见树木，但半山腰有一座新建的工厂。我花了一小时才走到那里。守门人用一大堆问题砸向我，他们一向只见过拉石膏的卡车经过这里。

"我从边境线那边过来，我从土耳其的多乌巴亚泽特出发已经有十五天，我要去撒马尔罕。"

他们看着我，一脸疑惑。我解释：

"撒马尔罕，在乌兹别克斯坦。"

他们并没有反应过来，伊朗人的地理知识不见得比土耳其人好，我进一步解释道：

"在马什哈德再过去一点。"

马什哈德，他们知道，那是这里最令人敬仰的地方之一。

我从工厂门厅的阴凉地出来，一头扑进外面的大火炉。酷热让我几乎喘不过气，现在才六月初。等我七月份要穿越可怕的卡维尔盐漠①时，又会是怎样的情形？我避免去想这个问题，因为每每想

---

① 伊朗中部大片盐碱荒地。在厄尔布尔士山脉东南，宽约 390 公里。由于缺雨和强烈的地表蒸发使盐碱板结，覆盖在盐沼上。盐沼地几乎无人居住，只在四周高山上有居民点。

起，今年把这条路走到底的脆弱希望便又丢失几分。

我艰难跋涉了半个小时，一阵奇特的响声让我转过头去。一辆老掉牙的，显然比我年纪还大的小卡车正吭哧吭哧爬坡。我快走近时，卡车打了两声嗝，在冒着水汽的嘘嘘声中熄了火。车上，两个小老头咧着满口假牙朝我笑。与土耳其人的满口缺牙不同，伊朗人看牙医，他们的假牙很漂亮。笑容让他们饱经无数夏日酷晒的脸上堆满皱纹，他俩加起来快两百岁了吧。但愿我去贾马尔阿巴德，会让他们高兴。

靠两条腿走这么远的路，对他们来说就是发疯。自从汽车被发明后，再也没有人走路超过七公里。他们伸出拇指朝我指指装满金属支架和一些农用工具的车斗。

"上车吧。"

"不，我想走路。"

两张脸上露出了无言的沮丧。我向他们解释说我在沿丝绸之路徒步，从马库过来，我要步行到德黑兰。

我觉得有必要把我的行程从两头缩短，为了在他们眼里显得更可信些。微笑回到了他们脸上，假牙又露了出来。两个快活的百岁老人坚持邀请，我不为所动，为表示我的坚定决心，我用热情的笑容回应过他们后，转身继续往坡顶爬。我听到身后发动机的喘息，随后马达发出一声长叹，咳嗽似的重新启动。水箱冒着白烟发出嘶嘶声，失调的气门摇臂咔咔作响，老爷车从后面超过了我，两个友好的老头使劲向我挥手致意。让他们失望，我有点内疚，但我必须坚守原则。我向自己保证过徒步上路，不该有例外，否则我业已摇摇欲坠的士气将彻底崩塌。

在山丘的山脊上，羊群和牛群构成了移动的风景画，牧羊人的呼唤声在山谷回荡，一直传到我耳边，然后消失。这里呈现出一种田园牧歌式的宁静，我忽然有点后悔错过了那两个爱笑的老头。在一个蓄满泉水的石头水池旁，在小树林的树荫下，一群男人和男孩在喝茶。他们中……我那两个老头站起身，朝我挥手："喝茶，喝茶！"他们站起身时看上去比坐着时更老，但他们的笑容和张开的手臂依然那么气派。我不反对卸下我的大背包。农业工人和牧羊人，让我讲给他们听我的故事。阳光似乎也安静下来，羊群在喝水，小羊羔咩咩叫着找妈妈。这里是这一带劳动者的相聚之地，一天的劳累后，他们和我一样，感觉这片刻的时光十分美妙。

茶从热水壶里倒出，大家开怀大笑。

我正打算再次动身，贝赫纳姆，一个穿花里胡哨的衬衫、下巴胡子拉碴的二十岁年轻人，朝我走来：

我住贾马尔阿巴德，你可以睡我家里，我家就在古驿站附近。

听到这话，那两个百岁老人趁机再次邀请我，我实在不忍心第二次拒绝他们。我把背包放在车顶，我们仨挤在一起。我那两位天使欣喜若狂，笑容凝固在他们洁白的假牙间。马达开始抗议，随后咆哮，老爷车在嘶嘶作响中开上了坡道。尽管噪声很大，老头们却开心地聊天、欢叫，尽享生命的喜悦。他们和善快乐的样子感染了我。突然，坐在我和司机中间的那个老头，出人意料地声嘶力竭唱起歌来，另一位忍不住跟着同伴一起唱副歌。他们的活泼快乐完全征服了我，我终于心情放松，不久前的担忧也被抛到九霄云外，隧道带给我的焦虑也被抹去。温暖的一天即将落幕，生活多么美好，两位老者的乐观让人精神提振。比起开车，司机更关心他老伙计的唱歌，还好路上只有我们一辆车。我拍着车门打节拍，歌唱完时，我热烈鼓掌。他们转向我，轮到我唱歌了。

> 大清早我起床，这是星期天，
> 我的白马套上车，
> 去赶集
> 在伯爵领地的中心，
> 听说有将军要卖……

我得到了喝彩，司机双手脱开了方向盘，幸亏他的老爷车识路。

突然，在道路拐弯处，它就出现在那儿。那座古驿站傲然立于山丘坡顶，红色砖墙在夕阳下如火焰燃烧。高高的盲墙连接着四角的塔楼，它的中心部位正俯瞰着我们的来路。这是自我去年从伊斯坦布尔出发以来，所见到的最大、最原汁原味的古驿站。无需靠得更近，我已能辨别出它的建造年代。从它的阿巴斯建筑风格看，应该修建于十七世纪。这些建筑基本遵循同一模式，源于阿巴斯大帝，他命人建造了一千两百至一千八百座驿站，波斯历史学家这么认为。驿站用烧制过的红砖砌成，比早期用土坯垒筑的房子更能抵御时间的侵蚀，后者很容易遭受恶劣气候的蹂躏。

我的两位老伙计在驿站入口附近把车停下，贝赫纳姆在那儿等我，我们激动地相互道贺。

贝赫纳姆的父母铁穆尔和马拉卡欢迎我的到来，茶已备好。我很荣幸，但我心里急得直跺脚。那座驿站就在那儿，触手可及……

贝赫纳姆陪我去那里，他的朋友乌桑也会来跟我们会合。这座建筑布局很经典：一座长方形庭院，中间有一个蓄水池。围绕庭院的是客房、马厩和商店。这个巨大的空间冬天被农民用来圈养他们的山羊，好几堵墙遭到了严重损毁。"是俄罗斯人无聊地对着它们射击。"我的向导告诉我说。显然这是上一次世界大战末期，俄罗斯人与英国人瓜分伊朗，占领伊朗北部时留下的杰作。

在山顶，四面八方的视野一览无余。选择这样一处地方建造接待和防御之所，真是无懈可击。从驿站可以看得见远远而来的驼队……及敌人，而迷路的旅人也能在老远就看见驿站。山脚的缓坡上高低错落分布着村里的平顶房子，估计不会超过十五户人家。我站在那里，贝赫纳姆催促了我好几次，才把我从发呆中唤醒。

他想要的是，带我参观他的家园。我看到了第一条水渠（ghanat），我在路上一直没找到。大部分波斯农村靠这种灌溉水渠输水，有的可长达四十公里。由此可见波斯人在建造花园亦即伊甸园及追求清凉方面的天赋。这需要工程师和老百姓对于保持清凉水流、追寻沙漠绿洲抱有极大的热忱，才能造出如此精妙的水渠。

贝赫纳姆带着自豪指给我看种植的杏树林，我幸福地呼吸着这份宁静，亲近果园总能带给我享受，我可不是白白出生在诺曼底……这家人的热情，两个百岁老头的开朗快活，最终发现的这个美丽驿站，让我三周以来第一次沉醉。这个库尔德村子，它的宁静十个世纪以来几乎没怎么改变，比起国道旁边的那些村子，这里真是一种安慰。唯一现代化的痕迹，就是贝赫纳姆的摩托。

他们家的院子里，交错着用来养眼的玫瑰色蜀葵，用来满足味蕾的覆盆子和樱桃。炎热时分，大家在三棵大树的树荫下乘凉聊天，多么惬意。晚间的气候凉爽宜人，我们在露台上进晚餐。铁穆尔有九个孩子，其中五个男孩，贝赫纳姆是最小的孩子。马拉卡是他母亲，但鉴于其年纪——看上去不到三十五岁——她应该不是其他八个孩子的母亲。这家的主人是否有几个老婆？或者离过婚或曾是鳏夫？我用含混的方式提问，所以他们没有听懂。这里的电视节目和别处一样，只要有外国人到来，人们就会播放一些集体鞭笞的场面。铁穆尔经常去清真寺，但他对这种行为很不以为然，他用手指着太阳穴，毫不掩饰他的反感。

吃过晚饭，铁穆尔和他儿子在露台上搭起了一座大蚊帐，放了两个睡垫，我和贝赫纳姆睡在这里。我在驿站的暗影里度过了迷人的一夜。空气燥热，星光璀璨、纯净透明的天空与大地言和。我不时醒来，就像圣诞夜的孩子，在这张神奇的床上睁大眼睛望着天空。早晨，一只鸟停在蚊帐的牵绳上唱歌，东方的天空露出鱼肚白。铁穆尔从家里出来，走到俯瞰山谷和庄稼地的那堵矮墙边，手按墙沿，久久凝望着远处的风景。他应该在准备一天的劳作，合计着有哪些活要干，庆幸自己住在如此田园诗般的一个好地方，无论你要不要，都充满了幸福。半小时后，睡眼惺忪的贝赫纳姆做了一模一样的动作。马拉卡在屋里忙碌，将夜里的铺盖收起，准备茶水。当晨光在山谷慢慢升起，我们吃煎蛋和酸奶，还有一大碗加了蜂蜜的牛奶。

贝赫纳姆和我道别，干活去了。我背上背包，千恩万谢其父的招待。我握过他起茧子的有力大手，又冒失地向马拉卡伸出了手，她十分紧张，朝丈夫投去慌乱的一眼。铁穆尔和善地微笑道："可以。"我几乎敢打赌，这是她一生中第一次握手。

等我经过村里最后一座房子,太阳已经从山后升起,金色的光芒笼罩风景。我迈着有力的步子行走了半个多小时,听到后面有拖拉机的声音。那是乌桑,来向我道别,为错过我的出发而抱歉。他祝我一路顺风,我一直目送他离开,目光久久停留在那个仿佛就在驿站脚下铺开的村子。我来的时候将背包放在拖拉机上,现在我重新背起包,作别贾马尔阿巴德。一首小曲来到我唇边。

别了,最初几天的焦虑和遗憾。我找回了我的路,轻柔美妙有如丝绸。

四 渴

> 六月三日，贾马尔阿巴德，五百一十公里

我找回了行走的热情，然而因为行程安排的缘故，加上海拔因素，这六月初的日子，气温噌噌往上蹿。从安纳托利亚高原出发，我一路向平原下降。我预计最难熬的是七月份，我将在最炎热的季节穿越德黑兰和马什哈德之间的卡维尔盐漠。我知道"总会有办法"，但有些极限需要适应……除了沙漠里活跃的昆虫，我最担心的是脱水问题，那可不是闹着玩的。

上午十点，温度计几乎已爆表。为减少出汗，我口含一粒盐片。我有两只软塑料的水壶，与一根固定在衬衫领口的细管子连接，这样我可以边走边喝水。我还设计了一套行之有效的消毒技术：我在喝一只水壶的水时，用消毒片消毒另一只水壶里的水，一小时后便可饮用。从大不里士开始，我每只水壶要装两升水，这样我的背包早上重达十七公斤。这真是个恶性循环，增加水的储备，我负重过度，出汗更多，喝水也就更多。其中一只水壶可以装到五升水，但我并不灌满，在路上有可以加水的各种地方，有时是大功率柴油泵抽取浇灌农田的井水，有时是餐馆前的小喷水池。我说过，伊朗人最喜欢听水流过的声音，电视机总是不停播放瀑布和喷泉的画面。我还记得这些优雅又解渴的诗句：

> 喝干整个海洋，我们还是惊讶
> 我们的唇依然干裂如沙滩
> 到处寻找滋润双唇的海，却不见
> 我们的唇就是沙滩，我们就是海洋。①

　　正午，我的影子缩短到我可以踩着它走。我知道在萨卡姆曾经有过一个古驿站，但很久前就已经被毁，再也没人记得。萨卡姆离贾马尔阿巴德二十五公里左右，骆驼商队正常的节点距离，通常涵盖六到七法萨克（farsakhs，相当于四公里），皇家邮件每天可走五十法萨克，平均每天行走的时间在八到十二个小时。一位老者告诉我，萨卡姆二十五公里开外的尼克佩，我会找到一座状况相当不错的古驿站。我脑海里冒出一个念头，今晚我要睡在尼克佩的古驿站里。今天要走五十公里，将是相当漫长的路程。不顾酷暑，我疾步向前，背上的包重如千斤。我不停从吸管里喝水，还是干渴难耐。我含了一颗杏仁核来刺激唾液分泌，用处不大，我口干舌燥。在卡哈布的一家小店，我一口气喝干了两瓶冰镇果汁。在这条路上开了三十年卡车的老板，兴致勃勃地向我历数从这里到伊斯坦布尔一路上所有的城市和村庄。当我请他倒过来再说一遍时，他还是倒背如流，说出我去年经过的所有地方的地名。

　　祸不单行，我的干渴加上突如其来的旅行腹泻，我不得不多次紧急停下。在一片杏树和无花果树的果园边上，在一截带刺篱笆

---

① 原注：阿塔尔著，吉尔贝·拉扎尔译。

墙后面，我避开公路方向的视线，褪下了裤子。田地那头有人在挥手喊着什么，我听起来好像在喊"哎"。这让我想起小时候在诺曼底家乡，跟我的好朋友居伊在农场附近沿着沟渠闲逛，想偷摘一点栗子或苹果，结果被农民追着跑，他们喊着如果我们不赶紧离开果园，他们就踢烂我们的屁股或放狗咬我们。所有农民都差不多，这一位肯定也不乐意我在他的田里逗留。那家伙还在唠唠叨叨，不过离得还远，我的内急不等人，我没法挪开一步。他不停喊着，一边向我奔过来。如果我不马上提上裤子，我将不得不在这种尴尬的场合做解释，而且还要用波斯语……我被困住了，我的肚子不停在清空，而那家伙不断在靠近，"哎，哎"地喊着。他在我本该独自清净的时刻闯入，实在让人恼火，但我也清楚这可笑的局面错在我。然后剧情翻转了，那人继续喊着相同的那个词，这回我听清了"茶"，他要请我喝茶。还离开十米，但我依然蹲着无法起身，他转向一个帐篷似的地方，几块布拴在三棵无花果树上。他拿着个茶壶——确切地说被烧过上千次的一个金属容器——几个玻璃杯和一小块抹布似的东西，其实是个小糖罐。

贾兰，四十来岁的小个子，留着又浓又黑的胡子，一顶羊毛软帽遮掩着有些光秃的头顶。他眯起清澈的眼睛友善地向我微笑，露出缺了三颗牙的牙齿。喝着这一杯杯比我一早吞下去的温水解渴得多的液体，我们相互打趣自己的秃顶。我想重新上路，抬头看了看太阳和树丛间蔚蓝的天空，我还得继续忍受酷热。但贾兰误会了我的举动，马上站起身扯下杏树的枝条，摘下一把绿色的果实塞满我的衣袋。这对我的腹泻没啥好处，但它们好吃又解暑。真应该派一些诺曼底农民到我的朋友贾兰这儿学学待客之道。

我再次观察到伊朗人认为裸露小腿肚是件可耻的事,而对于同胞们的随便解手却不觉有什么不妥。我核实过大部分伊朗厕所没有插销,对我们这样已经习惯于神圣的私密性的人来说,有点不习惯。但我入乡随俗:露出小腿,不行;露出屁股,可以。

下午一点,我被酷暑烤蔫,在一棵大树下打盹。当然我也不能太迟上路,因为尼克佩还很远。为了抵御太阳的烧烤,我只要一看见水,就把帽子灌满,然后倒扣头上。不过舒服不了多久,一刻钟后帽子就干了,衬衣却被汗水湿透……步子也变小,道路似乎没有尽头。我感觉仿佛走在一块厚毛毯上,实际上是沥青被晒软,鞋钉陷了进去。时间一点点过去,我的影子被渐渐拉长。今天早晨以来,我喝了至少十升水,几乎坚持不住。到晚上八点半,天已经黑了许久,我终于来到通向尼克佩的十字路口。我在一家小店买了个三明治,这将是我的晚餐。我太累了,累到感受不到饥饿,脑子里只有一个念头:放下背包,睡觉。一个三十来岁、长得有点像猫头鹰的饶舌家伙,微笑着走向我,问道:

"你在找那个驿站?就在我家边上,我带你去。"

赛亚特每碰到一个人,就要停下来向对方解释我是谁,等等。我却无法参与,只能对看着我的人微笑,仿佛就是个外星人。在村子另一头,总算出现了这座驿站,确切地说是残存部分。人们推倒了它的围墙,道路从庭院中间贯穿。还剩几间拱形屋顶的屋子没有倒塌,另一些屋子终究没有经受住地震的考验。农民把它用作库房和牲口棚,给旅行者住的小屋被上了锁。我的失望写在脸上,赛亚特问我有什么看法,我不想显得很沮丧。

"这真是个漂亮的客栈遗址,但我没法在里面睡觉。"

"那你可以睡在我家，就在边上。"

他打开一堵坍塌围墙尽头的一扇门，这是原先驿站围墙的唯一物证。我们进门来到一个庭院，里面如皇家马车一般气派地停着一辆卡车，赛亚特靠运输木材为生。他有一次在去北方的路上看到过我，他很自豪地把他两岁的女儿玛丽亚姆和他非常年轻漂亮的妻子费康达介绍给我，她只有十五岁，他娶她的时候她还不满十三岁。这家人的条件算是不错，客厅里有一台电视机、一台音响和一个装满碗碟的橱柜。我们一起吃晚餐，随后赛亚特把我带到他父亲那里，这是一间很长但很窄的屋子，有十二米长，两扇门和两扇窗开向院子。屋里的摆设简朴到不能再简朴，一个俄式茶炉，几只杯子和一旁的一把茶壶。三张席子铺在地毯上，最尽头的一张就是我的床，另一头的两张是赛亚特父母的睡垫，他的两个兄弟睡在露台上。所有人都和衣而卧，我也是，尽管我很喜欢裸睡。屋檐下，很多燕子一大早就在窝里叽叽喳喳叫。把这些鸟叫当成闹钟的族长在院子里净手，然后做晨间的第一次祈祷。我发现老人家带着他的头巾睡觉，那可是个挺累赘的睡帽。

景色出现变化，平原上种植了果树和谷物，这是个富饶的地区。中午，小饭馆的老板是个憨厚的大个子，他举起我的帽子扮小丑开玩笑，学我的样子被背包压垮。随后，吃过午餐，他把我领到一旁的小屋，地上铺着地毯，放了几个坐垫，我正好可在此睡个午觉。我要付钱，他不肯收，说不能向朋友收钱，这样的态度在西方不可想象。他刚才对我的嘲笑没有任何恶意，他其实就是想"成为"我。

晚上八点,我抵达大城市赞詹。酒店前台觉得难以置信,让我重复了五次,我用里亚尔而不是用美元付房费。据他说,他从未见到过一位旅游者身上不带美元。这个值得庆幸,因为他只让我付了半价,但还是比伊朗人的价格高一倍。

赞詹的特色是售卖刀具,从小折刀到军刀,应有尽有,成千上万的道具放满橱窗。我的那把拉吉奥尔小刀引起了关注,因为它有一个在此地罕见的功能:开瓶器。我在集市闲逛,开心地迷失在这座阳光与阴影交杂的迷宫里。这里还彰显了波斯泥瓦匠和建筑师的天才:他们使用简单的砖头,便能想象出一百种构造、上千种花纹和独特雕塑。这里还突显出另一种纯粹的天赋:东方式的交易技巧,从父亲传给儿子,执着地一代代培育经商的无比细腻。他们已经做了两千五百年的生意,在骆驼商队的年代,贸易所执行的法则来自《古兰经》,排除任何不讲信用或卑鄙的行为,售卖者说话算话。如果我们接受讨价还价是一种相互接近和相互了解的方式,那它确实延续至今。而且最能讲价的人会被店主当作兄弟……我正在看一张地毯,两秒钟后就被团团围住,被劝诱、被邀请去后店喝茶。他们让我讲述自己的故事,消息在小店铺中快速传播,附近的商贩出于好奇和潜在的生意,纷纷涌过来。等要问的问题差不多了,他们会提最后一个问题:伊朗和土耳其,我更喜欢哪个?我比较谨慎和圆滑,泛泛地说:"土耳其、法国、伊朗、中国,到处都有好人,风景也是……"简言之,我尽量避重就轻。我早就料到:如果我说"我更喜欢伊朗",我将酿成今天的大错,因为他们是库尔德人或土耳其人,对毛拉制度嗤之以鼻。

斯梅尔·阿扎迪，一名年轻的电脑工程师，邀请我一起去见他的朋友们。一群小伙在城里的人行道上闲逛，打量着姑娘们。姑娘们很机灵，出门时总带着张写着她们名字和电话号码的小纸片，说不定能在人行道上遇见她们一生的男人呢……然后大家一起去茶馆，愿意的话可以抽上一管水烟。最大的问题：怎样才能遇见自己的灵魂伴侣呢？因为跟女孩说话是被禁止的，除非自己的未婚妻。很显然，只有一个目的：强化家长的作用，让家长想办法，某一天给他们如饥似渴的孩子介绍一个灵魂伴侣。

是天气不怎么炎热了，还是我的机体适应了？我朝苏丹尼耶①走去，在赞詹休整一天使我的腿脚更有力量。尽管我出发得稍晚，但中午时已经走完了今天计划三十五公里中的十五公里。我在树荫下小憩一会后，继续上路，然而国道上的交通状况让我忍无可忍。昨天我在市场上买了一张五十万分之一比例的地图，波斯语标注，对我就像天书。我只看道路，一条小道往东通向苏丹尼耶，就是我要行走的路。但我走了不到一百米，就有农民叫住我。去苏丹尼耶？这条路不到那里。我让他们看我的地图，他们仔细研究了一番，还是没搞懂。我坚持要往那里走，他们试着说服我，最后没办法了，其中一个干脆地挥挥手，说了句："走吧，你这头犟驴，等你在田野里晕头转向时，你才明白。"

---

① 位于赞詹省（Zanjan）的一个城市，离德黑兰约240公里。曾经是14世纪统治波斯的伊儿汗国的首都，其名称的含义为"至高无上"。伊儿汗国的第八位君主完者都在波斯这片荒凉的高原上修建了这座新都城。2005年入选世界文化遗产名录。

这片高原海拔在一千八百米之上，硬泥路很美，路上阒无一人。走了三个小时，我只遇见过一辆汽车，司机看到我后还惊奇地停下车。整个空间都属于我，发热的身体挣脱重力的束缚，我飞翔在辽阔的麦田或耕地之上。我的灵魂如那些飞翔的云雀，我听着它们欢唱，看着它们飞升。我的目光追随它们，飞累了的云雀，让自己像石头似的跌落，快要砸向地面时才又张开翅膀。我的思绪如它们一样轻盈，活泼如眼前从滚烫路面跑开的壁虎。有时我想，我在行走中的某些时刻被一种幸福感包围，固然是内啡肽让我飘飘然，但也因为我有着强烈的活着的感觉，感受到生命在我血管中流动。大约十年前，我去一位心血管专家那里做手术前的检查，医生在我大腿静脉处放了一根微型探针，随后轻轻按压我的脚底，这简单的压力便引发出了一阵嘶嘶声，让我想起暴风雨中狂风的声音。这是什么声音？我问。这是你血管中血液流动的声音。自此以后，每遇走路，我就会想只要把脚放到地上，便会把血液更强劲地送向我的心脏，血液在我的动脉中流动得更快。走一步，算是和风细雨，走一程，那便是一场暴风雨。

在索加罗村边缘，我在一条峡谷尽头看见了赛义德·穆罕默迪的家。黏土和石块垒成的房子只有一间屋子，靠门和天窗透进一点微光。支撑屋顶的长竿，从门口上方伸出。赛义德·穆罕默迪和他的妻子及七个孩子在这里过日子。当积雪将他们堵在室内时，他们将如何过冬？不过眼下，天气晴朗，孩子们正在屋外玩一根不知从哪里接过来的水管。一个孩子递给我一朵芬芳的玫瑰表示欢迎，我拿出我的小徽章。屋子一角晒着些玫瑰花瓣，是过一会做菜时的香料。屋外有一根电视天线，赛义德·穆罕默迪并不反对让人以为他家里有台电视机。

小村子冷冷清清，我只找到一个完全聋了的老头，向他问路耗尽了我全部的力气。最后我决定还是依靠我的幸运星吧，因为我的GPS无法区分两条几乎平行的道路，它们都通向苏丹尼耶。我就像抛硬币那样选择了右侧的那条路。我在一个缓坡的高处停下脚步，被彻底征服。苏丹尼耶的那座陵墓就在那里，十五公里开外，矗立在平原。这是十四世纪最美的古建筑之一，其历史与一位蒙古君主完者都有关。他选中这座他极喜欢的小城作为都城，理由很简单：他骑兵团的上千匹马在这开阔又有天然灌溉的平原上，粮草丰足。他后来改宗伊斯兰教，决定修建一座陵墓来安放穆罕默德的女婿——阿里的遗骸。对于这位象征性人物，没有比这更好的事了。阿里是一位真正的圣徒，被大众奉若神明，是什叶派的起源。完者都修建的这座建筑，其宏伟程度和装饰的精美在他的时代独一无二，它有着最美的马赛克，每一块砖都在以各种形式赞美阿里的名字。建筑物极其雄伟，顶着一座高五十米、直径为二十五米的巨型穹顶，其规模和建筑上的大胆堪与伊斯坦布尔的蓝色清真寺和伦敦的圣保罗大教堂媲美。其地基之深和墙体之厚，使它经受住了时间的考验以及建成之后的三十一次地震的蹂躏。遗憾的是对完者都来说，阿里的骨灰从没有来过苏丹尼耶，而是去了伊拉克。这座精美的建筑最后成了建造者本人和他家人的陵寝。

我看见它时，它还在直线距离十五公里外。在这十分单调的环境下，只能看见它的圆顶，像一根拇指伸向天空。地表升腾的热气让它看上去微微颤抖，仿佛站立不住即将倒塌。我走的那条路不对，说不定刚才那几个农民确实比绘制地图的人更有道理。我在行走的路渐渐收缩成一条小道，随后变成一截小径，最后突然进入一片麦田，消失了。我绕过麦田，因为我出生在农村，做不到践踏农人的辛劳。但这番尊重让我付出代价，因为眼睛盯着在热浪中晃动的建筑，我至少需要多走五公里。我在播种和没播种过的田里绕来绕去两个小时后，还是被麦田困住了。请祖先原谅我吧，我小步踏入麦田，尽量不踩到麦穗，这倒不难，因为麦子比较稀疏。一群农民向我走来，好吧，我得向他们道歉。可没等我开口，他们就用一大堆问题砸向我，他们不相信我徒步走了那么远。有个年轻人跟其他人一样，满身是泥，草帽用一根绳子松松拴在头上。他英语说得相当好，翻译我的回复。这是一名德黑兰大学的老师，来帮忙收割。在伊朗，无论你社会地位有多高，仍然是自己村庄的一员。

从这里看过去，圆顶就像长出了头发，因为人们用钢管脚手架将其覆盖，修理屋顶的蓝瓦。维护和修缮工程持续了好几年，看来一时半会儿也结束不了。我在天擦黑时来到这座巨大建筑的脚下，疲惫地坐在一堵矮墙上。六七个男人在这儿聊天，先是其中一个大着胆子过来，后来所有人都围住我。当他们听到我来自何方时，一起鼓起掌。他们派人去喊卖三明治的老板来商店开门，在等待的时候，其中一个男人飞快跑回家拿来茶壶和杯子。过了一会儿，我刚吃过饭，苏丹尼耶一所中学的阿拉伯语老师礼萨，请我去他家过夜。他身材矮小，穿一件五颜六色的衬衣和肥大裤腿晃来晃去的蓝色长裤。睡觉前，我写下几行日记，他则批改学生的作业。

早上他给我当向导。在苏丹尼耶，人们采用两种马赛克技术做装饰，第一种非常接近彩绘玻璃的工艺，将切割成不同颜色的小瓷片，用水泥拼接出华丽的阿拉伯花纹。第二种技术更迅捷，直接在土坯上作画，然后送去窑烧。还有第三种技术，直接在石膏上作画，效果很不好，颜色昏暗，令人失望，幸亏未被广泛用于苏丹尼耶陵墓的修复。在入口处的小型展览上，我发现了两个法国人路易·德沃和让·夏尔丹的画，他们十九世纪时来这里欣赏过这座尚未失去光泽的宏伟建筑。苏丹尼耶过了六个世纪后重新变成只有几千人和几百所土坯房的小镇，被那座宏伟建筑碾压于脚下。从陵墓高处凝望小镇，我在想如果当初阿里的骨灰被运到了这里而不是去了纳贾夫，那么这座建筑肯定是数百万人口大城市的中心。所以说这就是小镇的命运！

我接下来走的路热得发烫。我迷路了，走了两个小时的冤枉路。太阳烘烤，我被汗水湿透，几乎不停喝水。我开始怀疑在这样的高温下，我能否走到撒马尔罕？到了晚上，我大概喝了十升水，竟没有小便过一次。下午三点时，我终于看见一家小店，喝下一盆浓汤。太累了，头靠在盆子边就睡着了。一群快活的卡车司机吵醒了我，阿里请求我到了阿卜哈尔后可以接受他的招待。我指望着能找到一家旅馆，便没有轻易允诺。

走了四十公里后，我来到萨因-卡尔莱，已经筋疲力竭，更多因为炎热而非走路。城市入口，有一座公园，阴凉处有一条长凳，我一下子瘫倒在上面。我在小本子上画了个小拖车的草图，可以让我拖着背包而不用背着。因为背包一贴背脊，立即让人汗流浃背、不堪忍受。唯有这样一辆小拖车才能助我抵御德黑兰以后的酷暑。我正陷入沉思，一名黑肤黑发、剃平头、眉毛浓得几乎遮住半张脸的小个子男人，微笑着递给我一枝玫瑰。他笑起来有点奇怪，因为他表情严肃时脸上的皮肤显得很光滑，可一展笑容，皮肤立刻皱缩成很多条细细的皱纹。他的眼睛很小，但很蓝。这个五十来岁的腼腆男人的工作就是为市政府维护街心花园。他一句话没说就离开了，去浇他的花草。十分钟后他又回来，通过手势和几个词汇，我搞懂了：如果我接受他的邀请，他会很开心。我接受了，他满是皱纹的微笑表明他有多么高兴。他叫阿斯卡，他又向我提了那些永恒的问题，我以后干脆在别人提问前就直接回答吧。后来又来了个光头小伙子，贝赫纳姆，加入聊天。他也立即邀请我去他家过夜。"不行，"我说，"我已经答应了阿斯卡。"贝赫纳姆试着让我改变主意，然后离开我去找那位小个子园丁交涉。又有几个年轻人围过来，马赫迈德是其中之一，不到二十岁，蓬乱的头发像个拖把，露出粗野的笑容。他也要邀请我，我给予同样的回答。他坚持，指给我看他家的房子，就在附近。

"不行，"我说，"阿斯卡已经邀请我，而且我已经答应了。"

马赫迈德也去找了另外两位，谈判开始。

我一边留意着三位潜在的东道主，一边跟其他人说话，大伙争先恐后递上不知从哪里弄来的水果或茶。语调变得激烈起来，马赫迈德现在站阿斯卡一边，两人一起对付有些恼怒的贝赫纳姆，后者不时用手指着我大喊大叫。最后他离开那两位，走到我跟前，直接让我跟着他去他家里。我请他冷静，我已答应阿斯卡，不能食言，除非阿斯卡……

"阿斯卡是头犟驴，马赫迈德也是。"贝赫纳姆扔下一句话，然后对着一旁讥笑的年轻人，装着若无其事的样子离开了。

这时，阿斯卡和马赫迈德开始了谈判，马赫迈德好几次大笑起来，还拍拍矮小黝黑的阿斯卡，后者皱着脸，那是他微笑的方式。最后他俩走向我。

"你答应去我家的，对吧？"阿斯卡问道。

头发蓬乱的竞争者友好地翻译了一下，我确认。我还强调说，我不愿意大家因为我而起争执，否则的话我宁可在公园里扎营。

"可阿斯卡不会讲英语，你不会讲波斯语……"

"你们自己达成协议吧。"

两个人躲到一旁继续讨论，有几个年轻人靠近马赫迈德，显然是在帮他。最后两位当事人满面笑容地回到我这边。

"你来我家吃晚饭和睡觉，"马赫迈德对我说，"但我也邀请了阿斯卡共进晚餐和早餐。这样他就可以询问你所有他想问的问题，我来翻译。相当于我邀请了你们俩。"

说完，他就抓起我的背包背在身上，后面跟着一群人，我们一起走向一道花园高墙的大铁门。这是一个宽敞美丽的地方，有一座花果飘香的果园，里面活跃着一大群人。马赫迈德向我介绍他的父亲泽霍拉，六十七岁的退休老人。他父亲又给我介绍了其他家人，花了不少时间。他有六个女儿和五个儿子，以及一大堆孙子孙女。在附近大学做老师的长子阿萨德（阿萨德意为"第一个"），当然还有发现了我的那个头发乱蓬蓬的家伙马赫迈德和他的朋友马赫迪。大家源源不断地提问，他们任把我的回答翻译给大家。为了让所有人都能进入照片，我把开开心心的一家人像洋葱一般排列好。不过操作起来并不容易，孩子们尤其淘气，不停窜到花园里。泽霍拉笑逐颜开："你在这里住上一个星期吧，至少需要这么长时间才能相互熟悉。"

阿斯卡寸步不离跟着我，我也算是他的客人。不过他过于害羞，几乎没有向我提问题，反而是我在问他。他是个老单身汉，已经在镇上的花园里干了三十年。晚餐让男人们聚在一起，隔壁屋子，可以听见女孩的笑声和母亲管教她们的声音。睡觉时，女孩去她们的卧室就寝，我和泽霍拉就睡在我们用晚餐的这间起居室，三个还没结婚的男孩睡在露台上。另一些人和家人回自己的家。

我们拂晓即起床，但阿斯卡已经等在花园门外。泽霍拉想让我多住几天，我婉言谢绝。阿斯卡一直陪我走到他每日工作的公园尽头。他眼里闪着泪花：他错失了在他小小的家里单独接待一名外国人的唯一机会。还有谁能比伊朗人更好客？当弗雷顿知道我要去马什哈德时，立即把我拖到他家里，卸下我的背包。看到我湿透的后背，便把我推入淋浴房，他的妻子和妹妹准备午餐。他妹妹会讲一点英语，所以破例她被允许参与男人们的午餐，但并没有一起吃东西。当我们吃完炖肉菜汤配面包，我的屋主送给我一小块绿色丝绸，那是伊斯兰的颜色。我明白了，他误以为我是个穆斯林朝圣者，去马什哈德瞻仰礼萨圣陵①。他的失望是巨大的，他父亲也是，突然变得冷淡起来，问我是不是天主教徒。如果我是的话，应该给他看看我一定会带在包里的《圣经》。再一次失望。于是弗雷顿找来一张霍梅尼伊玛目的照片，郑重其事地送给我，我很热情地接受，因为我感觉我们涉及一些微妙的领域。这时一位床垫制造商年轻邻居正好来拜访我们，帮我们转移了话题。他向我解释说他非

---

① 什叶派第八位伊玛目阿里·礼萨（765—818）的陵墓。

常爱这家人的女儿，就是给我们翻译的那位姑娘，她是一名护士。他想娶她，但她父亲索要五百万里亚尔（五千法郎）彩礼为自己养老，因为老头担心一旦把女儿嫁过去，年轻人就会弃他不管。床垫制造商拿不出五百万，他已经攒了两百万，但为一辆二手摩托车倾倒，结果他的存钱计划必须重新开始。

再次出发，我在一个公交车站被一位年轻女士拦住，她讲一口无懈可击的英语。她有着动人的美丽，但衣着严格按照教规，想方设法掩盖妙曼的性感，却反而更有一种迷人的风情。她的头巾松松挽着，隐隐露出黑夜般浓密的秀发。她的罩袍宽松中带着一丝艺术气息，露出珍珠般白嫩光滑的脖颈。她同我说话时带着热切的笑容，离开我时做了个动人的告别手势，让我回想起在赞詹人行道上见过的一幕：那个女人戴着头巾，一只手在胸前捏住面纱，恰到好处地露出散沫花染过的一半秀发。我想起孩提时代读过的一本侠客小说：一名骑士被一位正欲上马车的贵妇人的脚踝惊艳到。所以罩袍掩盖不了对爱情和对肉欲的渴望，那种渴望可以在眼睛里看到。

下午，天空蓝得无可名状。风渐起，越吹越猛，我躬身抵御，在狂风中摇摇晃晃。摩托车手们龟速骑行，岔开双腿，防止被吹倒。一群人止把一个浑身是血的年轻人从路边壕沟中拉出，他的车翻进了沟里。为避免被不屑减速的卡车卷到车轮下，我在路边的护堤上行走，松软多沙的地面折磨着我的双腿。在通过一座铁路桥时，狂风过于强劲，我不得不抓着安全护栏行进。离塔凯斯坦只剩下两公里，可我真不知道能不能走完，这样持续不断地搏击狂风，耗尽了我的力气。尽管天气恶劣，但我从早上到现在已经走了五十二公里，脏得像只跳蚤，满身的汗水和尘土。我一条腿开始发

79

痛，缺水加上与震耳欲聋的狂风搏斗，我的肌腱炎又发作了。

加兹温是库尔德人或北部阿塞拜疆人与讲波斯语的伊朗人之间的语言分界线。这座城市在十五世纪曾是萨法维王朝的都城，相比大不里士，它更易守。不过后来它被抛弃，让位于伊斯法罕。我住在十分舒适的厄尔布尔士大酒店，但价格不菲，一晚要一百五十法郎。我在那里舒服得不想离开。第二天早上，我想找个网吧接收法国的消息，没有找到。在电信公司办公室，他们无法将电脑借我用，因为电脑没有接入到全球网络。艾哈迈德英文说得相当不错，建议我到城市另一头的红十字会办公室（他也曾受惠于红十字会，因为他在伊拉克被囚禁了五年）试试，他说那里有联网的电脑。他的上司准他一天假来帮助我。

来自法国的消息相当不错。天使般的索菲，从巴黎守护着我，给了我德黑兰一家旅行社"沙漠驼队"的地址，这是索菲工作的巴黎"东方旅行社"的地接社。他们会在那里接待我，然后根据我的要求，想办法为我租借骆驼，不过这事有点难度。我想穿越的是常规线路之外的令人生畏的卡维尔盐漠。为此，至少需要三匹骆驼、赶骆驼的人和一名向导。

稍后，艾哈迈德带我穿行在巴扎迷宫般的小道，这里永远是丝绸之路上商人们的云集之地。在网状的小街小巷，商旅客栈一个接一个。加兹温曾是丝绸之路的重要枢纽，商人、朝圣者、苦行僧在此歇脚。我们参观了"苏丹的幸运"，一座曾经辉煌一时的萨法维王朝时的府邸，沉重的青铜大门守护着华丽釉砖装饰的圆形入口。这个地方现在被一间家具厂占用，还能听到锯子发出的刺耳声响。

我可以仔细查看和拍摄这些专供商人使用的"套房"。第一间屋子用作展示厅，可以放得下比较大的包裹，提供了相当大的展示面积，不用侵占街道。它的门由两扇门板组成，可以像断头台那样闭合，打开时门板收到天花板。第二间屋子供休息之用，拱形屋顶上有个圆孔，让光线照射进来，夏天时驱散热气。冬天则靠一个小小的火炉取暖。

下雨了？在这个季节？我们离开巴扎时，飘落的雨滴让我们吃惊。店主、商人和顾客纷纷出来看个究竟，没人想着要躲雨。不过"暴雨"连我们的衬衣都未能打湿。

博物馆位于从前的王子府邸，在一座花园的中央。里面主要收藏了一些陶器、古代武器和一些难以辨认的宗教记录。据艾哈迈德说，加兹温（Qazvin）是"里海"（Caspienne）一词的变形。这座城市从前应该就坐落于海边，现在海岸在东北面约一百多公里外，经常肆虐于该地区的地震抬升了地面。这里整体给人一种衰败感，在一个大厅里，墙上的壁画惨遭破坏者之手的蹂躏，仅有一幅画部分幸存下来，呈现的几名西方贵妇在一派田园风光中傻里傻气地敞胸露怀。有些清教徒肯定认为看女人的大胸脯是不可接受的事。通往下一展厅的入口有一扇厚厚的双扉门，每一扉有不同的扣环。我的向导告诉我女人要扣轻的那个门环，男人扣重的那一个。如此，访客在进门前就已通告了自己的性别。

我们接着参观了内庭能容纳五千名信徒的先知清真寺和礼拜五清真寺，后者大约于公元六三七年至一〇五〇年间重建，但部分残墙建造于两千五百年前。覆盖残墙的马赛克以及宣礼塔的精致和鲜艳，今天的艺术家都难以超越。院子一角的墙上刻有一块十五世纪的牌子，标注了鸡蛋、牛奶、水果的价格。那些价格三百年保持不变，那个有福气的时代，人们不知有通胀。

最后我的向导邀请我和他一起去拜访一位他很尊敬的朋友。穆达鲁西，一位半瘫痪的老人，住在老城区的一座小房子里，他在院子里接待我们，院里有一棵胡桃树、两棵无花果树和一棵石榴树。他原是一名地毯编织工，十二岁开始工作，十八岁娶了十六岁的妻子。他经历过恺加王朝的最后几任苏丹、巴列维王朝的统治和伊斯兰革命。他丧妻已有四年，现在与做老师的一个儿子一起住在这里。他请我们享用樱桃，一边问我一些问题。比起我的行程，他更关心我的家庭。听说我也是鳏夫，他念叨了很久他的妻子，随后又向艾哈迈德问了个问题，引得艾哈迈德哈哈大笑，并承认说他不敢翻译这个问题。我鼓励他说出来。

"你的牙齿是你自己的吗？"我们的东道主问。

已经有人向我提过类似的问题，我觉得相当有趣。我凑近穆达鲁西，张开嘴，用食指敲敲牙齿，给他看这些真的是我自己的牙齿。

"你运气真好，"他说，"因为像我这样，没了老婆，没了牙齿，活着就没啥滋味了。"

我用自己的牙齿在全城最好的餐馆吃了一顿炖羊肉，配以米饭、酸奶、胡萝卜和水果干，并且还撒上了玫瑰花瓣。侍者曾是潜艇声纳探测专员，在海军服役了十五年。伊斯兰革命爆发时，他参与其中。现在他很想去美国看望妻子和儿子，但他一直没能攒够路费。

加兹温位于"山中老人"城堡附近。十一世纪时，哈桑·萨巴赫是一名伊斯兰教派的首领，带领一支刺客军团盘踞在位于阿拉穆特和查鲁峡谷中的阿拉穆特城堡，真正鹰巢似的地方。城堡里的生活很奢华，他们享用最美味的佳肴，由花枝招展的年轻姑娘侍候，真是安拉的乐园。哈桑·萨巴赫声称他有能力向上帝请求打开通往天堂的大门。他懂得如何干净利落地干掉他不喜欢的人：只需向他的敌人派出一名因不断吸食大麻而受他蛊惑的年轻信徒，帮助他向敌人发出致命一击。哈桑·萨巴赫的声名在帝国令人生畏，他和他的后代都被人称作"山中老人"。因为使用毒品的缘故，他的教派也被称为"吸食大麻者（hashishins）"。"山中老人"的故事最初由马可·波罗、后由东征耶路撒冷的十字军带到西方，深深震撼了西方人，由此产生了 assassin（刺客）这个词。哈桑·萨巴赫和他的后代们在波斯大地横行了两个世纪，当成吉思汗的孙子旭烈兀率蒙古人征服波斯大地时，围困了城堡，杀光了里面所有活着的人。"山中老人"迎来了比他更凶残的家伙。

五　小偷—警察

六月十一日，加兹温，七百九十三公里处

早餐时，我与一位比利时工程师聊了一会天，他在附近建造一座生产平板玻璃的工厂。他告诉我说有个同事来这里工作，因为汇率关系，他很开心地发现自己成了以里亚尔计算的百万富翁。他把钞票铺在床上，拍摄下来。然后像个愚蠢而自豪的暴发户，把他的摄像机接到酒店大堂的电视上。五分钟后警察来了，外国人通行证被没收，年轻人一下子傻了眼。这是某些愚蠢的外国雇员常见的心态，对当地习俗加以嘲弄，却忘记以同样批判的眼光看待自己出身的社会，尽管旅行为他们提供最好的机会来拉开距离审视自己的来处。

我在城里兜兜转转了许久，方才找着我的路，然后从厄尔布尔士山脚，沿赭红色光秃秃的山路向上攀爬。我慢悠悠往前，旁观了很久一场穆斯林的葬礼。墓园里男人女人分开埋葬，有个男人在墓间穿行，给一块块墓碑洒上几滴水。墓碑上的刻字因日晒和时间的侵蚀变得模糊不清，而渗进凹槽的水滴在蒸发前给了墓碑上那些名字几分钟乃至几小时的生命。穆斯林下葬有着固定的仪式。家人和朋友还会在第七天、第十四天和周年祭日进行多次纪念仪式。俄罗斯东正教徒也举行类似的逝后仪式，不同阶段的哀悼，是为让人更好地接受死者的离开。

我在一家小店铺,看着一位面包师在火炉前忙碌,那是个底部直径约一米、底宽口窄的烤炉。他十分利索地拿起一块面团,拍打压平成饼状,然后托在一块厚布上,顺势将面饼贴在烤炉发烫的内壁。一分钟后,馕就烤熟了。他揭下烤好的馕,递给一旁的小伙计,小伙计把它放到已经香气扑鼻的一摞烤馕上面。这些动作和烤炉,都来自古老的传统。我在古驿站里发现过类似装置,从前的旅人自带面粉,每天都要做馕。伊朗人要吃下数量惊人的馕,但浪费更惊人。任何小店都会送你一两个馕,咬过几口没吃完,就会被扔掉。我在餐馆后院见过装满馕的垃圾袋。还有,这种馕很薄,白天很容易一会儿就变得干硬。

人家告诉我在电视里看到德国下雪了,整个欧洲,人们都冻得瑟瑟发抖。寒冷?我自问寒冷究竟为何物?这里艳阳高照,光芒四射。我能这般悠闲游荡,因为今天只计划了二十五公里的轻松行程。可是到达目的地后,不见一家小店。别人告诉我再走十公里就能找到吃饭的地方,那就再走十公里吧。在那里吃过午餐,人家又说在阿卜耶克,我能找到住处,那就再走十五公里。最后,这一天我一共走了五十三公里才到达阿卜耶克,这时,地上我被拉得老长的影子也已经消失。然而未见任何旅馆,我只得在餐馆的后堂将就一晚。这天夜里,我梦见自己在雪地里行走。

第二天,我步履艰难,前一天的行程把我累坏了。我背疼,脚趾发炎,双脚肿胀。我后悔自己像傻瓜一样往前冲,我来寻找的智慧到底藏在哪里?我明明制定了有限的、并不夸张的目标,可是我随后的行动却像齿轮,转了一圈,再转一圈……我肯定只有死了才

85

能停下休息，永恒的前方能够治愈我累积的一切疲惫。我仿佛是一只被猎人追赶得筋疲力竭的野兔，却不知道谁是猎人。我也梦想过留在宽阔的沙滩，安宁闲适，躺平休息。然而只要我双脚一踩上大地，体内就像有台发动机开始运转。今天，我下定决心，就在十七公里外的哈什格德停下，先是让我从昨日的疲惫中恢复，当然我还要庆祝一件事：我已经行走了整整一个月。

自从我乘坐埃尔祖鲁姆的大巴在多乌巴亚泽特前下车后，我已经徒步了整整八百五十九公里，比我计划的三十天走七百零八公里多出了不少……我的沮丧似乎在那神奇的一天神奇地消失了。那天我在发现第一座美丽的古驿站之前，与两位百岁老人一起放声高歌。而后，我在伊朗土地上的感觉越来越自在。媒体，特别是电视，呈现给我们的这个国家让人厌恶，而事实上这个国家的人民友善好客，对待外国人的友好程度，我访问过的其他国家都及不上它。

我正埋头看哈什格德一家小餐馆的菜单，一个男人从隔壁珠宝店走出来，哈利勒是个体面讲究的人，高大强壮，一丝孩童般的笑容消解了他身上透出的些许威猛。他用英语告诉我，如果我想好好吃一顿，就跟他走。他把我带到不远处，并对老板说了句什么。甜点上来时，我才知道他已经为我付了钱，我上前感谢他。他邀请我在他店铺的后堂休息并告知，今天傍晚和今天夜里，我就是他的客人。我睡完午觉（在这个国家，一天中最热的时段，店铺、办公室统统停止工作）他才告诉我，他把自己的席子和枕头给了我，他则去了刚才午餐的餐馆睡午觉。哈利勒对我的冒险深深着迷，他说晚上他也会梦想着可以远走高飞,在三四个月的时间里放下一切,浪迹天涯。他还说明年看看有没有可能,在丝绸之路上陪我走上几百公里。由于很多顾客来找他,我就与他道别。在哀悼月期间,伊朗差不多有两个月时间没有婚礼,而这之后,大家赶紧补上。优雅的伊朗女性无法展示她们罩袍下的美丽衣衫,只能炫耀手上金光闪闪的爱情信物:丈夫或家人送给她们的贵重戒指。

今天下午,我有很多事情要做。几天来我一直在操心德黑兰之后的行程安排,穿越沙漠是个无法回避的问题,现在就需要设法解决。等我后天晚上抵达首都以后,就要做出决定。有三种假设:第一种是听从别人的建议……打道回府,避开最炎热的季节,等九月气温下降后再回到这里。第二种方案:有人建议我雇一辆车随行,据说这是通行的做法,会有赞助商支付费用……我步行,某位友好的侍从在车里运送我的行李、给养和露营的器材。等我走到某个站点,晚餐和床铺,一切都准备就绪,就是一次真正的散步。这个方案的另一种变通,就如我尝试过的租用骆驼穿越荒漠。但这也有问题,人家已经告诉索菲,七八月份过于炎热,骆驼无法穿越卡维尔盐漠。我执意要走,骆驼们却不愿冒抛尸荒野的风险!最后一个解决方案,就是造一辆小车子,这个念头在我脑海里盘旋了好几天。

我在一个小饭馆坐下,一边慢慢喝茶一边回答源源不断涌来的提问,因为在哈什格德,口口相传的效果似乎不错。我排除了前两种假设,只关注第三种,"骆驼"的变通方案,看看是否有机会。我强烈反对打道回府,这根本不解决问题。九月中旬再回来,在一两个月内气候条件可能是好一些,但如此一来我到撒马尔罕就是十二月份了,亦即冬季。这就是说出了龙潭又掉入虎穴。第二种方案势必造成我放弃我的首要原则：独自旅行和保持自由。

就只剩下小拖车的方案了。我做手工的巧劲和二十岁时短暂的工业绘图生涯可以派上用场。我为这辆小车画了三张设计图，除了可以承载我的行李，还要能放上大量的水和简单的露营装备，以备在无人区可以有个栖身之地。行李总共有二十到二十五公斤的重量，我根本不可能背着进沙漠。我刚画完草图，两个眼神看着很聪明的小伙子就过来坐到我边上，他们刚才就问过我有关旅途的问题。他们神态鬼鬼祟祟，一个朝另一个会意地眨眨眼睛，撩起衬衣下摆，露出我以为是啤酒的饮料罐。是要我和他们一起喝吗？如何能回绝这慷慨又冒险的邀请？他们拿来三只水杯、几盒果汁和酸奶。水杯在桌子底下传递，拿过来时已经被加满，我这才发现里面装的不是啤酒而是伏特加。我并不贪杯，我从旅途一开始的喝水习惯对我很适合。我在喝葡萄酒或其他酒精时，最喜欢的是酒带来的欢乐气氛。现在全然不是那么回事，所冒的风险让人胃部紧缩，两个小家伙几乎一口气喝干了杯中物。第一口酒让我的喉咙口火辣辣地撕裂，况且我喜欢喝冰镇的伏特加，而这罐伏特加已经在小伙子的怀里被焐热。再尝一口同样令人痛苦。我杯子里还剩一百多毫升，一个小伙已经喝干了他的杯子，我就跟他换了个杯子，这意外的奖赏让他欣喜不已。生性慷慨的他，正准备与邻座分享时，进来一位穿格子衬衫、头戴虔诚者所戴软帽的老头。我的两个小伙伴顿时脸色惨白，跟我交换杯子的那位，一口气喝干了杯中余量，呛得喘不过气，憋红了脸，咳嗽不止。老人走向我们，面对面跟我们说话。刚喝完酒的那位自然一句话都说不出，另一个回话时别转了头，避免伏特加的酒气喷到虔诚穆斯林的脸上。又进来一个人坐到我边上，喊着要茶喝，人家告诉我他是餐馆老板。我做手势回答他的问题，表示我听不懂。当然不能张嘴说话，我可不想领教毛拉们的鞭子。况且如果我们被抓，马上会有人怪罪我这个西方佬腐蚀青少年。那老头似乎有点心不在焉，这几个伊朗人都不说话或话很少，我则保持沉默。天使降临，送饮料上来的侍者打破了僵局。两个被伏特加辣坏的小伙子赶紧喝茶缓解，顺便悄悄漱口。这样他们就可以同那虔诚老者说话了，不过出于谨慎，他们还是对着天花板或侧过身说话。最后等老者起身离去，我们立刻扑向果汁和酸奶，以消除犯罪痕迹。保险起见，其中一个小伙还弄来几根口香糖，我们像反刍动物一样嚼着口香糖。我感觉仿佛回到了几个世纪前，回到躲起来抽烟的年纪……真是全民幼稚化。每当伊朗人看见我插着管子的可以边走边喝的水壶时，就会问我罐子里装的是不是威士忌。有些人不相信我的回答，非要尝一下。人家告诉我一瓶威士忌在这里值二十五美元，相当于一个工人一个半月的工资。这份天价里包含了风险费和让众多同谋闭嘴的代价。这里也生产便宜点的劣质葡萄酒（这个地区有众多的葡萄园），人们偷偷将其加工成蒸馏酒。

哈利勒不住在哈什格德，而是在三十五公里外的卡拉杰——我明天的目的地。我们说好今天晚上他把我带回家，明天早上再带我回到这里。因为大家都已经知道，在我神奇的旅途中，我是不会节省哪怕只是一米的行程。在车上，他的问题机关枪似的扫射过来。伊朗人很喜欢旅行，喜欢周末到山里野餐露营。一个月来，我发现我的冒险之旅唤醒了他们灵魂中的流浪情怀，每个波斯人心里应该都有一个沉睡的苦行僧。哈利勒相当有钱，家里有很多镀金的木制家具和好几把舒适的沙发。但即便像他这样一个"完备"的家，床还是被忽略了。这是游牧文化的遗存吧。我在一个大房间的席子上就地而卧，睡得很好。早餐时，他妻子贾米莱为我端上一些蔬菜饼，每位女主人都有自己做菜饼的方式。

哈利勒把我带回哈什格德，依依不舍地看着我离开。他在店铺门口向我挥手告别，直到我消失在小街拐弯处。

我发现的那座古驿站又处于废弃的军事基地内，被带刺的铁丝网围住。它可能曾被用作兵营。有一间屋子，人们甚至还加了一扇很结实的门，窗户安装了铁栏杆，这里应该是监狱吧。军人们还很有心地在阿巴斯时期的红砖外涂上灰色水泥。驿站自己，也被禁锢在"监狱"中。

靠近德黑兰，路上的交通很繁忙，大卡车甚多。哈利勒曾告诉我一辆中档汽车的价格：一千五百万里亚尔，大约相当于一名工人一百年的工资。所以有车的人将车精心打扮也就一点不奇怪。现在我才理解为什么靠近卡拉杰会有上百间汽车修理铺绵延几公里。

在这里行走很困难，建筑物之间，每个方向都有上百辆汽车排成两列，喧嚣、鸣笛、轰鸣、撞击。人行道上堆满拆卸的汽车，滴着机油的变速器、铁皮、烂木头和崭新的冰箱。道路和人行道之间是露天下水道黏滞的污水，大家把占地方的杂物往里扔。所有这些东西发酵，呈腐烂过度的深绿色，散发着令人作呕的臭味。

我答应过加兹温的朋友艾哈迈德，去拜访他在卡拉杰做英语教师的哥哥。没法事先通知他，因为他没有电话。他后来给我解释说他本来有一部电话，因为其父退休前在电信公司工作，所以弄到了一门电话。但他需要用钱，就把这门电话卖了。后来他重新申请装一部，只是这次要走正常流程……马哈茂德似乎很吃惊他弟弟把我送到他那里。

"我能为你做什么？"他问我。

"什么也不用做，"我说，"你弟弟只是让我向你问声好。我打过招呼了……所以和你说再见。"

"等等，请进来。"

马哈茂德应该是个枯燥乏味的人，我马上看出他是个极其虔诚之人。如果我还有疑问，只需看看在家也被罩袍包裹得严严实实的他的妻子。他没有表现出接待一名外国人的任何欣喜，更何况这人还是天主教徒（他一开始就问过我）。但他还是给我倒了一杯清凉饮料，我们开始交谈。我的计划让他很吃惊，他无法理解。突然，他直截了当地问我：

"你如何看待罗杰·加洛蒂？"

这并非首次有人对我提到他。大不里士的朋友，后来詹津的朋友，以及昨天的哈利勒都说起过这个人，他们其实更想问的是这个人是谁，而不是我的看法。我对他们说，"只有跟他有过节的那些人才知道他是谁。"

马哈茂德听着我说话，那他自己又是怎么想的呢？

他岔开我的问题，邀请我用晚餐。吃完饭，他让我睡在我们所在的屋子。我感觉自己并不是很受欢迎，但他住得离城中心和旅馆有点远，况且天已经黑了。

早上五点我就被主人虔诚的祷告吵醒。

我离开卡拉杰时已经艳阳当空,看样子又是一个桑拿天。不巧的是我将在周五这个节假日到达首都,所有地方都关门,我很难找到我想联系的那少数几个人。不过周五也有一个好处,如昨天那般混乱繁忙的交通,今天会安静不少。十点钟时我在一家小茶馆吃点心,一边研究我的地图。进德黑兰我有两条路可选择:一条往东,一条向南弯曲,不过两条路最后都会到达自由广场。我看不出走哪条更好,这时同我一起喝茶聊天的一个家伙建议"走往南的那条"。

这条路真是个灾难啊。显然,那人的建议是给机动车驾驶员而非步行者的。我几乎在高速公路上行走,景色就是所有超大型城市郊区常见的样子。没什么奇怪的,德黑兰有一千三百万居民。路上有少量汽车驶过,我沿着灰色的围墙、汽车和巴士的修理铺、工厂和仓库行走,后来进入左右两侧皆是高墙、铁丝网和瞭望哨的兵营地带,这段路程延续了几公里。

我正要从一座桥下穿过时,一辆从首都方向开来的车在路边停下,车上的人示意我过去。我对这种好奇心早已习以为常,尽量满足。但那个人脸上毫无笑容,正相反。

"我是警察,"他说着把一张塑封卡片在我面前晃了晃,"请出示护照。"

那人穿着便服,几天未刮的胡子,秃头,微胖,五十岁不到。他半躺半坐在车椅上,看上去脾气很坏。因为他要我的护照,我就递给他,我看不懂他的名片,因为我不认识波斯语。更何况我的眼镜还在衣袋里,我也懒得拿出来。他把护照还给我,继续用恶狠狠的口气问道:

"你有没有手枪、鸦片、海洛因?"

我笑了：

"没有，当然没有。我没有武器也没有毒品。"

"我要看一下，看一下。你过来，把口袋里的东西掏出来。"

他甚至都没有下车，就提出这样的要求，我觉得有些奇怪。不过，也许这是伊朗警察的工作习惯。我还没把衣袋掏空，他就摸过来。

"这个，这是什么？这是什么？我要看看，我要看看……"

这是我的公路地图，这些是我学习波斯语的小卡片，这是我的GPS，这是我的老花眼镜和太阳眼镜。他的粗暴令人讨厌，我很不情愿地掏空衣袋，我没有任何要掩藏的东西，而且我不希望他找任何借口把我带到警察局。我听到太多在警察局发生的事件。

现在他要看我的背包。

"包就在那儿，你可以过来检查，我没什么要隐瞒的。"

"把包拿过来。"

这就太过分了。我明白罂粟之路经过波斯地区，毒贩和吸毒者经常穿越这个国家，我想也许这里的警察比别处更警觉。并且我也知道毛拉们的决心，他们要围剿能与安拉的天堂竞争的一切人造天堂。但这个家伙粗暴、恫吓的口吻让我难以忍受。我心怀坦荡，签证合规，未携带任何违禁品。背包就在离汽车两米远的地上，他想看，那就挪挪屁股。他看着我不说话，我转身走到背包跟前，打开包以示我的诚意。

"我把包打开了，您请便，可以搜查了。"

"把包拿过来。"

"不，这不合理，您可以过来，我同意您检查……"

那人俯身向前，从手套箱里拿出一把手枪，在手里转动。他一字一顿道：

"把包拿过来！"

他用枪管指着车门边的地面。这回，我害怕了，这家伙简直疯了。我眼前突然浮现出一些暴力场面，"疯狂信上帝"必定会产生疯子，我们都知道。我在言语上与他对峙有什么意义呢？没有证人在场，偶有几辆车开过，时速也都在一百公里以上。我只得听他摆布。我瞥了一眼驾车人，他像停尸房的大门一样冰冷。我可不想因为拒绝把包拿过去而吃这个冷酷家伙的枪子。当然，我还是很气恼地把包扔到他的车门边。他把枪放回手套箱，迫不及待打开背包侧面的拉链，掏出我的相机。他打开布袋，把相机放入，然后重新系上。我一直以为他在寻找毒品，我很诧异他没有再继续搜查。我感觉不对劲，他左手拿着相机，右手猛扯我的背包，想要打开。这强盗要把我的拉链扯坏了，所以我就自己取出物品。他一把夺过去，看一眼，就扔到路边。我十分愤怒，真想一拳揍到这恶棍的脸上，可是他有枪……

"你的行为太可耻了。"我说道。

他毫不在乎。我的水壶、衣服、洗漱盒、拖鞋，被一样样扔在地上。他再一次问道：

"你没有手枪、鸦片和海洛因？"

"你知道得很清楚，我没有这些东西。"

"你连美元也没有吗？"

我没有回答，但我的怀疑被证实。我面对的可不是什么警察，是一个强盗，要么是强盗兼警察？他对毒品感兴趣，还说得过去，可是对我的美元感兴趣……

随后，没等我回过神，汽车突然启动，把我甩在原地呆若木鸡。我收拾散乱一地的东西，赶紧看看装相机的侧袋。这狗娘养的，他偷了我的相机！汽车已经开走很远，我看了一眼周边：只有军营密不透风的高墙。马路另一侧，一辆卡车朝德黑兰方向飞驰，与那个"小偷兼警察"的方向相反。恶棍、强盗、蠢货……我气得发疯，特别是想到他在车里得意扬扬欣赏自己的赃物时，我更是愤怒得无以复加。那可是架好相机！真是够"充实"的一天。我也非常懊恼自己，我怎么会被人如此耍弄，失去了镇静？我重新回顾事情的经过，搞懂了他的伎俩。他用右手搞乱我的东西，把我的注意力吸引到背包和散落的物品，这时他用左手把相机藏在座位底下。他把我当小孩子一样耍了一把，当小孩！突然，我想到了最让我难受的事。相机被偷走也就算了，可是里面有一卷四十张底片的胶卷，只剩一张未拍。这混蛋偷走了两周以来我给所遇朋友们拍的照片。我还记得，第一张照片是泽霍拉一家，在他的花园里，和他的十一个孩子及孙辈；答应给艾哈迈德、哈利勒以及失去了妻子和牙齿的小老头穆达鲁西的照片；加兹温令人赞叹的古老驿站的照片也随风而逝。这不仅是偷窃，而是对我与这条道路连接纽带的一种侵犯。我以后该如何兑现我给朋友们寄照片的承诺？我呆坐在沙尘中，无力收拾我的物品。我心想，如果当时我不把背包拿过去，他就不可能偷走我的相机，因为会被我发现，我会跟他抗争。也许我会挨揍，但至少不懊悔，不至于像现在这样如此愤懑懊丧。

我沉浸在苦涩中，忘了炎热和干渴，只想理清思路。我该怎么办？要去报警吗？去哪里报？我所读到的有关中亚警察的种种，至此开始有切身体会。因为薪资不高，警察贪婪美元，在一定程度上抢掠单身游客而不受惩罚。我可不能闯入警察局这个虎口，很可能碰到的是一丘之貉。可是没有照相机，该如何继续我的行程？相机对我来说跟我的笔记簿一样重要。那个混蛋刚刚偷走我的APS型号相机，每一张照片上都会记录下日期和时间。这是非常重要的功能，可以让我按时间循序整理旅程，一步步回想起我遇见的那些面孔，否则时间一长，他们就会被忘记。况且在这个国家，受邀请的客人应该带一份礼物。给他们拍照是我感谢接待我借宿的屋主的一种方式。看看他们是那么满怀喜悦地盯着我记下他们的地址。去年，我在穿越安纳托利亚高原回到巴黎后，我给热情招待过我的土耳其和库尔德朋友，寄出了一百二十封信和两百张照片。

我做了一个决定：让我的孩子们加急给我寄一台新的相机过来，因为我计划在德黑兰停留五天，离开之前，我应该可以收到。很可惜我无法在伊朗购买，因为这种型号的相机没在伊朗销售。

没在伊朗销售？一开始我没有意识到这个问题。自盗窃发生以来，我第一次邪恶地暗笑，因为那混蛋偷到手的东西派不上用场。他的欢喜只能持续很短时间，当他发现既买不到胶卷也找不到地方冲印里面的相片时，他只能把相机放在柜子里"装门面"。我着手找旅馆时，感觉稍稍报了一箭之仇，尽管心里还很难过。

我突然记起一年前在土耳其，六月十六日，三个农民也想偷走这台相机。那天我正好跨越了一九九九年行程的第一千公里。那次我运气比较好，小偷没能扯下我的背包。今天，自出发以来我一共走了九百三十四公里。今天也是六月十六日。

我本该多长个心眼。

六 德黑兰

德黑兰巨大无边，发展迅速。二十五年间，城市规模扩大了三倍，到处是工地。这是一座为汽车准备的城市，不是给行人。城市街区被一些没什么建筑物、没什么人、没有任何魅力的开阔地带分割。城市北部是高级住宅区，住着中产阶级、高级公务员、政治人物。中部是商务区，穷人住南部。从前北部住宅区与城市是分离的，富裕家庭和外交使节在那里建造夏季居所，但城市扩张把这些区域也都吸纳进来。背靠山峦，人们在此享受更宜人的气温，在眼下的六月，依旧看得见背景似的厄尔布尔士山峰上的皑皑白雪。

城市中部和南部，就是大火炉。在北部，女人们戴头巾时会露出些许长长的秀发，她们化妆。在南部，穿罩袍是规矩。

我在自由广场附近的一家小旅馆住下，许多家庭来参观广场中央耸立的细长纪念碑，那是巴列维国王为庆祝波斯帝国立国两千五百年而修建。

第二天，我马上去了"骆驼商队"旅行社。经理居鲁士·埃特马迪和善地接待了我。他建议我住到旅行社对面的旅馆，这个提议很诱人，因为旅行社有电脑设备，可以让我与巴黎取得联系。而且负责法国业务的两位迷人的年轻女子帕尔妮安和帕里娜兹，也会在我后续的旅途中为我提供帮助。

我有三件急事：办理土库曼斯坦签证，买一辆穿越沙漠的小拖车，取回我的新相机。

获得土库曼斯坦签证问题应该不大。我出发前两个月曾在巴黎提出过申请，但首次尝试令人失望。领事馆官员解释说，从伊朗到乌兹别克斯坦，我可以申请一个土库曼斯坦的"过境签证"，但只能在这个原苏联加盟共和国逗留三天。我带着谦恭和耐心回答说，土库曼斯坦国土横向跨越五百公里，即便是竞走冠军也不可能在法定时间内穿越这个国家。最后，经过不懈努力，他们终于答应给我为期一个月的签证。说好会追踪我的卷宗，到了德黑兰就给我签证。

出租车把我放在土库曼斯坦大使馆门前，但领事馆不在那儿，在更远一点？可更远一点只有一扇被封死的门，还没有门铃。我在那里团团转，一个已经来过三次的土耳其人指给我看"领事馆"：一扇装着粗铁栏杆的窗户，拉着厚厚的窗帘。办公时间理论上是上午九点，但到了九点半，窗帘依旧拉着。等候的队伍慢慢形成，我们无所事事地等在那里，朝街角看一眼，不太确定排的队是否正确。窗子终于打开，一个据说是领事的人，会讲英语。我向他解释说他们应该收到了寄自巴黎的我的卷宗……没有，他们什么也没收到过。多长期限的签证？一个月，我解释了我徒步穿越他们国家的计划……

"你要去土库曼斯坦？过境签证，三天。"

他递给我一张要填的表格。

"不行，三天签证不够我穿越你们的国家啊，而且……"

他拿回表格，关上了窗户。我捏着护照和照片呆立在那里，我看上去应该非常无助和沮丧。一个也在排队的小伙子为领事的傲慢替我忿忿不平，建议道："先办一张三天的签证，然后试着延长签证。你到了边境再说，跟他啰嗦没用，什么问题都解决不了。"

他的建议听上去不错，但能否奏效，我有点怀疑。如果说这个领事可以如此粗暴地对待我，那就别指望海关人员能理解我。不过我还是又等了半个小时，小窗口再次打开，我重新要了份英语和西里尔字母的表格。又过了半个小时，"柜台"再次打开，我把填好的表格递过去。那个讨厌的外交官看了一眼我的护照，轻蔑地扔回给我，他要的是护照前四页的复印件。如果现场有一台复印机问题不就简单么……我情绪低落，寻找了许久，终于找到一台复印机。很多人挤在那里，有二十多个人在排队，我也只好耐心等待。我结识了隔壁家具店的老板，他无所事事地等着顾客上门。他面前放着一杯茶，告诉我他曾是巴列维国王时期警察局的上校。显然，伊斯兰革命让他失去了工作，他只得转行做床和沙发的生意。

"我猜想那段时期有很多暴力。"

"并不是。没办法，那时国王病重，缺乏力量。当时如果有个铁腕人物来恢复秩序……"

我一想到巴列维国王时期臭名昭著的政治警察萨瓦克的残暴行为，便不寒而栗。如果是一个"铁腕人物来统治国家"，情况又会怎么样？

回到领事接待处，我发现队伍越排越长。我偶然看见窗子上方很高处有一块肮脏的灰蒙蒙的牌子，要仔细看才能辨认出"签证处"几个字。看样子自土库曼斯坦独立以来，这块牌子就没有清洗过。我观察了一会儿窗栏杆后面那个没教养的家伙，他破口大骂的时间远多于好好说话的时间。恐怕再也找不到比他更粗鲁无礼的人，如此对待在街上焦急排队的申请人。他是自己国家权力拥有者的代表吗？至于他们旅游部门（确切地说应该叫反旅游）的公务员，声名狼藉，总是刁难游客，尤其是落单的游客。即便我能跨过边境，我能每天面对那些不靠谱的家伙吗？我注意到领事抓过美元和里亚尔时毫不迟疑，要找零钱时，他就直接扔在窗口边缘，总算没有把钱径直摔到人家脸上。被刁难的人还得谦卑地面对他的轻蔑，他们怎能冒着永远得不到签证的风险去抗争？在无穷无尽的等待后，终于又轮到我，这回他觉得材料准备齐全了。我还想再解释一下我的情况，小窗口突然又关上了，那个狗熊般粗鲁的家伙没说一句话。

当天晚上，我在法国使馆吃晚饭。使馆坐落在全伊朗都知道的一条街：Nofel Loshato，就是翻译成伊朗文的诺夫勒堡。霍梅尼伊玛目就是在巴黎西面的这个小镇，度过了他的流亡生涯。很多伊朗人感激法国收留了这位有着特殊声望的领袖，我受到的热情接待有时也是这份感激之情的果实。大使菲利普·德·舒尔曼先生和夫人告诉我，有个法国人在我之前走过这条丝绸之路……我不是第一次听人提起过此人，当然，除了那老头以为的……马可·波罗。此人叫菲利普·瓦雷利，在德黑兰经停了好几周：他想拍摄一堵有彩绘的墙（城里有很多这样的墙），但没有注意到有一个警察局正在他的取景范围内。他的相机和护照都被没收，不得不在大使馆内住了很久，等着要回自己的东西。可惜胶卷就留在了警察手里。据说他走得很远，一直走到中国的喀什。

小桌子放在花园里，晚餐吃得很惬意，法国侨民及会讲法语的伊朗人亲切交谈着。

与大使道别时，我向他讲述了我在土库曼斯坦领事馆的不快遭遇。他答应打电话给那个土库曼狗熊。做两手准备总是更稳妥，我也让巴黎后方的人去提醒巴黎土库曼领事馆的承诺。现在，就剩安拉保佑啦！

　　快递公司 DHL 承诺三天内把我的相机送达。我在这三天去了好几家旅行箱包店，希望能找到一款可以帮我驮运行李的小拖车。但只有一种给妇女用的轮子小巧的拖车，在火车站、机场使用可能不错，但不适合沙漠路况。当你找不到现成装备，又不可或缺时，只剩下自己动手了。行动吧！我在大巴扎买了一辆儿童自行车，车架坏了，但两个轮子看上去还不错。我还买了些通常用来做架子的带孔角钢，甚至还买了一把钢锯和锉刀，一把起子和活动扳手（这里叫法式扳手），以及一些螺帽。我在三个小时内，做成了一个可以放进我背包的笼子，然后用螺帽将它固定在自行车轮子上。我把自行车车叉锯掉，在辕杆上拴一根皮带。现在只需给这辆"奇特的无名车"取个名字，要不，叫它"四不像"（EVNI[①]）吧。

　　骆驼商队旅行社在德黑兰，索菲在巴黎，探索者旅行社的西皮尔·德比杜尔通过他们当地的联络人，都在尽可能地帮助我。但是毫无办法，我租不到骆驼，也找不到赶骆驼的人。我接洽过的人都拒绝我，把手放在胸口说："任何上帝的造物都不会在这个季节去沙漠冒险，除非想自寻死路——这是对神灵的亵渎……"我顽固地说道："对骆驼也是死路吗？"人家回答我说："对骆驼也是，没有一个牵骆驼的人会疯狂到去那个地狱冒险！"我只能把希望寄托在

―――――――
　　① EVNI 为"奇特的无名车"法文词组第一个字母的缩写。

土库曼斯坦的卡拉库姆沙漠，如果运气好，我能拿到签证的话。等待期间，我先跟着我的朋友阿亚特在大巴扎的阴凉处转悠，在我进入火炉前，让我的身体和灵魂先清凉一番。

居鲁士·埃特马迪建议我去爬一下达尔班德，德黑兰北部一座可以俯瞰全城的小山。我们中午出发，酷热让人窒息。但随着向上攀爬，空气变得可以呼吸。小路很陡峭，一道激流在山谷深处奔涌。沿着溪流，胡桃树投下片片美妙的绿荫，点缀这片冬寒夏暑肆虐的褐色风景。从海拔两千六百米的希尔帕拉休息站眺望首都，景色十分壮丽。已经傍晚六点了，我们必须下山。居鲁士尽管已经六十高龄、双鬓斑白，下山时却步履矫健，优雅轻盈得像一名舞者。沿着溪流，许多挂着彩色霓虹灯的小餐馆正在烤肉，一位面包师傅递给我一块刚出炉的馕饼，我趁热大口享用，一边在集市般拥挤的人群中穿行。一些木头拱廊架在溪水边的大石头上，设为餐厅。许多家庭坐在那里，享受潺潺的溪流和宜人的凉爽。

土库曼狗熊在我发动的"友好"压力下挺不住了，签证在等着我去取。他还向我收取美元，我几乎带着欣喜递给了他。看到我的喜悦，他却被激怒，强调说我的签证是一个月期限，"正正好好一个月，一天不能多，一天不能少"。说完，当着我的面，猛地关上窗子。我忍不住对着关上的窗子喊道："滚吧，蠢驴！"

载我回宾馆的出租车司机告诉我他想移民去加拿大。

"为什么？"

"我有个一岁的小女儿。十年后她必须穿罩袍。我是穆斯林，很虔诚，但是这种强制做法让我反感。我希望我的女儿能够自由生活，我要为她竭尽全力。"

勇敢的人，了不起的父亲！我多么理解他！

六天过去了，我一直没有收到巴黎寄出的包裹。我给 DHL 打电话，但是知道这件事的那个人不在。过了一会儿，她还是不在，再过了一会儿，她又离开了。她还会回来吗？一个小时后再打电话过来。一个小时后，办公室关门了。第二天周五，是节假日。我强忍着怒火，鼓励自己要有耐心，克制内心的烦躁，不断对自己说，我来东方就是为了寻求安宁。到了周六，电话打不通了……还是我在大巴扎认识的朋友阿亚特为我想到的解决办法。

"直接去那儿吧。"他命令道。

我们折腾半天……得到的消息是相机已在海关被扣押了四天，可是没人想到要通知我。

"扣押的理由是什么？"

"海关要收取三百美元。"

"我不明白，这不是进口，只是过境。"

DIL 也不清楚，但他们不想管这事，我得自己解决。阿业特真是个好顾问：他说在伊朗，靠打电话解决不了任何事，必须当面交涉。

但凡稍长的距离，我都会叫出租车司机穆特扎，这是个冷静的年轻人，留着滑稽的山羊胡子。在这个国家，所有驾车人都是潜在的马路杀手，而他会停下车让行人先过。他的转向灯也使用得恰到好处，会主动让那些似乎很着急的人优先通过。真难得。我们相处得不错，他邀请我去他家吃晚饭，他年轻漂亮的妻子，也是他的嫡亲表妹法里芭，穿一身漂亮的蓝色丝绸套装，伸出手来和我打招呼。穆特扎说起话来不紧不慢，很温和。我请他陪我去机场海关办公室。出发前我先定好规矩：我要付路费。因为穆特扎认为既然是朋友，我们之间就不该涉及金钱问题。我不得不对他施加可恨的威胁，这让我不好受，但过度的慷慨也让人头疼……

我询问的第一个海关官员在办公桌后连头都没抬一下，确认金额道：三百美元。

"这是为什么呢？"

"进口关税。"

"为什么是三百美元？这是照相机的价格。"

"就因为是照相机的价格，关税是百分之一百。"

"但是，我并没有进口任何东西。一个月后我将带着我的相机离开伊朗，它不会再回来，除非我再次来伊朗。"

"没有证据，要么付钱，要么把相机留在这里。"

为了表示诚意，我建议把相机编码写在我的伊朗签证上。这个提议大概太愚蠢，海关官员装着没听见。我咨询过的 DHL 代理也无能为力，而且他明显想甩手不管。所有一线官员都给我们同样的答复，我确信他们统一过口径，几乎可以断定他们有预谋。

"我要找你们上司。"我对最后一名职员说道。

上司很忙，他的办公室在大货场中间的一间玻璃小房间内，一大群下属和来喝茶的朋友围着他。等待时间如此漫长，多亏穆特扎是个天使，我才忍受下来。我们把争执的理由讲述后，上司作出决定：

"七十美元。"

"为什么是这个数目?"

"你还抱怨什么呢,我已经给了你一份二百三十美元的礼物。"

"但你们收七十美元没有依据。我再次重申这只是过境,不是进口。你们没有任何理由收这笔关税。"

这个人打断我不下十次,穆特扎表现得十分稳重、沉着和有礼貌。他大致翻译了一下,我觉得我们差不多要成功了。这时向我要三百美元的第一个海关官员过来劝说他的上司别在金额上让步。

我实在忍无可忍,直视上司的眼睛,重复道:一美元都不行,你得不到一美元。如果你们不同意,就把相机退回巴黎。

然后我对穆特扎说:

我们要找更高一层的领导,上司的上司。

我的朋友说起话来跟他开车一样,平静、克制、严肃,郑重其事。他的法子很奏效,因为一刻钟后我们被带到了另一栋楼。

办公室里有空调,我喜欢。这位上司的上司是个胖乎乎、有着一双顽皮小眼睛的温和男子。穆特扎依旧不动声色地讲了一遍事情经过。那人指着我问他道:

"这是你的朋友吗?"

"是的。"他毫不犹豫地说道。

上司的上司请我喝杯茶,一副饶有兴味的表情,不等我回答,就把两只茶杯推到我们面前,斟满茶。随后他似乎有点漫不经心地说道:

"三千里亚尔,我们还是有些费用的,你接受吗?"

三千里亚尔,相当于三法郎。我们边喝茶边聊天,外人看上去

105

我们就像是久别重逢的老朋友。

我们又花了一个小时办手续，被遣到老远的地方去付那三千里亚尔，可还是少了一页文件，不得不再次折回来。接着在包裹堆积如山的大厅里，在不计其数的卷宗和散乱纸片中寻找，然后填表、签字、盖章，这些表格被收入一大堆打印的文件中。一位年纪稍长、穿罩袍的女士用修长优雅的手指指着一本有存根的双联册，让我在上面签字。可是人家惊恐地发现，单子搞错了，这是另一份邮包的资料，要找到我的单子，至少要一个世纪。签字吧，这事就算完成了。

然而"浪费"的这几天，对我的行程产生了一定影响。如果我想在规定时间到达土库曼斯坦边境，"一天不能多、一天不能少"，我必须尽快出发。那位"友善"领事的恐吓还在我耳边回荡。我征求骆驼商队旅行社年轻姑娘们的意见，她们建议道：

"你为什么不请个导游开车参观卡维尔盐漠？现在温度太高，步行去那里就是找死。但那一带风景太美了，导游可以把你再带回德黑兰……"

"不行，因为万一路上有什么状况，我就不能遵守我的期限。"

"那就让他把你放在路上，靠近塞姆南或达姆甘……"

左右为难的选择。我是否该满足自己，去参观这片梦寐已久的沙漠而将行程缩短两百公里？我，一个徒步旅行的圣徒，坐上一辆车？不可能！但仔细想想，所涉路段就是一条高速公路，既无吸引人的风景也无历史价值。考虑到德黑兰城市规模的庞大，我需要在机动车熏天的尾气中走上一天甚至两天，才能出城。另一方面，别人告诉我在去伊斯法罕和纳马克湖的路上，有一些非常壮观的沙漠古驿站。纳马克湖是一个两千五百平方公里干枯的盐湖,世界上最大的盐沼之一。

现在我有了签证、照相机、我的"四不像"小拖车,剩下要解决的问题是如何选择,我必须做出选择……

七 荒 漠

当天下午,我见到了阿克巴。我的向导五十来岁,低调、沉默寡言,如冬天的橡树那样孤独、强壮,眼神中透着友善和坦诚。第二天早晨,天刚蒙蒙亮,我们就朝德黑兰南部的圣城库姆驶去。他的车是一辆坚固的培坎轿车,英国技术,伊朗组装。车顶上的"四不像"让它看上去像一辆来自乡村的破车。昨天下午,德黑兰气温达摄氏四十六度,我们前往的地方更热。阿克巴很了解这一带,但他最熟悉的是山区,在伊朗或许没人比他攀爬过更多的山峰。二十多年前,他组织了一次攀登安纳普尔纳峰[①]的远征。他痛惜地回忆起那次经历,因为缺少经费,他和同伴们雇不起搬运服务,只能靠自己,因为消耗和海拔高度而筋疲力竭,最后不得不放弃计划。阿克巴还痴迷洞穴探险,刚刚写完一篇有关他在厄尔布尔士高原发现一系列洞穴的专题论文。我们制定好我们的环线,从南边沿卡维尔盐漠行进,然后穿过盐漠到它的北面。

我们的第一站是卡尚,以盛产陶瓷器和地毯而闻名的城市(波斯语瓷砖一词的发音就是"卡尚")。锡亚尔克是一处土堡遗迹,六千多年前就有人居住。这里土地肥沃,曾为埃及法老提供小麦。城堡只剩下不成型的土堆似的建筑残余,法国考古人员曾在此进行

[①] 安纳普尔纳峰位于尼泊尔北部的喜马拉雅山中段,海拔 8093 米,是世界第十高峰。

挖掘研究，后因为伊斯兰革命，法国人被赶走。我捡起一小块陶片，也许它们已经有两个、十个或二十个世纪？它们是否本该像其他文物一样，在卢浮宫或德黑兰博物馆拥有一席之地？我们在几公里外"费恩花园"的大树树荫下喝茶，花园的修建受惠于费恩村的泉水，泉水滋养了大片绿洲。花园设计于阿巴斯一世时代，真是一处奇妙之地。泉水在陶罐中汩汩流淌，然后流入茂密树丛中天蓝色的马赛克水渠。然而就在这样一个迷人的花园里，十九世纪中叶，恺加王朝著名的改革派总理大臣、想对波斯社会进行现代化改造的米扎尔·塔齐·汗，在这里被砍头。在这个国家，人们似乎绕不开艺术和诗人——这让西方作家深深着迷，我想到的有戈比诺、简·迪乌拉福伊、格雷厄姆·格林、彼得·弗莱明等，还可举出很多其他例子——然而推动事物发展的只能是一次又一次的血雨腥风。

比如纳赛尔丁沙，是个宽宏大量的君王，却下令要将十二岁儿子的眼睛挖去，因为他看兄长时眼神里露出了嫉妒。但后来他心软赦免了他，也是真的……

我们到达的小城看上去死寂一片，这是烈日的洗礼，气温远远超过摄氏五十度。到了傍晚六点，街头才开始活跃。在遇见的第一家开门的店铺，我买了一块头巾。这块编织宽松、吸水的棉布方巾，正好用来擦拭我还未走出阴凉地就已经满头满脸的汗水。我们与两名"穆噶尼斯"即挖掘坎儿井的人聊天。这份危险职业一般由亚兹德地区的人承担，他们趴在地道里每天平均挖两米左右长的坑道，每隔三百米凿一口竖井，用以通风和运出挖下的泥土。这些延伸到山脚下取水的坎儿井平均有四五公里长，有的甚至可长达四十公里，需要几代人的挖掘。

我们在一座公园里扎营吃晚餐，这里浇铸了许多水泥圆墩供家庭晚上出来野餐。在星空和彩灯下，男人的白衬衫与女人的黑罩袍及孩子五颜六色的衣服形成鲜明对照。人们一如既往，搬家似的搬出很多东西。肉在晃动的火焰上炙烤，水在茶壶里翻滚。我们简单吃着面包和奶酪，一个小姑娘给我们送来一大碗汤，也许我吃得太津津有味，她父亲直接把汤罐端给了我们。这里有一个外国人的消息很快传开，我听见有人在低声说"齐内丁·齐达内"。一个小男孩鼓起勇气过来告诉我，法国足球队依然留在争夺欧洲杯的队伍中。渐渐地，周围人也都聚拢过来，会讲英语的人询问我关于巴黎、关于法国和关于我的旅行的事。我们很快被好奇的人群围住，一个男人盛情邀我去他家做客，他指着我像一口软棺材似的露营睡袋说，我们在他家要比在这里舒服得多。我们不得不花了十分钟时间、费尽口舌说服他这不可能，我们今夜四点钟就要出发去纳马克湖，需要早点睡觉。他们依依不舍地跟我们道别，临走还不忘热情地和我握了握手。

但四个面目可憎的彪形大汉带着一名穿罩袍的女孩子走近我，一副找麻烦的样子。我立刻警觉起来。女孩会说英语，翻译了两个问题：你的宗教信仰是什么？你如何看待伊朗社会？毫无疑问，这是极端分子给我设的圈套。我想着脱身之计，告诉他们说感谢他们的来访，但阿克巴和我已经非常疲倦，明天还要早起。他们的问题很有意思，但三言两语难以说清。他们悻悻离开，却并未浪费时间：十分钟后警察就来了，一名警察穿制服，另一名穿便衣，还有一名得意炫耀手中长枪的军人。检查证件！不过最后，他们只能假惺惺地道歉离开。

阿克巴睡在一顶四人份的大帐篷里,我首次启用我的露营睡袋。六百克,防水,一端还配一个拱圈,可以防止布料直接覆盖脸上,还有一顶小蚊帐。里面热得让人受不了,我爬出睡袋,在草地上过夜。后来我才知道阿兰地区是伊朗蝎子最猖獗的地方……

我们的驾驶员穆克塔一眼就可认出,他的银戒指上镶了一块他很喜欢炫耀的硕大紫水晶,大腹便便的样子看上去像个重要人物。他是个生意兴隆的企业主,也是这个小镇的镇长。在天全黑下前,他驾着他的大型四驱卡车在小镇上转了一圈,不时接上几个工人,他们手里拿着吃食,爬上他的卡车。加上他的儿子,我们四个人坐在驾驶室。通向纳马克湖的砂石路坑坑洼洼,在沙丘间蜿蜒,普通车辆难以承受。偶尔可见带棘刺的野草星星点点散落,养育着一群被散养在荒野中自生自灭的骆驼,这些就是著名的巴克特里亚骆驼,从前就是靠着它们运载沙漠商队的货物。人们现在饲养它们只是为了驼奶和驼肉,但伊朗人并不是很喜欢。人家告诉我每匹骆驼最多可以喝下六十五升水,然后可保持一个月不喝水。不过实际上,每隔四五天,它们还是需要饮水。我问穆克塔有关骆驼的事,他解释说看管骆驼的人不是骆驼商队的人,后者肯定不愿意深入沙漠。眼下我只得放弃我的沙漠徒步梦,我多么想在寂静中,伴随骆驼缓慢的步伐,穿越卡维尔盐漠。

我们的车在沙地里打滑,横着开,调整方向时轮胎下喷出大量沙子。经过一番颠簸、摇晃,我们终于到达马伦贾布。这是个如梦如幻的地方,眼前的纳马克湖一望无际,历经几个世纪,湖水干枯，形成一片延展平整带着裂纹的盐板。在这块透明的巨大镜子边缘，一座阿巴斯时代的古驿站骄傲地耸立着它的红色砖墙。穆克塔告诉我说巴列维国王时期，有人想把这里修葺改造成一座酒店，但毛拉们反对，被荒废和遗弃的工地，给人一种时间停滞感：砖瓦破碎，烤炉蒙尘，砌到一半的砖墙似在等待泥瓦匠的归来……一群山鹑在此栖息，被我们的出现惊得四处飞散，唤醒了这里的一切。长在水中的竹子，风吹过，发出哗啦啦的声响。这里宁静祥和，是骆驼商队从伊斯法罕出发到里海途中最理想的歇脚处。我们在一个靠坎儿井供水的水池边，在一棵古树的树荫下，默默用餐。我又想起阿克巴告诉过我：往北二十多公里，生活着三到四对豹子，它们逃过了人类的追捕，在这盐漠中生存了下来。

　　我们重新登车上路，在盐湖中行驶，有一种不知身在何处的奇妙感觉。极目远眺，除了盐还是盐，盐湖在干枯过程中，湖面有些地方留下厚达四十米的硬壳。穆克塔用几辆推土机挖掘盐矿，用几十辆卡车把盐一直运到阿兰。春天，一年中大部分时间处于干枯状的五条河流，重新有了水，约十厘米深的一层水覆盖方圆三千平方公里左右的湖面。等第一波热浪袭来，水分蒸发，被太阳氧化的湖底表层变成棕色。在这平如镜面的湖底，穆克塔把车开到每小时一百公里的速度。镜面的反射使得地平线仿佛也融化在一片白絮中。视野中终于出现了一样东西，是战争时期被打下的一架伊拉克飞机的发动机。盐将金属腐蚀，人则把机舱及一切有用的东西都搬走了。我记得伊拉克军队装备的好像是法国幻影战斗机……不过我还是不要提及这个话题吧。不久后，我们在一座只高出湖面约一米左右的小丘上看见一幢房子，那是穆克塔企业的食堂、宿舍、修理车间及办公室。

我们午餐吃了鸡肉米饭拌"兜"(dough),这种脱脂酸奶似的饮料在土耳其叫"艾兰"(ayran),一种咸酸奶。大伙很好奇我是否喝酒。那他们呢,他们是否也喝过酒?在场的八个人中,只有一人从没沾过酒精。我们被酷暑折磨得昏昏沉沉,在扯过一旁的床单躺下睡觉前,有个人告诉我说在湖区,下午两点阴凉地的温度也要高达摄氏五十五度。

晚上,我们在纳坦兹宿营。我请求跟阿克巴分享他的帐篷,我可不想招惹那些蝎子。

在纳因小城,有一座古老的土堡,纳林城堡,已经完全风化。想象一座冰雕的城堡放进火炉的场景。附近开设在古驿站里的巴扎这个时间没开门。不过阿克巴带我参观了不远处这个地区特有的蓄水井。这里,地表的水几乎都是咸的,日常用水主要靠收集春天时密集的雨水,但水很快会被沙漠吸干。为了保存雨水,人们修建了各种地下蓄水井,及时将雨水收集起来。我们参观了一座由一个叫马苏姆·卡维的人设计的蓄水井,他在自己的作品上留下了签名。这是一座砖砌的圆形建筑,深入地下十八米,周长十五米。一道长长的阶梯(六十五级台阶)一直下到水井边。这里的水仅限饮用,通过一个在幽暗中闪闪发亮的铜制水龙头流出。水很清洌,几乎冰凉。蓄水井露出地面的部分类似一座小塔,覆盖着焙烧过的厚厚的黏土。再往北一点,我还看见一些类似的水泥砌的蓄水井,但井壁要厚实得多。这种蓄水井从前也被当冷库用,叫作雅克安巴尔,冬天时人们在里面储存冰块,一直可以完好保存到盛夏。

酷热难耐，阿克巴说这简直就是地狱。在这个纬度，温度计从来不会降到零度以下，但再往北二十公里，有时会结冰，不过即便夜里有霜冻，大冬天的正午，地面温度仍可高达摄氏四十度到四十五度。我们决定不在阿纳拉克绿洲停留，它的椰枣树绿得诱人，让人心安，就是绘本上画的样子。阿克巴强调说，这里可是风水宝地，地下还拥有铅、金、铜、锌、锑和钴等矿藏……

我们决定去下一个绿洲的居民家里借宿，丘帕南绿洲也长满了椰枣树。马苏德为我们提供了住宿。他是一名地毯设计师，精心装饰了自己屋子的地面和墙壁，这是一座有着漂亮瓦片的圆屋顶房子，独具创意，简洁明亮。阿克巴对我说："这样的屋顶地震时十分危险。从安全角度，没有比圆木和胶泥屋顶更好的了。它们顶多是破裂，而现在这种屋顶会整个掉下来砸到人头上。"阿克巴是追求实用的人，对马苏德那简洁和谐、讲究高雅品位的住宅不以为然……

尽管时间已晚，我们到达这里的消息还是不胫而走。我们刚用过晚餐，就有四位来访者。两位是显要人物，一位胡子稀疏的年轻毛拉，以及一位身材颀长、有着寒鸦般眼睛、自称波斯文学讲师的人。大家一起喝茶，请我讲述自己的故事。

毛拉开始调查：

"你的宗教信仰是什么？"

我早就料到。

"天主教。"

"你对加洛蒂怎么看？"

这也是我预料中的，所以我就把对马哈茂德说过的话又重复了一遍，不指望说服任何人。

轮到那位出众的教师说话了，我等着阿克巴的翻译，但他没有。

"怎么回事？"

"他说的是英语啊。"

他声音很轻，口音太重，我还以为他在讲波斯语呢。在我的请求下他又说了一遍，声音高了一些，听得更清晰了一点。

"你想进天堂吗？当然了，所有人都想进天堂。你得每天多说几遍'真主保佑，穆罕默德保佑'，如果你重复这几句话，你就不会有问题，身体健康，永远不会生病，你的心愿都能实现。"

"可是我没有问题，再说这是穆斯林的祈祷，我是天主教徒，我们有我们的祷告……"

"你会有问题的，除非你经常……"他又重复了一遍刚才的话，其他人也低声附和。

我终于意识到这四个家伙来这里的目的是想让我快点改宗伊斯兰教。证据就是：其他几个不懂英语的人，也完全知道长着寒鸦眼睛的人在说什么。他的做法有些生硬，用一种近乎催眠的方式说话，试图用目光征服我。

最后还是向导出来解围，他提高声音道："他会考虑一下的，现在我们或许要去睡觉了，我们太累了。"他还提醒说我在这里是作为客人，在伊朗是不可冒犯的。毛拉第一个站起身，其他人跟着站起来。

他们离开时，我问道："那个在德黑兰偷了我照相机的警察，算不算一个好穆斯林？"他没有明白我的问题，肯定是因为阿克巴觉得这些争辩该结束了,便以他的方式来翻译……

然而,不知为何我还是不顾一切地喜欢伊朗。

早上,杂货店老板用他的俄式摩托车把我带到村子的高处,那里的景色令人惊叹。首先看到的是房屋的平顶,露台一直延伸到种满绿色椰枣树的河谷深处,椰枣林飒飒作响。捕风塔的塔柱笔直伸向天空,这是一种有三个风片的烟囱似的构造,其空心部分总是面向北方,那是风吹来的方向。捕风塔摄取微风,经过通风井和保持湿润的棕榈叶的过滤,将凉风送到房屋中央。这就是船上风向袋以及空调机了不起的原型呀。凭借聪明才智,人们发明了坎儿井、蓄水井和捕风塔,这才得以生活下去,并忍受这种极端气候。

从高处下来后我们马上出发去田野。俄罗斯摩托代替了从前的小毛驴,但还是保留了牲口背两侧放置色彩鲜艳编织袋的传统。摩托跟小毛驴一样,装上一大堆乱七八糟的东西,经常载着一大家子,妻子和孩子紧紧抓在一起。我见过一辆摩托车上坐了五个人,那名妇女艰难地拉着孩子按住自己的头巾。

我们朝着北方和沙漠方向行使。阿克巴向我展示他车上安装的燃气系统,在德黑兰城里开车时使用。为减少城市污染,政府鼓励混合燃料汽车。司机每半年付五十法郎,每天可以加一次或几次燃气,不用再掏钱,也就是说燃料相当于免费。对于这个石油储备大部分用于出口的国家来说,这是一项聪明的政策,对德黑兰也很有必要,因为城市巨量的交通,造成的污染超乎想象。

在进入沙漠前的最后一个村子詹达克,我们在茶馆遇见了迈赫迪,他邀请我们去参观家里的编织机。他妻子、孩子和他自己轮流在编织机上工作。垂直的机梁上，密密排布着横梁，全家人灵巧的双手编织着纬纱，用梳子形状的纺锤压实每一行纱线。编织中的地毯完工后有一米四宽、两米二长。以每天工作十小时的节奏，完成这样一件作品需要六个月，还要投入相当于两千法郎的原材料，地毯商人以六千法郎的价格收购。村里家家户户至少有一台编织机。

我们即将进入卡维尔盐漠无人区，织地毯的那个人一再告诫我们，这几年多人在盐漠失踪。道路笔直，如一道长长的黑色烟尘穿行在一片苍茫中，望不见尽头。道路两旁的沙子一会儿呈红色，一会儿呈灰色，细如灰尘，被侧风扬到空中，仿佛一层薄雾扑向沥青路面，但又不飘落下去。这层不透明的雾遮蔽了地面，形成一种虚幻的絮状感。没有沙丘，没有一处沙丘，没有一棵草，没有一块可以锁住目光的岩石：这就是卡维尔盐漠的中心地带。参照物的缺失给人一种静止不动的感觉，实际上阿克巴的小车正以每小时一百四十公里的速度前进。风不时在原地打转，掀起一股哪儿都飘不去的沙尘龙卷风，像一根虚幻的柱子般蹒跚，如醉汉般摇摇晃晃，随即在热浪中消散。这种移动的、朦胧的、死寂的无边无际让我既入迷又惊骇。我们没有说话，面对这样的场景，词语有什么用呢？

我们已经行驶了两个小时，一堵如赭色城墙似的东西突然出现在地平线，以极快的速度向我们靠近。道路向上延伸，随后又在红土的山丘间穿行。阿克巴开起车来像所有伊朗人一样，半只脚踏入坟墓，开过弯道时直插过去，仿佛世界上只有他一个人，但愿安拉已把道路清空。有时他还要在坡顶超车。我想起别人给过我的忠告：你要去的是一些危险国家，要小心谨慎。为了不被视作胆小鬼，我也跟伊朗人一样，无视安全带。人们不禁要问，汽车制造商为何要费力给汽车配置这种在此地毫无用处的玩意？毫无疑问，这是我这趟旅行中最冒生命危险的一段。

正常情况下，我们应该在莫阿尔莱曼往西斜插到塞姆南。但军方拦住了通往那里的唯一道路，因此我们只能往北去达姆甘。阿克巴不想让我多费鞋，试图说服我从达姆甘继续上路，而非塞姆南。他说这样可以让我少走一百二十公里。但是不行，我从正常线路上"截掉"两百公里，已经深感不安了。唉，要是没有签证这档子事该多好……

在塞姆南，我们找到一家小旅馆落脚，我的外国人身份，让老板破例开启了淋浴设备。

六月二十九日，塞姆南九百三十四公里处

早晨八点，太阳已经又高又热，我与阿克巴道别。他帮我整理好"四不像"，我在里面放好背包和水壶，总共有二十来公斤。我的小拖车有点怪异、有点摇晃，但是很酷。我体会到一根手指就能"带走"行李的幸福。从此我就像从前丝绸之路上走在骆驼边的商人一样，不用背东西了。我在德黑兰的休息（后因照相机问题，被迫休息），让我手脚有点僵硬，而且这段路程的地形，不给我"腿脚适应"的过程，一出城就是没完没了地爬坡。

出发时我在腰间绑上系在车柄上的皮带，但很快我不得不解开皮带，因为每走一步，小车的震动，冲击到我的腰部，我的车还没有完全调好。况且我需要不断停下来，从小车里拿出水壶喝水，再

放回去，再出发，太麻烦了。我的水壶有背带，我就背一个在身上，但这样水容易变热，而且橡胶贴着我的背，很快就汗流浃背。不过也只能如此了，一旦口渴，我立即能喝上水，而我常常渴得要死。

中午一点，出现了一家饭馆，为我提供阴凉地和食物，我并没有念叨丘帕南那位宗教幻想家的神奇句子，依然获得了正常的奇迹。饭馆老板是个阿富汗人，一直生活在担心被伊朗人驱逐的恐惧中。伊朗人确实认为逃离内战的难民潮太过凶猛，开始用大巴将难民遣送回边境。马哈马德在阿富汗曾是一名教师，当他讲起那里发生的事情时，不禁潸然泪下。"没有任何自由"，他说。在隔壁一间屋子里，他用八张椅子和一条床单，为我搭了个临时床铺。酷暑的炙烤，今天早晨的爬坡，加上他为我做的美味午餐，让我昏昏欲睡，我在那里像根木头一样熟睡了两个钟头。

上午走了二十六公里后，他们告诉我还剩五公里。但我的GPS和我自己知道，实际上应该还剩十五公里。"四不像"出现了第一次故障，掉了一颗螺母。我有法国扳手、伊朗改锥，还有打气筒、备用螺丝等修补工具。这些东西有点沉，但对我来说无所谓，反正是"四不像"驮着走。天黑下来了，我在路肩上走，因为地面松软，拖动轮子很费劲。我走到今天的第四十公里时，穿过一个俯瞰大片山谷的小山口。在暮色的包围中，平原更显得宽广无垠。在这片光秃秃的缓坡中央，并排竖着两个土墩，远远看去像是两座沙漠驿站。我一下子忘记了疲倦，急速冲下山坡。两座建筑其中一座是脱灰掉泥的堡垒，另一座则是保存相对完好的驿站。遗憾的是大门被一条粗铁链紧紧捆住。今天晚上，我是住不成这个古老客栈了。

在这个叫阿胡安的地方，除了这两座建筑，只有一座清真寺。现在是祈祷时间，门前停了些轿车和卡车。这是座被院子围起来的房子，中间竖了个广播发射塔。一个头发花白、有点生硬的小个子男人过来探问，我反过来只问了他一个问题：哪里能找到吃饭和睡觉的地方？他做了个向东指指的动作，没说话走进了清真寺。我坐在一块大石头上等待，难道今天晚上我又要睡在露营睡袋里与蝎子为伴？栅栏围着的院子里，两条高大的牧羊犬守护着。房子和停放工程器械的货场，没有一丝光亮。

我在石头上像只苍鹭那样一动不动坐了半个钟头，让身上的疲惫慢慢消解。我看见那个干瘦的男人又从清真寺出来，进到院子里，两条狗开心地凑上前。他接着又进到屋子里，过了一会出屋走向我，他的好奇心战胜了他的戒备心。我后来知道他叫瓦里，五十六岁，是这个地方唯一的居民，负责看管这里的房子和东西。他能让我在这所大房子里借宿一晚吗？他有点犹豫，想看一下我的护照。他"看"了一眼护照（他只看我给他解释的图片）后，放下心来，请我过去喝茶。然后随着我们相互了解的加深，他请我一起分享晚餐，最后让我睡在隔壁有四张床的房间里。我搞清楚了那些工程机械是用于道路养护的设备，山口被积雪覆盖时，需要及时清理。建立了信任的瓦里，显得很有趣。他湛蓝的小眼睛和象牙色的胡子，让他有一种孩子气的可爱。

我睡得很死，像块石头。早上七点，瓦里叫醒我，他要回塞姆南的家里，换班的人马上就到，我必须立即离开，以免给他和他的上司带来麻烦。我和他道别，送给他最小的孙子一枚小徽章，然后回到驿站。我把笨重的大门推开一点，往里瞥了一眼。如马伦贾布的驿站一样，修缮工作刚开始，就被伊斯兰革命中断。瓦里告诉我说驿站修建于五世纪。应该不会，这是典型的萨法维王朝的建筑，肯定受十七世纪初阿巴斯大帝的推动。但也有可能驿站建造在另一座驿站的遗址上。这里地处荒凉，与世隔绝，土匪的进攻迫使人们采用易于保护商旅和朝圣者的建筑结构，附近的城堡就是例证。如有需要，武装人员会护送商队，以防止强盗团伙混入商队，抢夺货物后逃跑。令人生畏的土库曼强盗来自北方，抢人抢牲口。地方统治者需要维持较强的驻防据点，以保证旅行者的安全。当地的首领需要自掏腰包赔偿在他辖区内遭遇打劫的商人。为了杀一儆百，盗贼被抓后，会遭受酷刑折磨，然后被处死。

我再次上路时，知道三十五公里路程内什么都没有。干渴折磨着我，即便嘴里含着一口水，仍然觉得嗓子和口腔干得冒烟，我始终处在脱水的边缘。赭色的荒原层层往北铺展，一直延伸到厄尔布尔士山脚下。另一条山脉高耸在南面，把我和卡维尔盐漠隔开。为了方便小驴车、小拖拉机等的行驶，人们在公路两侧辟出专门的柏油小道。"四不像"乖乖跟在我身后，拖起来毫不费劲。卸下了背包的重量，我的行进速度很快。如果相信 GPS 的记录，我轻轻松松就达到每小时 6.2—6.3 公里的速度，至少上午可以做到。通常接近午餐时分，我会找一座横跨在公路上的天桥，在桥下的阴影里躲避太阳，睡个午觉，等待最热的时候过去。但今天是个特别的日子，我早上看了一下日记本，计算下来，中午时我将达到从埃尔祖鲁姆下车后的第一千公里。我找到了天桥，吃了点面包。还剩一些蜜枣，我把它们分成两包，第二包存起来以备今晚找不到住处、找不到床铺时应急。我就这样小小庆祝一番，然后睡个午觉，恢复体力。我仰望着藏身处的石头天顶,确信第一千公里就刻在那块拱顶石上。我对自己说还剩下两倍于此的距离要行走,然后安安稳稳地睡着了……

傍晚六点刚过,我很高兴发现一片绿荫下有房子,应该是个餐馆。遗憾的是它关门了。一个少年把门打开一条缝,经过一番讨价还价,他同意以十倍的价格卖给我一杯果汁。我在一把椅子上坐下,喝一口果汁,让它在口腔里停留良久,享受清凉饮料带来的惬意。我知道至少需要两小时,我这种干渴感觉才会消失。我今天才喝了六升水,我的身体需要的水可以减少一些,并适应酷热了吗?也许吧。

两名卡车司机在停车场把车停下,饭馆终于开门了。其中一名司机在加兹温和德黑兰之间的路上见过我,对我走了这么长的路程惊叹不已。我们边吃边聊。他们离开后我去付账,老板说他们已经为我结过账。他把我安排在储藏室过夜,我就在一堆可乐和米袋子中间的一条毯子上睡下。老板把我的"四不像"拿进屋子,说它有被偷走的风险。难道在沙漠深处也会被偷?哪里还有安全感呢?……确实,我的小拖车会引起成年人的兴趣和好奇,会激发起孩子们的贪欲。而且,正是通过这辆车做媒介,他们和我接触。他们凑近,围着小拖车转,几乎总会伸出拇指试试轮胎的压力,然后才开始问我,我来自哪个国家,要去哪里……还要加上我早已被问得起茧子但在他们眼里很重要的一个问题:"四不像"是伊朗制造还是法国制造?

清晨五点,厨师的动静将我吵醒。厨师是个小老头,留胡子,戴一顶油腻的从不摘下甚至睡觉也戴着的羊毛软帽,在满是油脂和血污的案板上，用剁肉刀使劲砍鸡块。这种时候，蟑螂们会穿过厨房，在管道后面躲起来，等白天过去黑暗降临，然后出来品尝鸡肉。鉴于我刚刚看到的场景，我只要了两个鸡蛋，请他煎熟一点。

六点，我看着红日从山冈后一跃而起。我必须在尽可能早和尽可能晚的时间段行走，下午一点至四点之间尽量多休息。否则的话，我随时有脱水的危险，口含盐片也不管用。出乎意料的是，大块云团让天空暗下来。我先是庆幸，云层能减弱太阳光的强度。但我很快失望地发现，环境的湿度增加，闷热比起昨天的干热更难忍受。我出了很多汗，衣服早已湿透。跟随行走节律，衣服摩擦着皮肤，我的胯部、大腿、臀部被擦得生疼，浑身难受。

离达姆甘不到十五公里，有一座令人惊叹的黏土堡垒，俯瞰平原。尽管地基有所松动，尽管历经冬天风雨的侵蚀，它的双围墙依然挺立。这片广袤的平原，应该见证过无数耀武扬威的军队！匈奴人、阿富汗人、奥斯曼人、蒙古人、土库曼人，无数次蹂躏这片土地，在不那么动荡的年代，又有地震雪上加霜。然而二十多个世纪以来，它也见证过成千上万的骆驼商队和朝圣团队。达姆甘城应该就是古代的赫卡通皮洛斯（百门之城），曾是帕提亚的都城，又是丝绸之路上的重要枢纽。但是它多次惨遭摧毁，又被成吉思汗夷为平地，再也没能完全恢复元气，仅保存下乡村小镇的规模，遗留下两座丧葬塔。这是否就是琐罗亚斯德教徒用来陈尸的塔？袄教曾经有两个现在已经消失的宗教习俗：为了不污染土地、空气或火焰，他们禁止土葬或火化尸体，而是将尸体放在高塔上，让秃鹫啄食；另一种就是被学者们称为"族内近亲婚"的习俗，换句话说，有些教徒不得不在自己的家庭内娶一位妻子。达姆甘有一座塔叫四十姑娘的塔,没人能给我解释这个名称的由来。我想到"一百名处女"的故事,那时西班牙北部一个笃信天主教的小王国被摩尔人征服后,只得每年给阿拉伯征服者献上一百名处女,直到克拉维霍大捷。

晚餐时,酒店大厅里的人群分为两派:一派是意大利球队的支持者,由酒店老板和两位客人组成,其中一位的兄弟在米兰工作。另一派支持法国队,其实就我一个人。今天正是欧洲杯决赛,街上连一只猫都没有。几天来,总是有人提醒我,幸亏有了穆斯林齐达内,法国队才能进入决赛。有两场比赛,一场在电视里,一场就在酒店大厅。随着时间流逝,比分一比零,法国队一直被压制,对方阵营一片嘲讽。世界冠军法国队的家伙们这是怎么了,都占不了主动!不,不,必须说明白,意大利人踢得更好。当裁判吹响终场哨,法国队获胜时,我尽量保持低调的胜利。

我让自己休息一天,并不是为了庆祝胜利,而是为节省体力。因为我再一次沉醉于行走,如果我不克制和停顿一下,对长距离行走的狂热会让我停不下来,一直走,一直走。某种兴奋感、某种想要走得更远更快的欲望控制着我,我总想着往前冲,身体里有一种从每一个细胞中涌出的愉悦和欣快。我遇到过这种情况,知道它的危险性。昨天起,我的腰带又缩进了一格,我身上储存的每一克脂肪都被机体转换成燃料,全部趋向唯一的目标,那就是行走。这变成一种需求,一种毒药。如果我不采取措施,这种身体上的欣快感会导致我的衰竭。我必须不惜代价保持脆弱的平衡,强迫自己停下来,克制住醉心冒险的冲动。

塔里克-喀乃赫（Tarik Khaneh），又被称作四十柱清真寺，现在不对公众开放也不做礼拜。但我想至少从远处眺望一下这座八世纪初阿拉伯人初到时修建的伊朗最古老的清真寺。我运气不错，两个正在维护围墙的男人让我参观了清真寺。当然了，一张钞票参观清真寺，再加上两张大钞票，我可以爬上旁边宣礼塔的八十级台阶，一览卡维尔盐漠的无限风光。

一群年轻人在一个院子深处加工锌制品，他们觉得"四不像"有点摇晃，便巧妙地加上了几根横杆。改进很彻底，我的旅行伙伴被加固后，做好了行进到撒马尔罕两千公里的准备。年轻人拒绝收我的钱，他们友善地对我说，这样他们似乎感觉也在陪着我一起长途跋涉。不过他们很愿意拍张照片留念，那神情跟工程师完成一件名噪一时的样品那样自豪。的确，"四不像"不仅少见，而且独一无二。

八　艺术家

　　清晨五点半，我离开酒店时达姆甘还没一家商店开门。那个不喜欢外国人的老板告诉我："你在不远处就能找到地方吃饭。"他本该明确说"在四十二公里之外"。然而我出发时明智地定下二十六公里的路程，并打算在卡雷阿巴德村吃饭和过夜。我的大腿有点抽搐，那是昨天爬宣礼塔留下的剧烈反应。迎面吹来的风让行走变得很困难，我必须使劲拉着"四不像"。我穿过梅赫曼达斯平原，纳迪尔沙[①]曾在那里打败了阿富汗人，然后利用自己的声望从萨法维王朝手中夺取了权力。我仿佛看见飞奔的骑兵，闪亮的长矛和弯刀；仿佛听见士兵的怒吼和伤者的哀嚎，飞奔的马蹄擦身而过。也许纳迪尔沙在战斗前夜就睡在这座已沦为废墟的黏土驿站里。这位十分讲究的国王对他前任的儿子们实施酷刑，直到将他们折磨致死。但他的残暴遭到了报应，他也死在刺刀下。报应还落到了他的孙子沙鲁克·米尔扎身上，他被另一位具有非凡想象力的君主阿迦·穆罕默德·汗[②]折磨至死。

　　在卡雷阿巴德村，我本该料到这里没有饭馆也没有旅店。我正用新相机拍一座土夯城堡废墟的照片时，一个胖墩墩的小个子老头走到我身边叫嚷着什么，躁动得像只跳蚤。他的镜片有酒瓶底那么

[①]　纳迪尔沙（1688—1747），阿夫沙尔王朝皇帝，1736—1747年在位。
[②]　阿迦·穆罕默德·汗（1742—1797），恺加王朝缔造者。

厚，右眼被耷拉的眼皮盖住，从来没洗过的假牙似乎就要掉下。我不明白我为什么让他如此生气。这时突然出现了另一个老头，像宣礼塔一样又高又瘦。他也在大叫大喊，不过是冲着第一个老头。堂吉诃德与桑丘·潘沙的争吵。最后我终于明白他们吵架的原因，是因为我。潘沙认为我是个间谍，想收走我的护照，马上报告警察。堂吉诃德试着劝导那个躁动的家伙：那就是旅游者，拍个城堡而已。

"你从哪个国家来？"

"法国。"

"你看吧，不是美国人！"

宣礼塔般的瘦高个老头穿一条灰布裤子和一件棕色绒背心。他的怀表，应该是他的心爱之物，表链粗得可以拴住一头母羊。他的假牙也不比另一位更好。经过一场唾沫横飞的口水战之后，潘沙宣布放弃，他很不情愿地让我离开，没有把我扔进城堡的地牢里，他肯定这么想象过。我满脸笑容地感谢了那位老堂吉诃德，他似乎因为救了我的命而很高兴。我必须庆祝这场遭遇，再说，我的肚子也开始抗议……。

一个农民带着三个流鼻涕的脏小孩，正在用树枝搭一个凉棚，摆摊卖东西。他送我一个西瓜，给他的孩子解释说我是个朝圣者，去马什哈德瞻仰礼萨伊玛目的陵墓，所以拒绝收我的钱，他以为我是个虔信者。

在德赫莫拉，道路下方有一座漂亮的沙漠古驿站，似乎还有人住着。我能在那里借宿吗？在唯一入口的雄伟门廊下，一名紧裹伊斯兰罩袍的女孩看着我走过去。

"我可以到里面去看看吗?"

"可以。"说完她就跑掉了,面纱在身上飘扬。

这里确实有人住。两位妇女在庭院里做饭,年长的那位在呵斥那个小女孩。尽管已经戴着头巾,她看见我,还是赶紧套上罩袍。我也问她们是否可以参观,看了一眼周围……她们没什么反应。这时一辆摩托车开来,下来两个家伙。一见我,就像要把我吃了似的。那老妇人用手指着我,叫嚷起来。

"护照!"他们叫道,但并没有走上前,仿佛我是个危险的惯犯。出示护照违背我的原则,护照在这个国家太重要了。我递给他们一张复印件,那个凶神恶煞的老女人还在咆哮。但就像噩梦有个美好的结尾,突然一位眼睛明亮的年轻女子,从面向庭院的一间屋里走出来,老妇人的叫嚷显然引发了她的兴趣。她看上去更有人情味些,我趁机向她解释我是谁、我来自哪里、要去哪里。这个驿站里充斥着一种令人讨厌的氛围,上演着背叛、复仇、毫无廉耻地相互攻击,以及欺诈过路的倒霉蛋。所以当其中一个家伙提议我在此过夜时,我立刻拒绝,不再废话,转身离开。

在餐馆,老板说我有先见之明。"那就是些强盗,你差点被扒得只剩衬衣。"我趁机饱餐了一顿。此时已过了晚上八点,自早晨五点以来,我只吃过半个甜瓜。我在供卡车司机午睡的窝棚里躺下。

沙赫鲁德之路在半山腰蜿蜒,连接北部的山脉和南部的沙漠,交通繁忙。往东,我可以看到表示一连串绿洲的深色斑点。我的地图上没有标示通向那里的小道,但我还是决定离开大路,走小路试试运气。走了半个小时后，我进入一条死路，只得骂骂咧咧地往回走。然而，我是个顽固的诺曼底人，走了一会儿，我又走到一条与刚才的小路平行的小路。幸亏，遇到一个骑摩托车的人时，我走出还不到一公里。他告诉我："即使我骑摩托车，也无法从一个绿洲到另一个。"还是走大路吧。

进入沙赫鲁德的路没完没了。从我看到这座城市的路牌起，我在水果摊和工厂间行走了将近五公里。

"你要来参观一下我们的工厂吗？就在边上。"她的出现我都没有注意到，一名黑眼圈漂亮的年轻女子邀请我。

她要向我兜售什么呢？我有点踌躇。我已经筋疲力竭，只想洗个澡、吃饭，然后睡觉。她友好地坚持着，指了指路边瓜摊后的地方。我事先声明我什么都不想买也不想背。"我们不向你推销任何东西，只是想让你看看。"她带着坦诚的微笑对我说，打消了我的顾虑。

我跟着她走真是跟对了。我与陶瓷工艺品厂老板迈赫迪、他妻子穆尼尔，以及管理企业的有着灿烂笑容的高大女子纳伊尔，还有在路上逮住了我的玛丽，讲了一整天的英语。他们热情友好、坦诚慷慨地接待我。迈赫迪不仅请我吃饭，带我参观他的作坊［我才知道我很喜欢的这种青绿色，是从沙漠边缘生长的一种叫"苏内"（shôné）的植物中提取］，还带我去看琐罗亚斯德教一座古老神庙卡萨内的一个葬礼塔，后来变成了一座天文观察台。他跟神庙看门人交涉，让我能够参观这块圣地的核心，一片很小的区域，上面铺满地毯，墙上画着诠释苏菲派长老巴亚齐德·比斯塔米话语的湿壁画。很少有基督徒能够踏进这个圣所的门槛。我正要感谢他，他却得意地宣称我们这场豪华巡游还未结束：我还要参加城市艺术学校专门为他举办的庆祝活动，以及到纳伊尔家共享晚宴：有里海水果酱、浆果肉丸饭，以及四季豆米饭……我吃的实在太撑，几乎就瘫倒在他们家小女儿哈斯蒂的房间里。

我真舍不得离开这些对世界敞开胸怀、如此慷慨和友好的人。可惜我的土库曼签证不容我拖延……为了安慰我不得不匆匆离开，迈赫迪和穆尼尔约我在马什哈德相见，他们住在那里。

到中午时，我已经走了不少路。尽管睁大双眼，我还是没看见任何像费拉什阿巴德的地方，我打算在那里停留。我的GPS定位精准，我觉得自己已经过了这个村子的位置，但没有看见任何房子。我不得不承认，地图上标记的这个村子已经不存在。是否因为供给村子的水源枯竭了？我的GPS、我的地图和我的双脚都很清楚，必须再往前走二十八或二十九公里，才能找到食宿。一旦抵达那里，我承诺必须休息一天。继续上路前，我拦下一辆卡车，因为我没有水了。司机把他制冰器里的水全部倒入我的水壶。他很健谈，但为了及时把货送到，他必须立即上路。

下午一点稍过，在一家茶馆，我的出现让人惊愕，他们默默注视着我。我想应该是我那被汗水浸透所以有一圈盐渍的帽子、明显开始破旧的衣服，当然还有我的"四不像"，这些东西让人吃惊。

侍者以十二倍的价格卖给我一瓶苏打水，同意收两万里亚尔后为我准备一个草褥床铺。崇高与堕落，善良与奸诈，这些都是旅途中常见的意外。

平原无边无际，没有树木，热浪滚滚，路上也找不到桥。从早上到现在，我喝了十多升水，却未小便过一次。我用头巾缠住脑袋，只露出受帽檐和太阳眼镜保护的眼睛。我呼出的气留在头巾上形成一层水雾，而我吸气时外界的干热空气通过这层水雾，让我口腔干渴的感觉略有缓解。从某种角度，我利用了卡维尔盐漠储水塔的原理。

我到达马亚梅赫时，暮色四合。这是个规模较大的城镇，有希望找到吃住之处。一个卖果汁的年轻人提醒我："这可不是个自由的国家，我们甚至连啤酒都不能喝。"更糟糕的是，这里没有客栈也没有旅馆，连小饭馆都没有。一个跨坐在一张椅子上的滑稽小老头告诉我说，我可以在三公里外找到吃饭的地方。

当我踏进马吉德的餐馆时，天已经全黑。这个地方位于工业区和公路货运站附近。仓库区停满了大卡车，餐馆门前也停了五六辆大巴。司机们有个坏习惯，喜欢让发动机开着，也许因为他们不确定发动机能否再次轻易启动……而且这里的柴油极其便宜。所有人在一片嘈杂声中吃饭，电视机音量很大。马吉德一看见我就走了过来，给我上了当日套餐，然后建议我睡在露天一个类似音乐亭的建筑下，那里有一群人坐在环形矮墙上聊天。我的表情应该有些为难，因为他让我睡在夹层的方砖上，还让儿子去找个枕头来。他告诉我说，一周前，三个法国穆斯林经过这里，去马什哈德朝拜。虽然我离电视机只有两米远，但今天行走的四十七公里路程已经将我干趴下，我瘫倒在地，居然什么也没听见，一会儿就睡着了。

早晨，我没有看见马吉德，他回家睡觉了。他警告过我，离开他家后，我将进入地狱。此去萨卜泽瓦尔的两百公里，我要直面大火炉的挑战。

我把脑袋包得像个木乃伊，把帽檐压得很低，抵挡这个时辰直射过来的太阳光，过于肥大的衬衣的袖子盖住我的手，我逆向行走。昨天的行程很长，今天的也不短，地图显示四十四公里。有人告诉我在米扬达什特，有一座规模宏大的沙漠古驿站被改造成一家旅馆。我期待着能在那里休息，有必要的话休整两天。

怀揣着下榻沙漠古驿站的憧憬，我就像长了翅膀，无视中午有益于健康的午休，到了驿站洗过澡后再睡觉吧。等我看见它高大的红砖围墙时，已经下午三点多。驿站十分雄伟，耸立在距离道路一百多米处。路边坎儿井的水被引入到一个小水塘，周围有一片浓密的绿荫。一辆大巴停在那里，一些朝圣者刚用完午餐。我已经累到没有力气走到驿站，瘫倒在水池边，把帽子浸在水里，装满水扣到头上。真是太舒服了，人间至福。朝圣者为我打开他们的饭盒，但我婉言谢绝了他们，我要去驿站吃饭。

安拉虔诚的崇拜者一脸惊讶。

"他真是不开窍！"

"哪里有什么旅馆啊？"

"你在二十公里之内，什么都找不到。"

"不会吧，我连一百米都走不动了。那我可以买到一点吃的东西吗？"

"你看吧，只有路对面的废弃工地和古驿站。"

我崩溃了。司机看了一下温度计，树荫下摄氏五十二度。我在这里如何能活下去？一个戴大草帽穿拖鞋的男人自称是驿站看门人。他会允许我在驿站过夜吗?"当然可以。"他带着和蔼的微笑说道。那人个子不高,但强壮,应该很有力气。他告诉我说我只能席地而睡。因为我们坐在朝圣者的毯子上,我就想问他们买下。五万里亚尔,很显然远远高于它本来的价值,但我并不在乎。一个男人和一位老者(好像是其父亲)急切地商谈着,他们俩都同意卖给我,而两个显然是他们妻子的女人不同意卖,旅程还很长,她们还需要使用。但老头向我伸出手:给我五万里亚尔,成交。我把毯子放在"四不像"里的背包上,跟着看门人阿里走。我正朝古驿站雄伟的入口走,阿里叫我绕过去。它侧面还有门?这可是第一次见,因为所有驿站似乎都只有一个正门。我的"四不像"似乎也出了点问题,午餐时,我发现它右侧轮胎长时间在滚烫的柏油马路上滚动,已经被烫坏。透过开裂的外胎,可以看见快要炸裂的内胎。

大的驿站还隐藏着另一座小驿站的废墟。阿里在一处墙角停下,示意我翻墙。他难道没有钥匙?他说钥匙丢了。这家伙把我当傻瓜,他肯定不是什么看门人,我要是跟着他走,会发生什么?

高墙上端安装了带刺的铁丝网,可阿里像猩猩般敏捷地爬上去,掰开铁丝网,示意我过去。我想一睹这座建筑的内部,想得要命,便把"四不像"停在墙角,跟着他上去。不过我还是保持警觉,这小子到底想干什么,想要我的钱,或是设了什么陷阱?我悄悄把小折刀打开……我们在重修过的屋顶上行走,我从高处发现两座驿站其实是连在一起的,有一扇门相通。从高处往下看,整个建筑规模十分庞大。我坐下来,欣赏一大一小两个庭院,庭院中央都有蓄水池,以及面向旷野的多间客房。

坐在也许是某个大厅的圆屋顶上，我开始遐想，丝绸之路的魔法开启了，我看到一群群穿戴得五颜六色的商人，数百匹骆驼正在被卸货，还有更多骆驼在周围草场吃草。每间客房的小露台上堆放着中国丝绸、阿拉伯香料瓶、威尼斯玻璃器皿，还有人们悄悄讨价还价的珠宝。

冒牌看门人阿里又折了回来，非常有耐心。他表现得很贴心，显然想让我高兴，但我还是不愿意睡在这儿。首先我不可能把我的背包和"四不像"留在外面，虽然我可以在阿里的帮助下翻越高墙，但我重新出发时还是需要他的帮助。我对初次见面就对我撒谎的人怀有戒心。但独自一人，我盘点了一下，处境也好不到哪里。我可以在路边水池灌满水，但我的背包里只剩一块面包和几颗杏干，充当晚餐和早餐远远不够。除了睡在驿站或睡在阿里家里，我真不知道该睡在何处。尤其是"四不像"出了故障，这就要让我自己变成机器了。小拖车的两个轮子带给我不少方便，我依赖它们，不再靠自己的力气，但现在轮胎出了问题。我决心抵御搭车的诱惑，所以必须找到一个解决办法。放弃"四不像"？不可能。鉴于此地肆虐的酷暑和我必须携带的水量，那就等于放弃接下来的旅程，因为我最多每天只能行走二十公里，而且沿途可能有食宿的村子相距都在三十到三十五公里。

一个小窝棚给了我一点希望，它的门靠一根铁丝拴着，一张草席占据一侧，这地方应该有人住过。当阳光射进屋子，一只大蜘蛛逃走了，这地方也被当成过茅坑……我重新把门关上。但周围什么都没有，睡在露天？为什么不呢？问题是这样的酷热下，我肯定无法关上旅行睡袋的头罩，而且一想到阿兰地区的蜥蜴，我就心有余悸。没有办法了，我被困在了米扬达什特，因此，我梦想中的古驿站的港湾更像一座监狱。当周围世界坍塌时，你该怎么办？我坐在一块石头上，拳头抵着下巴，陷入忧伤和麻木，万念俱灰。

九　塔利亚克

"贝尔纳！"

我简直惊掉下巴，目瞪口呆，发现迈赫迪和穆尼尔的车就停在不远处，他们的儿子埃斯康达从汽车后座下来，朝我奔来。他们在这里干什么？这是怎样的奇迹？他们打趣我的惊愕，向我解释说他们在沙赫鲁德比原计划多停留了一天。今天中午他们在马吉德的饭店吃午饭时，后者给他们讲到那位古怪的欧洲人，他把那个人从极度的饥饿状态中拯救出来，让他睡在砖地上。他们很容易就推断出我在米扬达什特，他们只是想来和我打个招呼。穆尼尔从小冰箱里拿出水果，我给他们讲了我的麻烦。他们后备厢里会不会碰巧有一块补内胎的胶皮？当然不会有。不过他们有一辆可以开动的汽车，而且慷慨大方、乐于助人。他们立即决定带我到下一个村镇买内胎和轮胎，埃斯康达帮我卸下轮子，迈赫迪去和阿里商量，请他看管我缺了腿的"四不像"。穆尼尔在后备厢腾出位置放我的大背包和报废的轮子，我们就向三十三公里外的阿巴斯阿巴德开去。我对我的守护天使涌上一阵感动，它尽一切努力把我从困境中解救。然而这次奇迹后我的守护神就不怎么眷顾我了，阿巴斯阿巴德没有任何修车铺，没有自行车卖，更不用说自行车轮胎。人家告诉我必须到三十六公里之外的达瓦赞。到了那里，依然什么都没有。有个男孩的自行车，轮胎倒是和"四不像"的差不多，可是比我的轮胎还破，只能继续到将近一百公里外的大城市萨卜泽瓦尔。我们到达时天色已晚，终于找到我们的所需。轮子一会儿工夫就修好了，现在得往回赶。我让我的朋友把我放在汽车站，我应该能找到一辆把我带到米扬达什特的客车。"先吃饭。"他们回答说。埃斯康达胃口很好，吃了一盘又一盘，等我们吃到心满意足后，我的朋友们不顾我的反对，执意把我送回出发点。

"可是那里没有旅店，你们要睡在哪里？"

"我们的后备厢里什么都有。"

我们在阿巴斯阿巴德一家小饭馆的门前搭帐篷时，夜已深。他们有一块宽大的帆布，我们四个人睡在帐篷里很舒服。第二天早上醒来时，卡维尔盐漠广阔、寂静的场景令人难以置信。一层薄雾在渐渐消隐的夜色中飘浮于沙漠之上，视线消失在天地之间。明暗交错间，一块大石头的剪影在地平线若隐若现。

我身上背着大背包，手里提着一个新轮子和新车胎，跳上每日来往于萨卜泽瓦尔和达姆甘之间的班车，应该用"挤进"更确切，因为十个座位的车里，已经挤了三十来个人。尽管车窗玻璃已摇下，上升的热浪还是让车厢闷热难耐，令人呼吸困难。我上车时边赫迪交代司机，让我在米扬达什特离古驿站最近的地方下车。我马上成为大家的谈话中心，每个人都默契地朝我微笑，差点就要向我欢呼"乌拉"。有人还提议我"为了乐趣"继续坐车到沙赫鲁德，因为很舍不得现在就要分开。建议很友善，但我不至于重走一次这段路。

当巴士把我放在米扬达什特时，所有从车窗伸出的手，让巴士仿佛长出翅膀，马上就要飞起似的。阿里把"四不像"放在他屋子门前，他还在睡觉，而此时已经上午十点，我尽量不吵醒他。我找到两块废铁当作扳手，把第二个轮胎也卸下。我发现昨天修好的那个轮胎没气了，修理铺的那个学徒夹住了芯门，我花了好长时间才搞清楚伊朗阀门的工作原理。时间流逝，太阳已经升得老高。我的小拖车终于修好，我放了几张钞票在阿里家门口，他还在睡觉。已近中午，路上的沥青被晒化，烈日炙烤。

我在一座桥下睡过神圣的午觉后，下午四点左右继续上路。一名司机超过我后停车，向我友好地挥手，他就是两天前把制冰器中的水全部倒给我的马赫迈德。他要去马什哈德，带着他五岁的女儿和染着金发的妻子。如果她笑起来没有露出发黄的牙齿和裸露的牙根，她的微笑还是颇迷人。马赫迈德从小冰箱中拿出一个甜瓜，麻利地为我们切成几大块。我们在卡车影子的庇护下享受甜瓜时，他妻子点燃所有驾驶员都有的小燃气炉。伊朗人的卡车是名副其实的移动房屋：可以在里面睡觉，可以有冰块，可以煮茶。我一边与她丈夫聊天，一边观察她。她在一支铅笔上卷一张纸，中间用胶带粘住，并在火炉上放一根铁丝。

"她要抽几口塔利亚克（taryak），你要来一点吗？"

曾经有人向我推荐过，但是我只听懂"抽烟"这个词。自此，我明白了塔利亚克就是鸦片。

"这个对你很不好。"我对那女人说。

她朝我笑笑，并不懂我的意思。现在我终于知道她的口腔为什么看起来如此骇人。她用手指敲敲额头，对我说：

"这对脑袋有好处。"

她丈夫补充道：

"我更喜欢吗啡。"

我看了一眼那个天真无邪的小女孩,她正在座椅上玩一个布娃娃和我刚才给她的一个塑料小人。她母亲把纸管含在嘴里,在一根铁丝上穿了一个鸦片球,然后从燃气炉上拿起另一根烧得白热的铁丝,放到鸦片上。一阵轻微的噼啪中冒出一股浓厚的白烟,她用纸管吸这股烟。她和她丈夫显然还处于第一阶段,即欣快阶段。我感到既恼怒又同情,最后我选择眼不见心不烦,向他们道别后,拉起"四不像"冲向马路。三刻钟后,他们的卡车超过了我,我再次领受他们的挥手致意和欢快的汽笛音乐会。伊朗大卡车都配有这种汽笛。

今天显然是倒霉的一天,"四不像"右侧新换上车胎的轮子被卡住了。我用法式扳手将轮子卸下,发现维持转动的两颗钢珠掉了,因为保护它们的铁皮被晒化了。其他钢珠也随时可能掉落,那我就要换掉整个轮子而不仅仅是车胎⋯⋯我拧紧螺母后,总算可以上路了。但轮子很快又被卡住了三四次,没有办法,必须全部拆下。然而我的守护天使又回来了,出现了第二次奇迹。我碰到一辆卡车,司机正在更换爆掉的轮胎。行路的人总是相互帮助,他给了我一块抹布和一点润滑油。我贫穷童年的优势今天全发挥出来了,我从小学会摆弄机械,七岁时就梦想拥有一辆自行车。当我说"梦想",意思就是满脑子只想着这件事。但家里孩子太多,这不是优先考虑的事。然而我的愿望还是如愿以偿,我从废品回收站弄来一辆旧车,在我哥哥清晰的指点下,成功地把车修好。

太阳落山,路上的卡车少了些,取而代之的是大量巴士,旅行者肯定更喜欢在酷热降下后的夜里出行。大巴坐满人,灯光像圣诞树的灯饰一样璀璨，从我这个欧洲佬身边呼啸而过。我拉着小拖车，像个傻瓜一样前行。人家才不会避让我这个疯子！大车灯晃得我睁不开眼睛，我随时都可能扭伤一只脚踝，或跌进一个坑里。尽管时辰已晚，依旧酷热难耐。

当我终于到达早晨吃过早饭的那家小饭馆时，已经夜里十一点。我早就疲惫不堪，在露台上倚着小山般的一堆甜瓜，睡着了。第二天早上，我慌了，"四不像"不见了。原来有个细心的伙计把它收到了一个储藏室。

两股道在靠近小镇时合成一股，我在镇上买了三个罐头两块面包。道路又分成两股，我习惯性地走逆向的那股道。天很热，非常非常热。我今天要去的萨德阿巴德只有十五公里路程，所以我出发得很晚，权当一次散步。

然而，我开始觉得蹊跷，没有看见前天我们汽车经过的那座沙漠驿站。那是一座很漂亮的建筑，被抛弃在沙漠中，离公路不远。根据地图上标记的位置，半小时前我就应该到了。我查看GPS，我正在远离它，而我的GPS一向导航准确……公路往北分叉，而GPS的指针指向南方。可我并没有眼花呀，我跟迈赫迪和穆尼尔一起从萨卜泽瓦尔到阿巴斯阿巴德的路上，明明看见过那座瑰宝！除非……哦，对了，肯定是这样，那是在阿巴斯阿巴德到萨卜泽瓦尔的路上，所以是在另一股道上，我必须折回去。在我所处的位置什么也看不见，不过通过照相机镜头的聚焦功能，我总算看见了它。在这么远的距离，加上滚烫的地面，它看上去就像在沙漠里翩翩起舞，飘浮在一片云雾之上。就连三十吨的大卡车，看上去也像蚂蚁一般，爬行在波浪起伏的路面。

怎么办？穆尼尔告诉过我这附近有流沙，餐馆里的人们也说过这片沙漠到处是蛇和蝎子。但如果我不从沙地里斜插过去，我必须回到十七公里外的阿巴斯阿巴德，然后再走上同样的距离，才能抵达我的目的地。加上我刚刚走完的这十七公里，算一算，你得承认这太多了，太多太多。所以我就冒险穿过沙地……"四不像"很快就肚皮着地，我不得不重新扛起背包。包里还剩下六升水，很沉。我已经六个月没有背包了，都忘了那滋味。空载的"四不像"，只在沙地上留下轻微的印痕。我小心翼翼地看着脚下的每一步，汗水从背上贴着行李包的地方如小溪般流淌。我像个醉汉似的大口喝水以补偿丢失的水分。我的水储备迅速减少，在沙子上行走十分消耗体力，因为脚底找不到支撑，脚下的打滑吸走了作用于腿部的大部分能量。为了增加平衡，我在背包的重压下，小步前行。我有种沮丧的感觉，越往前走，古驿站似乎离我越远。金黄色的沙漠伸向远方，与青绿色的天空交会，我花了两个多小时才走完通向另一股道的这五公里。当我重新踏上沥青路时，我把早晨带上的还剩一半的水全部喝光。我摇晃着空瓶子拦下一辆小轿车，谨慎的司机，先把汽车散热器加满水后，才把剩下的水给了我。

这番努力很值得，古驿站十分华美。不大的建筑拥有二十米间朝向庭院带露台的客房。里面是套房，典型的阿巴斯时代建筑，顽强屹立了两个半世纪。确实，在这里并不是风雨侵蚀它们，尽管我从书上读到过在短暂的冬季，离这里几公里会有一条"丝绸之河"流淌几天。庭院中央有一个方形水池，可以接纳从坎儿井流过来的水。现在，水已经流不到水池，但还能看见几棵树，说明水井并未完全干枯。建筑的圆形屋顶经受住了地震的考验，牲畜棚规模可观。庭院尽头离茅房不远,有两个烤面包的烤炉,完好无损,还可使用。我觉得我还辨认出一个壁龛,它指引朝圣者面向麦加的方向。

我查看那些带阳台面向庭院的套间,其中一间似乎还挺干净,我捡了些硬草打扫"我"的房间。房间很窄,两米宽两米长,仅能躺下。但巴亚齐德·巴斯塔米就在类似的房间里度过了一生。我不是圣人,但在这里过一夜还是可以的。我穿上一条裤裆几乎拖到膝盖的裤子,很凉爽。自从行走丝绸之路以来,这是我第一次像沙漠旅人一样生活。每个商人都有这样一间小屋,以及他们可以摆放货品的相连露台,那相当于他们的店铺。因为没有火柴,我吃了半个变质的冷罐头,一边想象着当年商贩们准备的饭菜(一个火石可以换一匹马)。我用衬衣当枕头,称心如意地睡着了。

一个裹头巾留大胡子的家伙俯身将我惊醒,我根本没听见他爬上露台。两个小小年纪就包着头巾的小女孩,带着恐惧远远看着我。入口处,一个被罩袍裹得严严实实的女人在喊女孩们回到她身边。毛拉看上去也有点不安,我朝他笑笑。"护照",他说。我都懒得假装找护照,但自我介绍说我是法国人,在徒步走丝绸之路。他放松下来,招呼女孩们靠近。现在轮到我问他了,但他不会讲英语。他拿过我的地图,指给我看马什哈德。他晃动手腕,模仿割腕动作,然后又指指脖子,做了一个拉紧绳子套结的动作。噢,我明白了,他是在模仿他的职业,他应该是马什哈德的一名法官,也是另一座圣城库姆的法官。这里的法律由毛拉决定。他模仿审判时,从他心花怒放的样子和发亮的眼神来看,这个男人算是找到了他的使命。他离开我时,热烈地拥抱我,亲吻我的脸颊和额头,祈祷似的不停重复:"我很幸福,我很幸福。"

过了一会儿,一名卡车司机来拜访我,因为他要让随时会热爆的轮胎冷却下来。他明确告诉我,如果我今晚独自在这里过夜,肯定会被人抹脖子。傍晚,两名男子偷偷窜进隔壁小屋,手里拿着煤气小炉子。等他们离开后,我去证实一下我已经猜到的事情:地上的两根铁丝和一根纸管,昭示了他们的勾当。我把这些违法的东西埋了起来,因为万一毛拉或哪个司机向警察报告我在这里,我可要吃不了兜着走!……我知道这个地区有大量从阿富汗过来的鸦片和海洛因,然后再被运往欧洲。

暮色降临,夕阳染红了院墙和对面的客房。我决定睡在平台上,没有火柴也没有打火机,不过这也没什么不好,我可以看见深邃天幕上一颗又一颗闪烁的星星,让人心潮起伏。三只蝙蝠从牲口棚飞出,黑色的翅膀滑过寂静的夜空。它们在这里,在如此干旱和酷热、几乎找不到一只虫子的地方,如何找到食物呢?我慢慢沉入睡眠。

早上五点,晨曦涂白了墙。蝙蝠在飞完荣耀的最后一圈后,也要去入睡了。我早餐吃了一个苹果和一个橙子,很幸福。我要赶在火球似的太阳落在我肩上之前,充分享受这清晨两小时的凉爽。

我歇脚的小饭馆由三兄弟经营,我立刻喜欢上了他们,他们让我放松。他们是毛拉的儿子,风趣的胖子。在这个不时陷入死亡冲突的国度,悲伤和禁欲被视为美德,三兄弟却十分乐观。他们是彻底的乐天派,甚至有一点放荡,浑身洋溢着生命的欢乐。其实最胖的那个,经历过两次心脏搭桥手术,他还滔滔不绝地跟我讲起这些,自豪地在我眼前晃了晃一个透明袋子,里面是他每天要吃的五颜六色的救命药。

下午，小饭馆的一名客人邀请我去小城转一圈，并陪他去他的一个朋友家。他的朋友先是邀请我们喝茶，然后说要给我们一个惊喜，便消失不见了。他回来时拿着一支水烟枪和一根没有水的水烟管，当然还有一个必不可少的燃气炉。我明白了。他们俩都邀请我吸那根烟嘴，我拒绝了。我被高卢牌香烟"毒害"了二十五年，花了六个月才戒烟成功。这里的鸦片值多少钱？一长条鸦片膏可以做成六十个小球，即可吸六十次，价格是四万里亚尔，吸一口就相当于七十五生丁，对我们来说实在是太便宜了，但对他们可不一样。一个吸毒成瘾的人，每天吸四到六烟嘴，相当于一个餐馆服务员半个月的工资。利用不加水的水烟枪吸毒的方式很巧妙，即使警察来了，他们也只能扑个空……

　　人们用食指交叉来表示某个人是鸦片吸食者，那个女人把两根铁丝合在一起的动作又浮现在我眼前，对于圈内人来说，这个动作很酷。这里不惩罚吸毒者，所以大家也不避讳，这个行为也就变成平常之举。

　　前天，我跟两个人在同一张桌子上喝茶。年长的那位打听我的年纪，然后让我猜猜他的岁数。我说六十，实际上他六十七岁。另一个向我提同样的问题，他看上去有五十来岁，我吃不太准，为了让他开心，我说四十，而他只有三十岁。

　　"可能是抽鸦片的缘故。"他解释道。

　　鸦片爱好者有很多吗？巴列维王朝时期，德黑兰一些赶时髦的布尔乔亚为了出风头，会吸上几口。而现在吸食鸦片的瘾君子大部分是底层民众。我在大不里士参观过诗人沙赫里亚尔的陵寝，他就是个有名的瘾君子。伊斯兰革命和高压政策剥夺了他的毒品。

十　萨瓦克

七月十一日，达瓦赞，一千三百一十六公里

阿里，三兄弟之一，长得像极了演员弗朗西斯·布朗歇①，如他一样的小个子、微微发福、小胡子、圆片眼镜，以及调皮的笑容。他邀请我参观隔壁小镇马齐农的两个古驿站之一，萨珊王朝的那部分已破旧不堪，但阿巴斯王朝的部分被保留下来，镇政府正在进行修缮。两个世纪前挖掘的坎儿井，从十八公里外的山脚取水。镇长视我为贵宾，好几个重要人物也来与我们一起在水池边欢聚。人们铺开一张红地毯，洒水降温，然后大家边喝茶边品尝甜瓜。

晚上，三兄弟从一张桌子忙碌到另一张桌子，向顾客们讲述我这个法国版"奥德赛"的故事，还不遗余力地添油加醋。我听见他们把我派到阿富汗、巴基斯坦，其实我已经告诉过他们今年我只是走到撒马尔罕。大家惊奇地看着我，仿佛我从天而降，下一刻又会飞回去。我埋头吃饭，在帽子底下偷笑。我睡在小饭馆，他们当然不肯让我支付已吃的两顿饭和第二天的早餐。他们仨挺着啤酒肚一直陪我到停车场，走得气喘吁吁。然后他们满头大汗、依依不舍地与我挥手道别，目送我的身影消失。

---

① 弗朗西斯·布朗歇（Francis Blanche，1921-1974），法国演员、歌手和作家。

三名骑行的德国人，托马斯、托斯滕和法兰克，从中国西安出发，要去莱茵河畔的科隆。他们计划用四个月时间骑完丝绸之路，平均每天一百公里左右。他们答应给我寄他们穿越吉尔吉斯斯坦和中国之间的帕米尔高原时所用的地图。我们相互交换了电子邮箱，然后分手。

　　我在黑夜将尽时离开梅赫尔，撵走了一只从我两腿间窜过的小狐狸，它消失在沙地中。一阵风扬起沙子和灰色尘埃，形成一根根小柱，我数了数同时有八根之多。幸好头巾保护了我，我的模样活脱脱是《丁丁在黑金之国》的样子吧……

　　我本打算在一个只有三所房子的"小村"里凡德歇歇脚，但那小饭馆的老板实在让人讨厌，我决定继续行走到十五公里外的埃米尔。我下午一点时到达那里，却未见任何餐馆客栈。路上遇见的三个人，根本听不懂我的问题，我只能继续走到萨卜泽瓦尔。又是疯狂的一天，因为我行走了将近五十公里！不过我得承认我的力量来源于支撑着我的一个梦想：好好洗一个澡……

　　我在下午五点左右抵达萨卜泽瓦尔，遗憾的是我曾与迈赫迪和穆尼尔共进晚餐的城里最好的那家宾馆已经客满。第二天有位法语说得非常出色的女士告诉我，皆因这两天是大学入学考试的缘故。萨卜泽瓦尔大学是伊朗名声最差的大学，所以我不理解为什么还有这么多家庭把孩子送来考试。理由其实很简单：因为这所大学质量一般，所以考试难度不高……学生一旦获得萨卜泽瓦尔大学的学籍，便可由家长打通关系，转到德黑兰或其他入学考试很难的地方。事情就是这样。

宾馆经理在一张纸片上用波斯语写了另一家宾馆的名称和地址,告诉我那家旅馆不错。我拖着"四不像"继续在人行道上蹒跚。

一个跟在我身后的陌生人不太礼貌地向我喊道:

"跟我走。"

那人看上去很年轻,细皮嫩肉,有点娃娃脸。我没有马上意识到这个"跟我走"的含义。因为经常有伊朗人提出帮助我,我并没有把这句话当成命令,所以我就把手上的小纸片给他看。但他进一步明确道:

"跟我走,我是警察。"

便衣警察?自从我在德黑兰遇到过小偷兼警察后,我必须提高警惕。我用坚定甚至有点报复口吻道:

"警察?你是警察?但你没有制服。"

"我没穿,但我就是警察,我命令你……"

"那你也许有警察证咯?"

他明白我想转换角色,便试图恫吓我。他板了板娃娃脸,用不容置疑的口吻重复,妄图我停止怀疑,抬高他自己的地位:

"我就是警察局的,你必须跟我走。"

"不行,你说你是警察,但是你不能证明,我必须看到警服或警徽。再见。如果你要找我,我就住在这家旅馆。"

他用手指了指树丛后的一幢房子。

"那就是警察局。"

他又略微客气地补充道:"过来喝一杯。"我可不这么想,我抓起"四不像"就走。那家伙弯下身子使劲招手,让警察局里的人可以从树叶下看见他。然后他冲上来抓住我的胳膊，我猛然挣脱。但他在向他的伙伴们招手时我就知道他是个真警察，这下麻烦了。他拦住我的去路，我看见一名带武器的士兵跑过来。好吧，用不着逞强，我被两名警察押着去了警察局。他们让我把"四不像"留下，由一名穿着制服的警察看管。我们爬了两层楼梯，那名年轻警察变得很有礼貌，甚至有点恭敬。他表示歉意，但命令就是命令……我们进入一间办公室，两名也穿便衣的警察正在讨论事情。年轻警察向其中一位说了些什么，他走过来，伸出手，请我喝茶。我避免与他握手，在衣袋里翻找护照。

"你们想要怎么样？"

"只是检查一下，你要不要来杯茶？"

他和同事在台灯下坐定，翻阅我的资料。"你的签证失效了。"他说。我觉得好笑，拿过护照，用手指着入境日期，五月十四日，签证有效期是三个月。结论就是我的签证有效期要到八月十三日，而我们现在是七月十三日。事情确实不那么简单，有些日期按照公历算，有些又按照伊斯兰历，他把两个日期搞混了。他又计算了一下，认可我的说法。便命令手下帮我找个旅馆，祝福我在萨卜泽瓦尔过得愉快，并示意我可以离开。娃娃脸警察愈发友善，我有点想嘲弄他，任由他想方设法把"四不像"装进他汽车的后备厢。不止我一个在寻开心，他的同事也在开玩笑，问他是不是搬运工。在路上，我很想知道他是谁，那些接待我的人又是谁？到底是不是警察？我开始审问这个娃娃脸警察。

"你们到底属于什么性质的警察？不穿制服也没有警徽，可是你们却在警察局工作。"

他显然不喜欢我的语气和我提及的内容,不过他还是答道:

"我是……情报警察。"

"情报警察?那是什么意思呢?搜集什么样的情报?媒体警察?"

我猜他们可能类似法国的情报总局,搜集信息提供给公共权力机构。但在我们国家这些人不会随便带走行人,我冷笑着回应他。

我的这位警察向导把我带到别人推荐的酒店,这里也是客满。我们就去了第三家,他去询问了一下,然后回来说:"不行,你不能去那儿,太脏了。"不过这个听话的警察还给他的上司打了电话,然后对我说:"只有这家旅馆还有空房间,所以我只能把你留在这儿。"他的上司也许觉得他在这个外国人身上已经浪费了太多时间。

"脏"这个字还不足以形容这里,简直是令人恶心、污垢满地、龌龊至极……浮上脑海的每一个形容词都不足以形容这个地方的肮脏程度。十来个房间分布在一条阴暗、地板开裂的过道两侧,只有一个公共卫生间,唯一的水龙头还在漏水。下面是一个收集住客垃圾的桶,堆满剩菜剩饭、罐头盒、婴儿尿布、废纸,因为垃圾桶已经溢满,大家只好把垃圾扔在边上。

唯一的空房间就在这个垃圾场隔壁。管理人把我带到这里,推开一扇没有把手和门锁、靠一个钩子关住的门,而且这扇门只能从外面关上。里面两张床中的一张已经租出去,但他不知道是哪一张。屋子里充斥一股说不清楚的腐烂味,床单皱巴巴的让人很不放心。我对屋子只能从外面把门扣住感到十分不解。"这里的房间都这样。"他轻描淡写地说道。后来我发现连厕所的门也是这样,这还不如睡在露天呢。我拿起包就要走,但刚才要我提前支付十倍于正常价格的两天房费的管理员让我等一下，他去想办法。等待时我打开临街的窗子，肯定在很长时间里第一次有新鲜空气吹进这间破屋子。老板拿着一把锁和钥匙回来，他在门和门框上钻了两个孔。我出门时终于可以把门关上，但睡觉时还是得不到保护。

我宁愿忘掉听了同屋一夜呼噜的这一夜。那是个不太友好的大学生，我的出现让他很不开心，尽管我已十分识趣。我在一个小吃店吃了早餐，一种把牛头煮烂的汤。店主是个天主教徒，自豪地在墙上贴着圣母子、被钉十字架的耶稣的画像，以及其他一些粗劣的彩色画片，与霍梅尼伊玛目真人大小的画像放在一起……是的，我宁可把这些令人厌恶的记忆，把这难挨的十几个小时放在心底深处，更好享受今天早上我所拥有的幸福时光：一家专门"接待外国人的豪华酒店"空出了一个房间，可算是第三个奇迹。没人能想象我当时带着怎样的欣喜沐浴在热水龙头下。我站在水流下，让皮肤被擦洗到骨头里，生出无数细小的皱纹……

萨卜泽瓦尔没什么东西值得参观，如这一带许多城市一样，它也被成吉思汗无情摧毁，而这里曾经有过整个波斯最大的沙漠驿站，拥有一千七百个房间！加兹温那个我已经觉得十分宏大的驿站，也就只有两百五十个房间！

阿克巴，留着白胡子的机修老师傅，放下手上正在修理的童车，过来看"四不像"的轮胎，一会儿工夫就修得像新的一样。我想多给他一点钱，但是他不要，说好多少钱就是多少钱。

我包里攒积着两个星期以来我每天晚上旅途结束后所写的日志。在邮局，三个不知所措的工作人员摸着我塞在信封里的胶卷。

"这是不是情报？"到德黑兰，这东西肯定通不过审查。当局在不知道内容的情况下不会允许发送胶片。照片说不定还可以，底片不行，人家肯定会退回到这里，他们也不知道该怎么办。所以我决定还是把胶卷留在身边。我付了邮票钱，喝了邮递员递给我的茶。走出邮局时，我与一个人擦肩而过，他看我的眼神引起了我的警觉。我好像在哪里见过这个人，但是在哪里呢？不是在昨天的那个垃圾旅店，也不是今天早上我入住的这家宾馆，那就只能是在警察局。我飞快回到邮局，三步并两步爬上我寄送邮件的那层楼。那家伙就在那里，对我转过身。柜台上，我的十五个信封已被人从大袋子中取出，我刚才明明看见邮递员打上邮戳后放进去的。我赶紧把这些信封收拢过来。

"我明天再寄，我忘了点东西。"

"可是已经盖了邮戳，你也付了钱，马上就要寄走了……"一名员工惊讶道。

寄到哪里？我心里很清楚。那家伙还没有反应过来，我就愉快地向他们道别，把一众人甩在那里。自从遇到过那个娃娃脸警察后，我是不是有点过于偏执？有可能。但我不想，也不能冒任何风险：我可能冒失地个加防范地记录下我的所见所闻，他们很容易就能找到那些吸毒的、与我一起喝过酒的人，或敢于批评当局的不满分子。再说了，这几个信封也不太沉，等我把那些不利的细节处理掉后再寄也不迟。

我后来七月十八日寄出的这些信，到十二月二日，才在巴黎收到。封口被蒸汽熏湿后打开过，墨水痕迹都被化开。审查者还算负责，担心被强行打开过的信封会随时开封，慷慨地涂了很多胶水，把信封背面涂得乱七八糟……

我给自己留了一天的休息时间。我还有一星期就可以到达马什哈德，比我的计划略有提前。最近十五天，我不断地快速前进。酒店经理以相同价格推荐我一个面朝花园的三居室豪华套房，但一天搬一次家对我已足够，况且我很少待在房间里。

我打电话给巴黎，并寻找一台电脑查看我的邮件。接待我上电脑查询的计算机公司成立不久，由一名热衷通信交流的医生创立。但是通信线路质量太差了，花了两个钟头，我只收到两封邮件，回了一封。

回到酒店，我告诉经理我明天早上五点离开，但很想吃早饭，可以吗？当然可以。伊朗人从来不说"不行"。但我要把护照押给他，还要额外付一笔钱。

"额外的什么钱？你昨天早上收了我两晚的钱，五十万里亚尔（相当于五百法郎），而对伊朗人的价格是两万五里亚尔！而且你信誓旦旦说一切都费用都包含了。所以这额外的费用到底是什么？我没有打过电话，也没有在这里用过餐。至于护照，你昨天已经问我要过，警察也早就不亦乐乎地检查过。"

他强硬地坚持要我的护照，至于额外费用，他态度软下来，只是用阿拉伯数字写下来给我，十五万里亚尔。因为我坚持自己的立场，他丢下我离开了。一位居住在马什哈德的旅客过来说，我到了那座城市后可以住在他家里。我们正在聊天时，经理又回来了，重复了他的要求。

"我不付钱，除非你能说清楚我为什么要付这笔额外费用。护照也不能给，除非穿制服的警察问我要。"

嗓门高了起来，这时从餐厅出来一位年轻美丽的姑娘，她应该听到了我们的争吵，过来看看能否帮忙。她英语说得非常好，还能说一点法语，所以是个完美的翻译。对话是这样的：

"是警察，不是我，问你要护照……"

"那就让警察自己来要，你不用管。"

"可是你的签证过期了。"

又是这个让人目瞪口呆的理由。餐厅里的人开始走过来，现在我身边围着十来个人。我有点生气。

"你口中的警察在哪儿？他可以到这里来，不是吗？"

"他就在那儿。"

经理指给我看围观人群外一个穿便衣的家伙。我可认得他，就是在邮局见过的那位。

"你就是警察？"他笨拙地笑笑，理解我的怀疑，没说什么。"那我们来个交换吧，你给我看你的警察证，我给你看我的护照。"

他摇头拒绝，尴尬地笑笑，露出残缺不齐的牙齿。经理过来解围：

"他真的是警察，你可以相信，我认识他。"

"那我还是成吉思汗呢。"

大家哄堂大笑，除了那两个同谋。警察向经理做了个赞同的手势，经理继续他的任务：

"如果你交出护照，我们在一小时内还给你。"

"即使你说一分钟后还给我，我也不能给你。"

交锋很激烈，年轻翻译简直来不及翻译，但这件事让她很兴奋。她显然站在我这一边，不断增多的围观者也如此，不过他们保持沉默，只是不断向我微笑，表示鼓励。

"那就去警察局吧。"

这是他最后的招数，不过很有用，我没法拒绝。经理、翻译、人群和我，浩浩荡荡一起前往警察局。这个钟点办公室已经关门，几个卫兵挤在一间灯光很亮的小房间里消磨时间。酒店的那名警察已经在办公室的一个角落里，低调而沉默。其他人则被堵在门口的警察推出去，不让他们进。借助年轻姑娘的翻译，我问穿制服的人他们是不是真的要看我的护照，看上去像是头头的那个警察有点吃惊。既然我已经在这里了，我决定把护照递到他鼻子下，让他在大庭广众之下看看清楚我签证的有效期。他不得不承认我的签证完全合规。

他就叫我离开，我巴不得呢。台阶下很多双手向我伸来，还有掌声响起，为我对警察的漂亮反击喝彩。他们通过我这个倔老头的犟脾气，间接取得了一场胜利。因为我深知人性中的狭隘和报复心态，所以第二天早晨看门人说他不方便进厨房时，我一点都不吃惊，经理肯定训诫过他。所以我只能空着肚子出发，但是高昂着头……

这两天我仔细研究了一番地图，决定绕一点远路，我在到达边境前还有足够的时间。我打算实地走一走土库曼斯坦和它可怕的卡拉库姆沙漠，所以我重新规划了一些较短的行程，打算比原计划多绕一段路，多花一天时间。因此我就从容地爬坡走向离萨卜泽瓦尔十八公里的小镇拜克加尔。很短的一程，但坡度很大。十五天来，我已经习惯于在平地拉着的"四不像"，现在它显得特别沉。沿途的景色壮丽无比，骄阳烧烤着土黄色的无尽山谷，道路在河谷间蜿蜒。路上来往车辆稀疏。很久以来,我第一次重新体会到安详远足的幸福,体会到与如此美丽又如此残酷的大自然的交流。一股涓涓细流足以让几棵树从焦土中冒出。面对这样的奇观,你怎么会惊讶阿拉伯人选择绿色作为伊斯兰标记?

我转向南方,看到了天尽头可怖的卡维尔盐漠。一道被风卷起正在成形的沙柱,急速冲向沙漠。十多层楼那么高的巨柱从渺小的村庄上空掠过,村庄被灰色沙幕遮蔽了片刻,巨柱继续它冲向天际的疯狂行程。

抵达拜克加尔真是一种享受。经过五个小时汗流浃背的爬坡后,我看见小村子从一道拐弯处冒出,房舍精巧地层层叠叠于山坡上。道路悬垂于那些贴着山坡的砖墙平顶小屋,周围有上百个小果园,土垒的围墙里摇曳着葡萄树、杏树、桑树及石榴树。地面上种植的甜椒色彩鲜艳、光彩夺目,野生的蜀葵到处盛放。两个孩子在路边一棵树下吃一大串葡萄,一个孩子把葡萄捧在眼前仿佛捧着一份祭品。我被太阳炙烤了太久,这样的画面带给我一股清凉,我也坐到一棵树下,享受我的食物。绕这么一段路,多好的主意啊。我脑海中掠过所有我经过的村子,我觉得拜克加尔是最美丽、最幸福的一个,在群山的环绕下最为迷人。不远处有一股泉水汩汩流淌,滋润着果园。一辆巴士停下,挤进去几个人。司机和一个农民忙着把一只羊羔放到车顶上,车子重新开动,把惊恐的动物留在上面,孱弱的四肢支撑着身体。一对夫妇给沸腾的水箱加水,把车停在一棵树下,我与他们交谈了几句。他们告诉我在坡顶接近垭口处,有一个叫阿利亚克的村子,但我的地图上没有标注。

我又被前往一探的欲望支配,我竭力让自己保持理智。为什么我的双腿又发痒？最好还是在拜克加尔小村停下休息，享受这里的平静祥和，在果园逛逛，看看明天早晨的沙漠日出。但阿利亚克也许同样美丽，说不定更迷人，尤其是我可以走得更高更远。行路的执念还在，总是驱使我放弃享受这份唾手可得的祥和、遗世独立的宁静，和热烈的满目苍翠。我没有犹豫太久，在多出了几把汗之后，垭口附近的平地上，阿克利亚露出了四间可怜的房子，没有树木。拜克加尔天堂般的画面不复存在。我只能自认倒霉，当然还得继续往前。魔鬼又在我耳边嘀咕："已经很近了，再走几个小时就到了，都是下坡路，你只需顺势往下滑就行……"我要一直走到苏丹纳巴德，本来计划明天晚上在那里停留。下午一点多，我在葡萄园旁边人们采摘葡萄时留下的树叶凉棚下吃了个罐头，然后睡了一大觉。道路缓缓延伸到一块被犬牙交错的山峰包围的巨大盆地，山坡上只剩荒废的葡萄园。枯死的葡萄株没有被替换，葡萄园被虫蛀坏了。人们甚至也没有修剪枝条，荒废这样的葡萄园，对我来说就是一种犯罪。

苏丹纳巴德隐藏在山谷深处，它的北面和东面连接着赭色大地上两条笔直的沥青公路。我坐在路边，不急着赶路，离天黑还有两个多钟头呢，我走一小时就能到达村子。所以我就留在这里发一会呆，一种不常有的麻木感拽住了我。我感觉自己就是茫茫宇宙中的一只苍蝇，大自然的一粒尘埃。这种感觉侵袭我，让我完全丧失斗志。为什么我要在这里？特别是在二〇〇〇年七月十六日这一天，孤单萎靡地坐在伊朗的蓝天下？

一辆爬坡的吉普看见我后猛然刹车，把我从伤感的沉思中唤醒。泽纳尔·阿贝丁·诺米内，从他车上冲下来，张开双臂走向我。这是个须发颜色分明的大块头，黑髭白胡。两者间，是他说话或大笑时一张一合的嘴，笑的时候露出牙齿不全的下颌。这个男人身上仿佛有要溢出来的友善，他跟我打过招呼，在问我那些老生常谈的问题前，回到自己的车里，从冰块中拿出三串葡萄给我。哎哟，哎哟，我又要拉肚子了……

他要把这些冰运到萨卜泽瓦尔。

"你要我捎你过去吗？"

"萨卜泽瓦尔？我就是从那里来的！"

"苏丹纳巴德，那是我的家乡，我可以带你过去。"

他从萨卜泽瓦尔来回至少需要一个钟头，在这段时间里，我可能已经走到那个村子了。但我不想生硬拒绝，耍了个小花招。

"先不用了，等你从萨卜泽瓦尔回来，我很乐意搭你的车……"

他张开缺牙的嘴大笑，走回吉普，打开后备厢的门，像抓一根羽毛般轻松抓起"四不像"，放到冰块上，然后打开车门。

"那么我们走吧，我待会儿再去萨卜泽瓦尔。"

让我惊奇的是，我竟不由自主地回答他说：

"好。"

于是我就这样心甘情愿钻进了一辆汽车，并且无意像往常那样，明天早晨重新回到村子，不计代价地不错过每一公里。后来这件事让我觉得很好笑，因为对那些心存怀疑总会问我"你真的从来没有搭过车？"的人，我从此可以回答说"搭过，我搭过苏丹纳巴德建筑公司老板泽纳尔·阿贝丁·诺米内的吉普车，坐了六公里。"

我吃过的午餐已经过去许久，我在穆哈迈德·阿里·福卡洛伊的小店里狼吞虎咽了一个三明治。他是个精致的年轻人，长发修剪得整整齐齐，过于宽大的白衬衫里露出古铜色的皮肤。面对一个从如此遥远的地方徒步而来的外国人，他深受感动。他跑出去叫来他英语讲得不怎么样的朋友达迪尔，帮他翻译他满脑子稀奇古怪的问题。天黑下来，我必须找一个住处。在遭到好几次拒绝后，我的朋友把我带到清真寺，叫来他的邻居，一个唠唠叨叨的小老头把门打开。我立刻就在柔软的地毯上睡着了，等我醒来时，看到托盘里有一把茶壶、一个杯子和一些糖。肯定是穆哈迈德·阿里在我睡着时送来的。其他一些睡在清真寺的人也在收拾，两个老头一边吃着干果，一边在小炉子上煮茶。我的天主教文化背景让我再次惊讶于清真寺的这种人情味，相比较而言，我们那些高冷教堂只在做弥撒时才稍有活力。三个戴头巾的少女请我在她们专门买的做"留言簿"的一个新本子上签名。她们同意拍照，并像德黑兰那些机灵姑娘一样，拉下头巾露出头发。那些年长的人也过来"围观"我。职业？退休小学教师。天主教徒？是的。

我离开清真寺，去笑容可掬、有着天使般眼睛的穆哈迈德·阿里那儿买了第二个三明治，我花了十分钟才说服他收我的钱。回到我的庇护所后，我目睹了晚上的祷告仪式，那是一天五次祷告中的最后一次。信徒们手掌向天，全神贯注沉浸在祈祷的迷醉中，仿佛在献上或接受一件祭品。妇女们在帘子隔开的大厅另一侧祷告，仪式结束后，她们掀开帘子，从远处打量我这个外国佬。所有男人离开时都和我打招呼，祝我晚安。一个裹头巾但没穿毛拉袍子、看起来像个负责人的男子，嘱咐我为安全起见，要把门关好。

我睡得很沉，直到敲门声把我吵醒。我打开门栓，一大群兴奋的年轻人涌了进来。

"我叫阿里,我带你到我家去睡觉。"一个瘦高个说道。

"我在这儿很好呀……"

"不,你跟我来。"我还来不及反应,他就抓起"四不像"。

另一个家伙也不容分说折叠起我的垫子。我懂了,这与我的舒不舒服完全无关,几个极端分子无法忍受一个天主教徒睡在清真寺里,他们表面友善,实则坚决驱赶我。我在睡意蒙眬中,被拖到了阿里家。

阿里是那种洋洋得意的人,自负又傲慢。他自我介绍说他是教管理学的老师,他的朋友巴拉特,一个神情固执的跛子,教授地理。他们只会说自己的语言,但阿里告诉我说正有人去叫醒另外一个人,英语老师穆萨。于是我们之间就开始了一场聋子间的对话,我们的"翻译"负有不小的责任,因为他的英语水平和我的波斯语水平差不多。我徒劳地重复问:"为什么把我从清真寺带出来?"得不到任何回答。大家要么看着足尖发呆,要么用另一个问题来搪塞,比如:我想吃点什么?最后我终于搞明白"负责人很害怕……"。但我永远不知道那个人怕的到底是什么,因为他们又全部缄默不语。尽管我坚持说我不饿,只是很困,阿里还是去厨房拿来他没有露面的妻子准备的饭菜。

聊天转到了伊朗-伊拉克战争。这个话题经常在交谈中出现,尤其对这些参与过最后几个月战争的年轻人。第一次世界大战同样也夺取了我们乡村的很多生命。我在这个村子的街上,看见十六幅巨大的烈士肖像,他们在这场可怕的战争中献出了生命时还不到二十岁。村里第一个丧生的是穆萨的哥哥,那时才十六岁。

我被问了一系列问题,这些问题就像宣传口号似的,来自眼前这几个受过教育、本该理性思考的人，着实让我吃惊。这三个人遭受过战争之苦，经历过恐惧，最后依赖于宗教，自然就投身于毛拉们的政治中。"你们为什么要迫害罗杰·加洛蒂？""你们为什么要帮助以色列？"我试着回答，但我发现穆萨只翻译阿里的问题，却不翻译我的回答。阿里继续道："我们很喜欢你们法国人，你们收留了霍梅尼，但是战争期间又是你们的飞机轰炸了我们。"他去拿他的相册，我看到的都是些穿着土黄色制服的狂热青年，连二十岁都不到，挥舞着机枪，就像玩游戏最厉害的孩子，既开心又吓人。巴拉特是否因在战争中受伤而瘸腿？不是，是一次摩托车事故。幸好对我来说，那不是一辆法国摩托。他们的攻击性让我厌倦，我示意时间不早了，我想睡觉。

过了苏丹纳巴德之后，路上的景色很漂亮。我走了一个小时，过了一个小山口，看见一片开阔的灌溉平原，大片的麦田和玉米地一望无际，一排排白杨树点缀其间。我一下子从炽热的沙漠过渡到绿色的沃野。几周以来，我还没见过这么多的树木。北面，比纳卢德山高高耸立，内沙布尔①绿松石矿就在那儿。

如果一切顺利，两天后我将抵达那里。

---

① 内沙布尔是伊朗东北部城市，在马什哈德以西80公里。公元3世纪萨珊王朝沙普尔一世所建，作为贸易中心与伊斯兰教什叶派中心。

十一　朝圣者

　　　　　　七月十八日。海曼阿巴德，一千四百七十七公里

　　在伊朗，傍晚六点，当暴躁炽热的太阳变得温柔，当老者们聚集在某一扇门前的葡萄架下，这是被祝福的时刻。现在是聊天时间，需要一定的仪式。首先是地点的选择，通常在每个人都会去的杂货铺附近。其次是舒适度，人们在地上洒水，一方面减少白天的灰尘，同时营造一个湿润清新的气氛，这样可以提高对话的艺术。如果说死一样的沉寂占据了白天，当影子拉长，活跃时段开始，谈天说地的时光来了。

　　我到达海曼阿巴德时，他们十来个人围坐在倒扣的塑料筐上。在这个远离交通要道的偏僻小村出现一个西方人，那可算得上一件大事，将会给今天晚上、这一周，乃至这一个月的聊天提供话题，他们当然不会放弃这样的机会。有人马上为我让出一个塑料筐凳子，帮我卸下背包，有人忙不迭地拿来清凉的饮料。年轻人骑着自行车过来，像喜鹊般好奇，打听一下后，飞快到村子另一头去传播消息：杂货店门口来了个英国人（对伊朗人来说，所有外国人都是英国人）。刚才我们是十个人，现在马上变成五十多人了。大家挤来挤去，向我抛来一堆我根本听不懂的问题。但他们看上去很开心，很满足于我的造访，让我很快忘记了我在地狱般的热浪下行

走的三十六公里。他们喧闹的欢迎让我兴奋不已,我就等着人家问我:"你要去哪里吃饭和睡觉?"然后过了一刻钟,最好客的那位会过来对我说:"跟我走吧。"

这天晚上,是阿巴斯·阿里·贝雷马达迪接待我去他家。我们默默吃着晚餐,他不会说一个字的英文或法文,而我已经在杂货店门口穷尽了我所有的波斯语。第二天早上,喝过茶后,我握住他布满茧子的有力大手。他的眼神和我的眼神里,传递的信息不需要翻译。"谢谢,朋友,你的光临让我蓬荜生辉。""谢谢,朋友,谢谢你对我这样的外国人敞开大门。"我小心翼翼地想拿出几张钞票,他把手臂举向天空:"不可以,不可以。"

路上,我目睹了这里的主宰——太阳的升起,整个白天,它将支配一切。先是一律淡黄的霞光渲染青绿的山峰,接着光线变成橘黄色,现在已经像火焰般通红,山峰开始燃烧。最后,那金色的圆盘仿佛被一只巨人之手托起,殷红的光芒照亮大地。为迎接它的到来,路上白杨树的影子仿佛操练似的,排列得整整齐齐。

之前在半明半暗中看不清的库尔德妇女的衣裙,展露出鲜艳的颜色,还有丈夫们的白衬衫,他们在翻晒昨日里刚割下的青草。这里的库尔德人远离故土,十九世纪初被安置在此地,因为他们骁勇善战,只有他们能够抵御土库曼人的入侵。一阵沙尘正从那里朝我飞来,那是一大群冲向牧场的羊群。牧羊人在驴背上打瞌睡,一头小驴围着母亲蹦蹦跳跳。

十一点左右,我达到了一千五百公里大关,我步履轻盈,心情愉快。两个月前我根本不敢指望能够一路到达这里。而我现在就在内沙布尔,为找一个旅馆在烤死人的大太阳下团团转。这家旅馆意外地还有空房间，老板给了我一间小小的不太舒服的房间，价格还算合理。后来他决定按相同的房价，把我安置在一个三人间，天花板上还有一台吊扇。他把两根食指钩在一起说道："我这么做，完全因为你是法国人，我们两国友好。要是你是美国人的话……"说着，两根手指就分开了。

内沙布尔城存在一定的价值。十二世纪初，这里是一个了不起的经济中心，人们在这里纺织丝绸和棉布。这里同时也是一个文化高地，当年，它的苏菲派教徒和学校在整个中亚及中东地区富有影响力。但两次地震将城市化为齑粉，它刚恢复元气又被外敌围困，因为抵抗而惨遭焚毁，甚至连本可以活下来的猫狗也惨遭杀戮。而后，人们在这里翻耕土地，种上黑麦。一二六七年，地震又一次推倒了人们刚修建起来的房屋。再后来又来了帖木儿，再次将这里夷为平地。四十多年来，这座城市决定要找回它文化上的高贵，首先就是要致敬它那位深孚众望的大诗人。

奥玛·海亚姆在十一世纪末崇高地歌颂女人和美酒，这个人对毛拉来说简直就是魔鬼。但内沙布尔把他打造成让人宗教般崇拜的对象，人们从遥远的地方前来拜谒他简朴的陵墓。诗人的崇拜者们会在那里停留好几天，墓园的角落里搭了三十来个大帐篷。高音喇叭里播放着海亚姆的诗句。树荫下，一些家庭一边午餐一边朗诵着他的四行诗：

> 明天不会承诺任何人
> 忧伤的心留住欢乐
> 在月光下畅饮，哦，我的月亮

明月生辉，却照不见我们。

我参观了改建成艺术工作室的一座沙漠驿站，来结束我在这座城市一天的文化之旅。那里有着一种蜂巢般的氛围，工匠们根据画师事先画在纸板上的图案，仔细拼贴着一块块小小的马赛克。据说这些画是用来装饰正在修建中的清真寺。他们采用的技术与玻璃工匠制作教堂彩绘玻璃的手法近似，目标一致，都是为宗教礼拜的地方增添美丽、色彩和光线。

也许我真有点妄想症了，我刚寄完一封我认为不会给与我相遇的朋友带来任何风险的信，一走出邮局，就跟两个正在平静聊天的男人擦肩而过。至此，没什么可担心的……然而我听见其中一个说了"法国"这个词，然后走远，另一个则走进了邮局。其实这就是一名邮局职工回自己的工作岗位，很可能他们只是偶然提到法国，与我和我的朋友毫无关系。但是谨慎起见，我决定从今以后，再也不从伊朗寄任何东西。就是这封信，也是在五个月后才到我手上，信的样子可想而知。

内沙布尔每周三有固定的集市，市政府允许所有没有开店能力的人可以在这一天摆摊做生意。集市的氛围跟大巴扎不太一样，后者让你感到安心，因为在迷宫似的小街上弥漫着一种醉心的氛围；在人们的行为和策略中，有着一种从容不迫，方式从未变过，你似乎立刻能领略到什么叫永恒。而这里的集市，大家临时凑在一起，有时间约定，在木头架子或铺开的布单上，忙碌着什么都卖：新衣服或二手衣服，水果和沾着泥土的蔬菜，牙膏和电器，鞋子和书籍、炉灶的烟道、缺口的砍菜刀……拥挤的人群中，不时闪过库尔德妇女艳丽的头巾和裙子，闪过黑色的罩袍，不时还有裹着洁白缠头布的老头。一个摊位上，几个男人在拍卖橡胶拖鞋；一个老农的驴被驮着的蔬菜压弯了腿，老农试着挤进人群找个位置，找不到，只好把驴背当柜台。穿罩袍的女人购买色彩鲜艳的衣服，但只能穿给家人看。地上，自古久负盛名的内沙布尔水果的香味，与烤肉的气味或角落里在太阳下腐烂的垃圾，一争高下。一切都在颤动、述说、骚动、叫喊、拥挤着。尽管我的胶卷所剩无几，我还是忍不住想抓拍一些面孔，但心里清楚用这种苍白的方式凝固住这里火一样燃烧的生活，我会再一次失望。而这个时候，在大巴扎的过道上，商贩们倒是想得开，喝茶打发时光。因为周三的集市，抢走了他们的大部分顾客。

我在德黑兰期间，就有两次很想看看这种只流行于伊朗少数城市的平民大众运动：祖尔哈纳（zurkhané），那是阿富汗王子侵略占领波斯后被创造和发展起来的一种运动。为了唤起抵抗精神，人们创建了这种大力士角斗场，用来训练大众阶层奋起反抗入侵者。这项运动在一个大厅举行，厅中央挖一个约一米深的八角形大坑。每个运动员，腰间缠一块布，跳到坑里，抚摸土地，然后将手指放到唇边。这种小腿、双脚赤裸，有时还赤裸上身的打扮，在这个极度保守的国家实属难得。在高台上，一个男人伴着打鼓的节奏，唱着一曲悲歌。每一次练习都对应一首特定的歌。

肩宽膀圆的主持人，主持和引导运动的行进，竞技内容与舞蹈表演交替进行。鼓点强加的节奏令人疲惫，人们很快就满头大汗、汗流浃背。暖场部分在紧张的节奏中持续了大约一个小时，考验力量的时刻终于来临：那是一些木桩，每根可重达二十五公斤。运动员以一种惊人的速度，随着音乐的节奏，将木桩从一个肩头滚到另一个肩头，仿佛大力士在跳芭蕾舞，非常累人的一种运动。祖尔哈纳的参与者都以此为荣。酒店老板为了向远道而来的旅行者证明他也是孔武有力者，而非弱鸡，便在餐厅的大镜子前向我展示了二十多分钟他的力气。

清晨四点半，内沙布尔家家户户院子里的公鸡，为我奉上一场免费的音乐会，我却有点记恨这些笨蛋家禽，不让我好好睡觉。那就出发吧……

然而，我走不了五百米，很快就跑到篱笆后、桥下或凹坑里，比我刚出发时更严重的旅行痢疾又开始折磨我。脱水现象越来越严重，我吃了一点抗生素，因为每天都吃的咪唑类药物已经不起作用。于是我把"四不像"扔在路边，别扭地蹲在一堵篱笆墙后面。现在不是母鸡跟我捣乱，而是来了一群朝圣者，他们要去一百二十公里外马什哈德的礼萨伊玛目圣陵朝拜。五十多个青少年坐大巴抵达内沙布尔，然后打算用三天时间步行到目的地，一辆小货车运载他们的行李。组织者用大喇叭不停播放着宗教歌曲，两三面黑绿相间、带书写字母的旗帜疯狂舞动着。

不想和这些吵吵闹闹的人同路，我提起裤子，加快步伐，想超过他们。但我被迫的频繁止步拖了后腿，我很快落在了后面。一个穿网球鞋、额头绑了根红丝带、落在队伍最后的年轻人用牛津腔英语告诉我说他们都来自卡什马尔，要去马什哈德，这我早就知道。我不想听一些无关紧要的话，更愿意独自安静，所以就在年轻信徒的惊讶中,默默拐上一条横穿田野的小路。我就这样穿过一片巨大的果园。在葡萄园和苹果林的边上,还有无花果树、杏树、石榴树、桃树和木瓜树,由上百条小渠浇灌。

在卡达姆加(圣徒足迹处)朝圣者们停下来欣赏一处圣迹,我在孔波斯特拉朝圣路上也看到过类似遗迹:一块大石头上的一只脚印——这里是礼萨伊玛目的脚印,而那边是圣雅克的脚印。这样的地方经常附带其他恩惠,比如像在卢尔德①那样的可以包治百病的泉水,人们喝足了还要带上一瓶宝贵的圣水离开。对天主教和伊斯兰教两处圣迹进行比较,就会发现这两位圣人当初都不易找到合脚的鞋,因为鞋子都将近五十五码。

晚上,我在盖勒耶-瓦齐尔停留一夜,这里的清真寺人流不断。这是方圆三十公里内唯一的清真寺,坐落于不见一丝绿色的光秃秃的赭色丘陵间。一长列卡车在那里等待它们的司机,司机停车祈祷,并在清真寺隔壁供他们休息的三处场所,来上一块三明治。我在一个客栈住下,准备到露台上睡觉,这时那群朝圣者也来到了这里。他们没有刚才那么兴奋,但虔诚依旧,立即涌向清真寺,让我得到片刻的安宁。

然而我与他们的纠缠还没完,我在湖边一个由两位可爱老者开的小饭馆里,又遇到了他们。牛津腔家伙让我名声大振:不管我走到哪里,大家都已经知道我。他告诉我他从未正式学过英语,只是靠听BBC广播和钻研语法书自学……

这群热情洋溢的青年人最终让我打消了对他们的成见,我与他

---

① 法国南部接近西班牙边界的波河岸边的一座城市,也是天主教的朝圣地。

167

们同行了一段路程，还参与了他们组织的一次活动，厨师准备的一大锅面条，顷刻间被吃得精光……这些小伙子渴望了解一切：关于法国，关于足球，关于土耳其，关于齐达内。他们深信伊斯兰教要优于其他宗教，但他们不像他们的前辈那样具有攻击性。他们听说我被阿巴斯阿巴德的清真寺赶出来后，请我今天晚上和他们睡在同一个清真寺，他们保护我。我欣然接受。

他们深深的友善，相互间的团结帮助，他们对他人的同情，让人深感温暖，他们虔诚但不极端。我耳畔还回响着他们面向清真寺壁室无伴奏合唱的清脆歌声。我们一起睡在这座清真寺，这歌声在凌晨四点将我唤醒，如天籁之音。

我惊讶于他们的负责人并没有定下太多规矩，每个人都可以根据自己的心情和时间安排祷告，那些没能赶上集体祷告的人可以在旁边待上几分钟，以求获得快速的恩泽。这个宗教没有教士，不了解的人通常以为它专横，实则它并不强制礼拜。

这是伊斯兰教的另一张面孔。对那些走在我身后的年轻穆斯林的回忆，伴随我一路走向圣城。这个国家，其宗教理念和对宗教的尊崇，建立于古老的社会结构之上，那么在全球化和地球村的背景下，在西方国家同样的宗教价值观已经坍塌的情况下，它又将何去何从？

马什哈德，伊朗第二大城市，人口超过四百万。它的不寻常在于每年约有一千五百万朝圣者，来此朝觐第八位伊玛目礼萨的圣陵，他在九世纪时被一串毒葡萄毒死。在圣陵周边，阿富汗人、伊拉克人与伊朗人的陵寝并肩而存。

我在城里不乏落脚点。迈赫迪和穆尼尔邀请过我；今天早上又有一辆汽车在我附近突然停下，一位父亲和他两个迷人的女儿追上我，有人告诉他们"在内沙布尔有个徒步的法国人"，于是他们就一直在找我，想邀请我……此外，三天前有个人给了我一张名片，向我保证说我可以在他家里愿住多久就住多久。

穆尼尔和迈赫迪热情款待我，就如我们前两次相遇一样。他们生活和谐，事业顺畅。他们在沙漠小村的第一家陶瓷作坊已经经营了二十年，现在他们拥有三个生产基地。我参观了他们在马什哈德的工作坊，所有产品中，我最喜欢脖颈灵活、四肢颀长的奔马。但我觉得那些公牛也很漂亮，迈赫迪的灵感来自他见过的拉斯科洞窟壁画[①] 上的那些牛。他们这样的人懂得为他们触摸的东西注入诗意，让万物皆有灵性，他们是真正的艺术家。而且他们有着这般了不起的功德，尽管经营着三家企业，却给了一个过路的无足轻重的外国人无微不至的关怀。我永远不会忘记与他们相处的这一个星期。

我在突斯村参观了大诗人菲尔多西的陵墓。他在公元九四〇年出生于附近，与哈菲兹、海亚姆并列为伊朗最伟大的三位诗人。在西方世界最出名的是，他从四十岁开始花了三十年时间所创作的伟人诗篇《列王记》。这部史诗记载了阿拉伯人到来之前的波斯历史，用一种保留了部分外来语及入侵者部分字母的古波斯语撰写。这部由五万首二行诗构成的诗集在宫廷饱受争议，以致史诗的作者被驱逐。后来国王承认自己的错误，给诗人送去一队满载礼物的骆驼。

[①] 拉斯科洞穴位于法国韦泽尔峡谷。1940 年 9 月，4 名少年在法国多尔多涅的拉斯科山坡偶然发现了该洞。洞穴中的壁画为旧石器时期所作，已有 1.5 万到 1.7 万年历史，其精美程度有"史前卢浮宫"之称。

但驼队到达时,菲尔多西已经过世。

但是最非凡的地方还是礼萨伊玛目的圣陵。在城里根本不需要寻找圣地,每一条道路都通向那里,城市完全围圣陵而建。在几乎所有街区,都能看见戈哈尔沙德清真寺宝蓝色的圆形屋顶,清真寺由帖木儿的儿媳妇下令修建。还能看见另一座镶满金箔的清真寺,里面存放着圣人的遗物。

入口处,我必须留下相机和护照,然后接受快速安检。我的颇有远见的向导,用波斯语为我写下万一走散后我们会合的地点。我觉得他过于小心,但我进入第一个庭院后立即就理解了他,庭院就有两公顷,可同时容纳十万信徒做祷告。人们告诉我整个建筑占地达六十公顷。我们穿过多个庭院和清真寺,里面全部装饰着以魅人的蓝色为主基调的马赛克,瓷砖上重复着什叶派先贤们的名字和《古兰经》经文。所有内庭的大理石地面上,铺着无数高级的羊毛地毯。这里的装饰固然吸引人眼球,但更不可错过的是这些穿衬衣的男人和穿罩袍的女人(只戴简单的头巾在这里不被允许)不紧不慢向金色穹顶汇聚的场景。到处有一些正在祷告的信徒。那边一个男人、一个女人和他们的小婴儿在阴凉地的地毯上酣睡,多么幸福的场景。稍远处,一位站着的妇女完全沉浸在她的祷告中,纯洁而苍白的面孔镶嵌在黑色的头巾里,她仰望天空,激动得微微颤抖。在一个大屋顶下,一位有着长长白胡子的毛拉正在给一群挤坐在一起的信徒讲解《古兰经》,静默的人群过于拥挤,一直挤到庭院外的太阳底下。我已经迷路,赤脚踩在滚烫的石板或清凉的地毯上,在迷宫般的道路和广场上,完全失去了方向。信徒们围着喷泉净手,因为祷告的时间快到了。

周围的空间、宗教热情以及我身处的场所,大到有些失真。在蓝色的戈哈尔沙德清真寺,人群越来越拥挤,不时回响着诵读祷告文和交谈的声音,有时还传来孩子的哭叫声。一个激动不已的男子,虔诚地亲吻着《古兰经》。大厅挤满了人,溢出到过道,前行变得越来越艰难。

在存放圣人遗骸的金顶清真寺,人群的拥挤达到顶峰。再努力一把,伸出胳膊肘再往前挤几米,我们终于距离礼萨伊玛目的圣陵只有十米之遥。

存放圣人遗骸的穹顶贴满镜子和彩色玻璃,反射光线。墙上贴着灰色和金色的马赛克,凸显着蓝色的波斯文书法。在这里,我同样震惊于所见的场面,对于周围的装饰只是扫了一眼。圣人的遗骸盒被金银色围栏保护着,几百个人挤在那里。在一种极度兴奋甚至有点歇斯底里的气氛下,有人想靠近、抚摸、亲吻骨灰盒。那些终于奋力挤到栏杆边的人,疯狂地将还愿物塞到保护坟墓的第二层玻璃板之间。一些孩子冒着窒息的风险,被父母举过头顶,爬过人群去抚摸和亲吻圣盒,然后从狂热、涌动、乞求的人群头上游回来。

我被这种鲜有"非教徒"能够见到的场景所征服。这种宗教狂热每日都在上演,全年上百万的信徒献出他们的信仰和金钱。陵墓,或者说管理陵墓的机构阿斯坦·圣城·拉扎维(Astan é ghods é razavi)获得巨额财富,就像天上掉下的馅饼。人们将财富、工厂、商店、艺术收藏品等各种财产捐赠给圣殿。景区内的两座博物馆只能展示其珍宝的五十分之一。据说阿斯坦·圣城·拉扎维至少拥有六百家企业、机构或团体。它还在伊朗-土耳其边境的萨拉赫斯地区拥有一个保税区,真是世所罕见。

十二　边　境

七月三十日，马什哈德，一千六百二十五公里

在马什哈德一周的停留，让我感觉浑身生锈，骤然升起行走的欲望。我的体力和体重都已恢复。穆尼尔和迈赫迪的女儿吉米亚和她的丈夫贝赫扎德，从德黑兰过来与我们相聚几天。吉米亚的丈夫是医生，给了我很多有用的建议，开了一些抗痢疾的药给我，但愿有效。我也因此了解到伊朗的药品都是非专利药，药品名称就是其所含分子的名称。

我为穿越可怕的卡拉库姆沙漠购置了一顶帐篷，以防万一。我搜集到的关于这片沙漠的信息让我心生恐惧。最后，我又愚蠢地把历经千辛万苦在德黑兰收到的相机搞丢了，不过马什哈德不是阿巴斯阿巴德，我买了第三架相机！

最近这几天，我努力尝试更深入理解伊朗社会。如果说墓园是表达家庭虔敬的地方，人们经常来此野餐，在亲人墓旁度过大半天，那是因为这是一种自主选择，选择凭吊亲人，而非接受别人强加于你的东西。我曾有机会跟着吉米亚和贝赫扎德参观了一个已被废弃的古老墓园，墓碑上古人以代表工具的图形表示死者生前的职业。这块墓碑上有一把梳子，墓主会是一位理发师吗？不是，那是个地毯工匠。那理发师呢？来了，是一把剪刀。

伊朗社会是最清教徒式的社会，身体必须被遮盖，尤其是妇女。男子享有一定的自由，可以穿T恤衫。但我发现男子毫无例外都穿两条裤子，第二条轻薄些的就算是睡裤。我对伊朗妇女在社会秩序中的地位很感兴趣，带着西方文化傲慢自大的狭隘目光，以及该国妇女留给我们包裹在黑色罩袍中的形象。

尽管伊斯兰教义允许男人最多可娶四个妻子，但实际上只有极少数的重婚，说明妇女们并不总是逆来顺受。只有毛拉们滥用重婚的权利。尽管男女平等还有很长的路要走，但有越来越多的妇女去企业工作，大学里女孩子也绝不比男生逊色。

一清早，我叫了辆出租车，把我带到马什哈德郊外。如果说所有道路都通向礼萨伊玛目圣陵，出城的路却不好找，而且拂晓的交通就已经拥挤得不可思议。穆尼尔给我的背包里装满食物。一块路牌写着：萨拉赫斯一百八十公里。我需要六天时间，就可以不太费劲地走到那里。途中没有一家旅店，而且我要翻越一条小山脉。那些山峰应该可以翻越，因为历史上大部分入侵波斯的军队都是从那条路上进来的。

这个国家的奇妙之处在于，尽管缺少天然的边界线和历史上的多次变迁，但它始终能够保持统一。没有哪个国家像它这样遭受这么多的侵略、占领和威胁，从公元前三世纪的亚历山大大帝，到第一次世界大战后的俄罗斯人。奇怪的是它懂得如何保留自己的自我认同和文化，仿佛它所拥有的归属感两千多年来足以让它保持自我。最近与伊拉克的战争，让我们再次观察到这种情况。

上午十点，我坐在一棵无花果树下，凝望着马什哈德往南延伸的富饶乡村。整齐的金黄色麦田与深绿的西红柿田相间，不时有小团的尘土扬起，那是羊群走过或平原上刮起的小飓风，一路上我见过很多次。

到下午一点时，我已经行走了三十二公里。一辆警车迎面开过，立刻掉头把我堵在路基。司机下车问我要护照，然后交给懒洋洋地坐在副驾驶座上的一个大胡子，大胡子手上还在数着念珠。他们叫我上车。

"不行，我不能扔下我的小拖车。"

"我们把它放到后备厢。"

"不，我在徒步丝绸之路，不是坐车。"

他们坚持，我拒绝。他们商量了一下，司机坐回车里，另一位被称为"队长"的人下车。他告诉我说要陪我到阿贝拉万，五公里外的下一个村子。他们到底想干什么？他假装没听见我说话。这个大腹便便、松松垮垮、一脸无精打采的男人很没礼貌，只是示意我跟他走。跟在他后面走还是走在他前面？我选择第二种方式，迈开久经锻炼的行者的大步往前走。那人把念珠放进衣袋，甩开双臂跟在我后面。很快就上气不接下气、汗流浃背。我心里暗自窃喜，还假惺惺地对他表示关切，问了问他的年纪，四十岁。我告诉他我六十二岁，同时若无其事地加快步伐。为了打击他的自信心，每当他累得快要中风时，我故意停下来等他。然后等他赶上来了，我又走起来，还加快步伐。他的狼狈持续了三公里左右，还好他的副手赶了上来，还带来一个援兵：一名身材修长步伐矫健的士兵。队长瘫坐在汽车椅子的软垫上，止不住地喘息。他应该后悔没有坐回汽车，然后到阿贝拉万后轻轻松松地拦住我。

"队长，你还行吧？"司机故意问道。

"唉。"他咎由自取地低声抱怨。

那个年轻士兵倒是一点不含糊，我们到达警所时，他的衣衫湿透了，但并没有回答我的问题，这让我很不满。他们想拿我怎么样？为什么要这样监视我？他们是要羁押我吗？什么理由？这是头一次有穿制服的警察盯着我不放。我拒绝了士兵让我进院子的邀请，我更愿意待在公共汽车站一旁冷饮小店的遮阳棚下。有几个人在那里等待去马什哈德的公交车。士兵再次做手势让我进院子。

"不，谢谢。"

他坚持，我还是同样的回答。另一名警察来帮腔。看见我的抵抗，看热闹的人围了上来，觉得有戏可看。这正是我想要的效果，不能让他们把我困在警察局里面。第三个士兵来凑数，嘟囔了几个英语单词，重申他们的要求。我用英语回答，他什么也没听懂。第四个过来的是个小头头。

"进来。"他指着院子门对我说道。

"为什么呢？要看护照吗？你们队长已经看过了，记住，记住。"

"不，进来喝点水。"

"我的水壶里有五升水呢。"我拍拍水壶说道。

"那就来吃点东西吧。"

"我不饿，我有需要的一切。"我指着我的背包说。

他扳过我的肩，想把我拖进去，但我挣脱掉。就如对付萨卜泽瓦尔的警察那样，我指着护照陈述了一通：有效日期、如今日期、签证的有效时长、允许在伊朗逗留的最后期限……第五个警察变戏

法似的出现了,他很强壮,想吓唬我。我做离开状,并告诉那个当官的:

"我要去阿贝拉万吃午饭。"

他们都呆立在那里,我搞不明白他们到底想干什么,担心他们要来拘捕我,那该如何是好?只有听凭摆布。而明天早上出发时,我还不得不路过警察局。安拉保佑。

我把自己放在安拉的保护之下。由于居民们都知道我跟警察的冲突,没有人急着过来向我表示欢迎。我就在清真寺院墙一角的阴凉处安顿下来,写了几行笔记,然后进入我每天的午休,以恢复体力。

孩子们叫醒了我,大约十五个小男孩关切地默默围着我。他们穿着脏脏的T恤和破旧裤子,面孔友善。问题当然像雨点般砸来,我尽力回答。这时一位名叫阿巴斯的老者,由两个年轻人搀扶着走了过来。他邀请我过夜,然后就回去了。

天黑了,年老的阿巴斯把我给忘了,但孩子们记得他的承诺,把我带到了他家里。他没在,但他妻子拉过一张席子铺在露台的水泥地上。我拿出穆尼尔给我的食物,正在削一个苹果时,老妇人给我端来一大碗喷香的浓汤。夜色瑰丽,我很欣赏在户外过夜。不过那条大狗爬过矮墙,与我分享坐垫,给我留下一堆跳蚤。

清晨露出第一缕曙光之前,公鸡和驴子已经开始歌唱,接着是灌溉系统的柴油水泵,整夜发出"噗噗"的声响,抽上井水灌溉农田。

经过警察局门前时,我有点忐忑不安。让我意外的是哨兵看到我并没什么反应。我打算尽快到达苏拉克-马拉基,但一阵强风吹来，我只得像土耳其脚夫那般弯腰前行。更不幸的是一阵血红色沙尘旋风瞬间遮蔽了我周围的一切，淹没了附近的村庄，淹没了公路，丧失了视野的汽车在继续行驶。狂风抽打着我的脸颊，令我窒息，我不得不蜷缩成一团，蹲在路基边，用头巾裹住脸，盖上帽子保护自己，沙子抽打我的双手。狂风经过五六次袭击后，骤然停息，与它来时一样猝不及防。

赛义德·礼萨在什叶派清真寺前摆了个小摊，卖给我一罐金枪鱼和一只香瓜，这就是我的午餐。苏拉克-马拉基是个上千人的特殊小镇：它至少有三座清真寺，其中两座属于逊尼派。在伊朗绝大多数地方占多数的什叶派，在这里反而属于少数派。赛义德·礼萨管理着这座什叶派清真寺，也把它当作存放果汁箱的仓库。他允许我在此休息，我在两条厚厚的毯子上睡了个午觉，后来还在那里过了夜。不过在此之前，赛义德·礼萨给我端来一大碗米饭做晚餐时，还带来了几个村民代表，我得先给他们讲讲我的故事。东道主的女儿柯布拉，英语讲得不错，就做我们的翻译。她让我一定要寄一张埃菲尔铁塔的明信片给她。她父亲则不理解，我为什么不是穆斯林。他问了我好几次，有没有可能换个宗教。

早上五点，一阵轻拍窗子的声音将我唤醒。一只小鸟试图用喙啄一只贴着玻璃挣扎的蝴蝶，蝴蝶徒劳地想要飞出去。我刚想继续睡一会儿，赛义德·礼萨来了，借口他要去马什哈德，让我赶紧离开。我很快发现这是个善意的谎言，实际上是他的教友们责备他让一个欧洲人睡在真主的圣堂里。

走出村子，原野壮美，平行的铁路和公路笔直伸向远方，最后变成地平线尽头赭色大地上淡蓝色山脚下的一根细线。我放空脑袋，听着脚下的足音，疾步向前。脚跟、脚掌、脚尖，我像长跑运动员那样，踏下一步又一步，毫不费劲。左脚的鞋吱嘎，右脚的鞋噼啪。吱嘎，噼啪……今天我跨越了一千七百公里，我很高兴我的鞋底比"四不像"的轮胎更能抗住灼热的石子路。翻过一座山口，我进入一片被太阳照得明晃晃的巨大河谷。河对岸的马兹达兰小绿洲，在半山腰形成一片浓郁的色块。那地方本来叫莫斯杜兰，意为"受苦的人""什么都干的人""被雇佣的人"。因为这个地名带有贬意，人们便改了拼写，从此这个村名的意思变为"边境卫士"。

许多个世纪以来，成群结队的骑兵就是从我面前的这座小山，侵犯和动荡了古波斯。每一次，这个国家都能把大刀与长矛的钢铁坚韧地吸收、融合并消化。在河谷低洼处，春雨在松软的红色地面冲刷出一条条小沟，长出一些孱弱的柳树。公路上有一只死了的雄鹰，为什么这只天空之王要飞得这么低来找死？它是撞上了一辆卡车或是在附近的电线上触了电？一辆轿车碾过它高傲的喙，立刻血肉模糊。这是一种神圣的动物，展开双翼时有一米多长。面对这个被人类毁灭的王者，我感到伤心。我毅然捡起它，把它放到一块石头上，眼睛朝着天空。它的坟地可能过于简陋，但总好过在沥青路上血肉模糊的一团。

下午一点，我开始爬坡，灼热的阳光把我粘在沥青路上，烤焦我的脊背和手臂，"四不像"比铅还重。上坡路没完没了，我艰难前行，花了一个小时才爬完最后两公里。出现的第一座房子是个杂货店，我灌下两瓶冰镇的苏打水，还不解渴，我几乎直不起身子。

"这里有两家饭馆,"卖汽水的告诉我,"去第二家,那个更好。"但走到第一家小饭馆前(第二家还未见踪影),我就不想再继续往前了。我在露台的一张小木几上点了菜,但我太累了,菜还未端上,我就睡着了。服务员没有打搅我的好梦,两小时后等我睁开眼睛,他把饭菜重新送上来。端上来的食物肯定不怎么干净,但我毫不迟疑地吞了下去,然后当场又睡了一觉。

早上五点,我睡醒了,体力恢复,精神抖擞地继续爬坡。八点钟时到达坡顶,我坐了一会儿欣赏风景。周围的景色雄浑壮阔,视线几乎可触及两天前我刚刚离开的马什哈德。除了前景有几座光秃秃的小山丘,视野延展到一览无余的被太阳煮沸的大地。

贝赞甘乡村饭馆的老板完全可以在武侠电影中扮演一个饭馆老板的角色。身材矮胖,一身黑衣,黝黑的脸上是几天未刮的大胡子。他展开双臂欢迎我,拥抱我,把我安顿在露台的阴凉处,给我吃的、喝的,像填鸭一样喂饱我。他的饭馆坐落于干枯的河谷,靠近一处水源,我进入的是一片灰烬般的景色。几座废墟和被遗弃的洞穴屋证明人们逃离了这片寸草不生的悬崖和不毛之地。高处岩石的褶皱抵御住了时间的侵蚀,而散落地面的石头被风和偶尔的雨水侵袭后,很像一群背上长着棘刺、有着发光鳞片的恐龙,朝着天空发起攻击。

也许因为环境太恶劣?一辆吉普,接着一辆小卡车停下,司机非要捎我到边境城市萨拉赫斯。我不得不再一次奋力捍卫我用双脚走路的权利。

在一个被参天峭壁荫庇的峡谷里,我遇见一对夫妻。男子牵着一匹栗色的骏马，马背上骑着一个漂亮小男孩。在土耳其，一定是男人骑在马上，但在伊朗，孩子就是上帝。这是多么美好的场景，像一幅令人感动的经典油画。我满怀感恩地向这个沐浴着温暖恩泽的家庭致意。

　　肖洛克可能就是世界尽头大树边上的那个村子，马可·波罗声称他走近过。但这里没有树，也没有主动的友善，我受到的是冷冰冰的对待。我在杂货店买了店里唯一的一听红豆罐头，已经过期两年。这儿没有旅店没有饭馆，我问一个人哪里可以露营，他指了指公路桥，确实，这也许是最合适的地方。桥下的臭水几乎凝固不动，泛起一层冷绿色的泡沫，一群孩子在那里玩耍。我支帐篷的时候，他们像小狗一样在我周边跳来跳去。我在两块石头上加热我的罐头，一个男孩拿来一把叉子，另一个从家里偷来一块面包，郑重其事地递给我。但他们的行动可不是免费的，第一个想要我的帐篷做交换，另一个看中了"四不像"，第三个什么也没有贡献，却看中了我的手表。我给了他们一些小徽章，他们提议我跟他们一起游泳，但微风吹来露天臭水沟的味道，我拒绝了他们的邀请。一个衣袋里装满开心果的男人，给了我两大把，然后带我去河对岸他的家里，请我喝茶吃晚餐，最后睡在他家里。我拆掉帐篷，很高兴能够逃离肮脏的桥下。

　　祖父母、儿子媳妇、孙儿们并排睡在露台上，我被排在最后。我的屋主早上四点半就离开了，半小时后我也开始收拾行囊。屋主不在，他的妻子和母亲面对一个外国人，有点不知所措。她们躲进屋子里，不再和我说话。五点半时，我已经在路上，陪着我的是一个骑在驴背上、后面跟着两条牧羊犬的男子。我一靠近,两条狗就开始吠叫。那人问了我很多问题,两公里后他转头回去,把所获的消息告诉村里人。这时,一群山羊不知从哪里窜出来,这些安静而又急匆匆的动物要去哪里呢?六七只羊奔跑在至少三百来只壮观的大部队前头,它们的前方,只有无尽的沙子,没有树、没有花、没有一株草可啃。羊群的蹄声陪伴了我一段路程,陪了一刻钟左右后,它们突然往北斜插,后头跟着骑在驴背上的牧羊人。我朝它们远去的方向极目远眺,看不到一丝绿色。

烈日炙烤已久,我在这个神奇之事层出不穷的国家又遇见了不可思议的一幕。在人迹罕至的公路上,我首先看见的是一面迎风招展的绿色旗帜,然后在那方伊斯兰绿的绸布下,依稀可辨出是一个人在护堤上前行,每一阵逆风吹过他的旗帜,风势变得更加猛烈。他看见我后朝我走来,紧紧握着我的手。这是个三十来岁的米其林必本登①,紧绷在一件本是白色的衬衫和一条几乎要被撑破的厚运动裤里。他脸颊丰满红润,啤酒肚隆起,手腕像赛璐珞娃娃似的有一道道皱褶。他在胸口与背包带之间垫了一块海绵,因为背带会深陷进肉里。他面露信任的微笑,我们的相遇显然让他十分高兴。

他把跟他一样圆圆胖胖的背包放在地上,那是一只土黄色的军用背包,捆着一根旗杆和一条毯子。他叫赛义德·齐亚·马尔特扎尼,他说他今天早上离开萨拉赫斯,步行回自己在里海南岸的家乡。他仔细计算过距离,一千零二十八公里,打算用三十二天走

---

① 指米其林品牌那个胖胖的吉祥物。

完。他的决心很大，但是装备跟不上，他的胶鞋已经磨损，我怀疑坚持不了一周。因为他想给我拍张照片，便打开他装满乱七八糟杂物的背包，先是取出一本足有三斤重的《古兰经》，一柄刀刃足有三十厘米、刀把精致的匕首，为了"安全"，他一面说一面把它放在地上。接着又取出一些罐头，"因为餐馆的食物都是细菌"，他强调说。又掏出一本重型卡车司机都会配备的全国公路地图。最后，终于找到他的照相机。带着这样重且不合适的装备，他如何能实现每天的旅程？我尽量婉转地提出这个问题，因为不想冒犯他。不过他的回答却简洁而不容置疑：

"真主会帮助我。"

拍完照以后，他要把他的相机和地图册送给我，还从口袋里掏出钱给我。我一概拒绝但同时窘迫于自己没有什么东西可以回赠予他。他花了十来分钟才把东西重新放回包里，然后捆好毯子和旗帜。我帮他把行囊背上，他艰难地弯腰拿起他的水壶，就这样出发了。我看着他走远，仿佛在路边的沙地上滑溜，每走一步，圆滚滚的屁股都要跳一下，绿色的旗帜在风中飘扬，他没有再回头。如果他能在三十二天后到达目的地，我敢打赌他肯定能瘦掉三十二公斤。

我打算在甘巴尔迪稍作停留，这是个很小的村落，道路两旁整齐排列着一些房子，我在美国西部片中见过类似场景。没有热情来接待，也许村民对去二十五公里外边境城市的旅行者已经麻木。餐馆已没什么东西可供应，四个一起玩扑克的朋友觉得我打搅了他们。一个杂货铺老板卖给我两枚鸡蛋，答应收取一点报酬后到隔壁的仓库为我煮一下。我这样就算吃了一顿，有勇气重新回到萨拉赫斯，穆尼尔和迈赫迪跟我约好今晚在那里会面。

我离开马什哈德之前，他们告诉我他们将组织一场由歌手和演员主持的年度庆典，届时会邀请三千左右的来宾。他们觉得不能让我错过这样的盛会，所以他们应该在来接我的路上，把我带回马什哈德住两天。当他们的司机开着大功率豪华轿车在路基停下时，我离目的地还有六公里。他们下车，惊愕不已地看着我。司机赶紧从后备厢拿出一条毯子铺在座椅上……我从车门玻璃照见了自己，明白了他们错愕的原因。我已经一周没有洗澡刮胡子，汗水粘住沙粒，我的脸和衣服结上一层土黄色的硬壳。我们先开到萨拉赫斯，我开了一个房间，以便漱洗一番。这期间，穆尼尔预订了一些点心，我必须承认这点心真是及时雨啊，因为中午吃的两个白煮蛋很难说吃得饱……

回程的路上，我注意看路边，想找找扛着旗帜的赛义德·齐亚，没有找到。迈赫迪和穆尼尔在来的路上也没有见过他。他肯定找到了某个庇护所过夜。我的朋友们在打瞌睡，而我洗过澡吃过点心后，精神焕发。我出发已经有八十多天了，一共走了一千八百三十八公里，没有出现大的问题。在德黑兰和马什哈德的逗留，让我每天的平均行程比赛义德·齐亚定下的每日计划要少一些。但我不是在跟任何人竞争。路上的相遇，弥补了我所有不开心的日子，弥补了我所有的饥渴和疲惫。尽管烈日和狂风，我却感觉浑身是劲，今天走完的五十公里足以证明我体能的潜力，就如运动员爱说的那样。穿越这个国家的这段漫长旅途，让我看到热情开放、好客的人民。我能感受到西方媒体对这些有文化、彬彬有礼的波斯人的不公平。

再次达到一千公里后,我将会看到撒马尔罕那些宝蓝色的圆顶。如果说我从进入伊朗迄今,一切还算顺利,那么以后的前景略显黯淡。几天来,我已经开始想象没有给我太好预期的土库曼斯坦,我所读到的有关这个国家的资料让我开心不起来。粗暴贪婪的警察,懒惰和不作为的行政机构,我曾在巴黎和德黑兰的领事馆尝过滋味。除开人的因素,我还要穿越两百五十公里的沙漠地带,那里爬满奇奇怪怪的动物,如眼镜蛇、蝎子、狼蛛,更不用说恐怖的黑寡妇。这种小蜘蛛的叮咬会致命,它有一种可疑的习性,交配后会把雄性吃掉,终结它们的爱情。

十三　土库曼人

八月五日，萨拉赫斯，一千八百三十八公里

我到得很准时。德黑兰的土库曼领事提醒过我："就是一个月，一天不能多一天不能少。"今天早上我坐大巴离开马什哈德，在穆尼尔和马赫迪接我的地方下车，然后很快走完剩下的六公里。伊朗一侧的萨拉赫斯在土库曼斯坦一侧有个双胞胎姐妹色拉赫斯。通过这两个海关口岸需要斗士般的勇气，过关前，我谨慎地取出GPS的电池，把它藏在我背包深处。出于军事安全的考虑，这种设备在原苏联加盟共和国肯定被禁止。

下午两点，一名伊朗警察将我的护照检查了很长时间，又凑近我看了看……拿着我的证件吃饭去了。我只好一遍又一遍读着我早已熟知的中亚旅行指南①打发时间。那个人回来后，又打量了我一番。我的签证期限超乎寻常地长，似乎让他有些困惑。他越疑惑，我等待的时间就越长。

最后我总算出了海关，有人指给我一条通向一座栈桥的土路，桥下的河已经干枯，露出河床。河对岸有个很小的哨所，里面有一些俄罗斯士兵为土库曼人守卫边界。"守卫"这个词有点言过其实，

---

① 原注：《孤独星球》1998年版。

一名大兵光脚咧嘴,在墙根阴凉处呼呼大睡。另一个穿着靴子,抱着他的机关枪打瞌睡,上装的纽扣一直解开到肚脐,里面没穿衬衣。我先是轻轻咳嗽一声,然后加大音量,也没能唤醒他们,我只好摇晃那个拿枪的大兵。他慢慢从睡梦中醒来,突然看见我这个奇怪的外国人正俯身向着他,他立马撑着机关枪站了起来,示意我留在原地,摇醒了他的赤脚同伴,然后退到门边打开门,用俄语嚷了几句。于是出来一位睡眼惺忪的年轻军官,穿着塑料人字拖……看样子苏联人没能好好给他们的士兵鞋子穿。军官似乎很高兴看到我,笑了笑,紧张的气氛缓和下来。他们一致示意我坐到阴凉处的长凳上,我从口袋里掏出我在巴黎就准备好的塑封小纸片,解释我的行程。三个昏昏欲睡的军人看到来了个外国人,很是开心。他们并不是人家说的那种穷凶极恶的人。军官随便扫了一眼我的护照,便还给了我,然后向我解释说警察局和海关就在前面那幢依稀可见的建筑,离此约两公里。我拉起"四不像",准备上路。但是不行,我必须等待"班车"。等待的三刻钟里,人被热得晕晕乎乎,我们交流时做的手势也都慢了下来。班车开来的声响老远就能听见,那是一辆老得不能再老的巴士,在坑坑洼洼的土路上颠簸,发出巨响。这让我想起在马戏团见过的一辆车,车轮偏一侧,边开边掉零件。眼前这辆锈迹斑斑,以令人眩晕的每小时五六公里前进的破车,掉落的是阵阵黑烟。为什么要强迫人坐进这移动的棺材里?我马上有了答案。夸张地戴着美国海军陆战队员式墨镜的司机向我示意:一美元。当然这是不合法的,只是为了给海关人员搞点零花钱。

过境手续并没有太大波折,他们找来一名能讲英语的士兵。官员们对我的行程无比惊讶，一开始并不相信，翻阅我的护照确认我是否真从土耳其出发。戴美式墨镜的那家伙一直紧跟着我，他在等他的一美元。我把口袋里剩下的伊朗零钱全给了他，他倒也不苛求，似乎很满足。为安全起见，我不能让人认为我身上带着美元。

然而我不得不取出包里的美元，因为我没有当地货币，到第一座大城市马雷，还需要走十来天。换一百美元，银行职员需要离开柜台，在办公室到处搜集了一摞马纳特——土库曼斯坦货币。我说一大摞，并未夸张。我得到的是小面额的纸币，叠在一起足有五十厘米……我当然提出异议，那些职员又去找来五千和一万面值的纸币。他这么卖力不是为了银行，而是为了他自己，因为他用黑市的价格和我兑换。

已经晚上七点多了，天很快就要黑下来，我终于踏上令人生畏的土库曼人的故土，整整十个世纪，土库曼人对落入他们手中的人洗劫、敲诈、当成奴隶贩卖。当他们无法把战争引入其他国家时，便自相残杀。平原景色单调，往南只有一座小山冈，我隐约看见一个土墩，是这一带常见的孤垒，表明那是一座古代堡垒的遗址，或丝绸之路建立之前某位重要人物的埋葬地。一匹忧伤的马在啃稀稀拉拉的青草，在乡间自由漫步。往东，一座货运火车站挡住了视野，那里停满上千辆油罐车，运输土库曼斯坦大量生产的液化气。多条输气管道正在建设中，目前还只能靠这些油罐车通过伊朗或北面的苏联加盟共和国，将液化气运输到出海口。没有任何公路通向火车站，我只能借道往北的唯一一条沥青路，路面全是手臂粗的凹坑。我不得不绕一大圈，至少十来公里，才能到达塞拉赫，其实它就在海关附近。

一有房舍出现，路边就能看到土库曼语的广告牌，宣传这个国家的领袖萨帕尔穆拉特·尼亚佐夫的深刻思想。

在色拉赫斯规模不小的居住区，是一座接一座的灰色房子。我惊讶地看见一位披着金色长发、穿超短裙的女孩，从一所房子里走出来。看了三个月的罩袍，眼前的景象真是神奇。街上轿车很少，偶尔有一些卡车开过，吐出火山爆发般的黑烟，让人窒息。我的旅游指南上标出的唯一一家旅馆，根本找不到。我看到昏暗处停着一辆警车，司机正在与一名站在车门边的男子交谈。副驾驶座上的人在抽烟，我都能看到烟头发出的光亮。他们没有看见我走近，是跟他们说话的那个人告诉他们来了个外国人，看上去是个西方人。我的目光投向他们，司机仿佛触电似的，立刻拉开车门，嘴里喊着："护照，护照！"边上那位急忙寻找放在后座的大盖帽。总算找到帽子后，他笑着从车里跳出来走向我，一边朝同他说话的那个人递了个眼色，那人也轻松地微笑着。第一个家伙有两颗金牙，第二个家伙有三颗。看着他们的兴奋劲儿，如果我没猜错的话，他们一定琢磨着从我身上捞些美元，可以给每个人多镶一颗金牙。我就知道会遇到无赖，需要对付一些小丑。得益于徒步锻炼，我的心律一向在六十跳以下，但现在我的心脏疯似的在胸腔里狂跳。当小丑带着枪，他们会很危险，必须加倍小心。

看上去小头目模样的那个家伙仔细翻看我的护照，另一位，个子更高的家伙，装着从小头目肩后一起看，按捺不住碰到一个外国人时的喜悦。对他来说，这就是棵摇钱树。小头目敲敲护照上的某一页，用俄语教训似的说道：

"这里有问题。"

"哦，是的，是的！"另一位附和道。

我上前，慢慢将护照翻到土库曼斯坦签证的那一页。

"没有问题。"我用手指着签证有效期和我入境的日期，并强调签证的有效期。我有意识地让护照从他手中滑到我手里，用指尖指着那"一个月"，然后尽可能若无其事地把护照放入我的衣袋，朝两个笨蛋坦然地笑笑。

"但你必须跟我们去警察局查验。"胖子坚持道，而那个高个子虽然有点蠢，此刻也明白他的计划要泡汤，两颗金牙也不能在夜里发光了，他止住了笑容。

我只能孤注一掷。

"你们想怎么验证都可以，但要在旅馆。我一直会待到明天早上。"

我头也不回地走了，可双腿还在颤抖，呼吸急促，成败在此一举。他们会阻止我离开吗？会不会限制我的人身自由？什么也没有发生。走了一百米后我回过头：他们站在他们的车旁边，继续和刚才的那个人聊天。他们会到旅馆来吗？一些伊朗司机告诉过我穿越土库曼斯坦时遭遇的噩梦，沿途关卡数不胜数，警察编造违章罚款方面的本领天下无敌。一名长途司机告诉我，上个星期，他被以各种理由拦下过三次，每次被罚款一百美元，当场付现金，没有收据，钱款直接进入参与分赃的警察口袋。如果不服，违章者会被拖到警察局。"如果能够避免，千万别进入他们的地盘，因为避开人群目光后，什么事情都可能发生。"

旅馆是一长排低矮的房子，很脏，地砖大概从来没有清洗过。这就是一种简陋板房，灰扑扑的杂草沿墙攀援，里面没一点光线，掉了漆的大门被一条铁链和挂锁锁着。没有任何迹象表明这是一家旅馆，一名过路的男子向我证明这确实是一家旅馆，但是关门了。什么时候关的，关了多长时间？他也不知道。我的问题是什么？

"找地方睡觉。"

"到我家来吧，我就住在对面。"

他叫姆拉特，住在一间与其说是房子不如说是个货场的屋子，几间破旧废弃仓库围成一个院子，里面几堆垃圾散发着臭味。姆拉特搬出一张铁床，我睡在他"房子"的门外。他结婚了，是一个小女孩的父亲。他的妻女住在街另一边的一处廉租房。我们去那里匆匆看了一眼，因为他妻子病了。我倾向于认为他妻子吸毒，正在犯毒瘾。我饿坏了，便邀请姆拉特去了一家光线昏暗的餐馆吃晚饭，我们吃了白奶酪烤肉串。在酒吧，一群男人正在大杯喝伏特加，我们喝了一瓶啤酒。我想到就在两公里之外，我们这样喝酒是要受鞭刑的。

醒来时，我看见一条蚂蚁组成的长线一直延伸到我的背包。我凑近仔细观察，发现成千上万只小动物正在啃咬我总是作为贮备干粮的面包。蚂蚁多到已经看不见面包的壳。姆拉特从我手中接过面包，在墙上使劲拍打，把最大的那些蚂蚁拍下去，然后用一块脏毛巾擦了擦面包，将它递还给我。在进入土库曼斯坦之前，我想象过这可能是个不漂亮但至少干净的国家。然而我的第一印象，是满眼的脏乱，我后面的旅程也证实了这是个公共卫生极其落后的国家……从土耳其到这里,伊朗的整洁是个例外。

我还未离开色拉赫斯,就遇到一处警察检查站。一间路边的破房子,一道如铁路通行口栅栏一样的横杆拦住了去路。他们对我跟长途卡车司机一视同仁,接受检查:我不得不掏出护照。一名警察在一个本子上记录下我的身份(我的三个名字,但他忘了记下我的姓)和签证日期。二十公里后,第二个关卡,检查更复杂。当官的叫手下盯住我,他打电话给上级,也许人家命令他不许找麻烦,因为他很快就让我继续上路。

在土库曼斯坦行走的最初几天,我感觉就像在迷雾中,有一种强烈的反差感,留在记忆中的是昏暗和强烈阳光,是熟悉和陌生的事物。我选择了一条多绕三十多公里的道路去一个叫豪兹汉的小城,位于卡拉库姆运河边上,周围是一片巨大的水域。肯定存在一条更直接的道路,但方圆一百公里内没有任何村镇,我的吃饭和饮水将会成问题。沙漠的孤独感早早降临到我头上,这个可怕的卡拉库姆沙漠已经让我的夜晚布满了爬行动物和咬人的昆虫。

连续四天,我走在一条狭窄的道路上,路似乎被埋在两排被太阳烤焦的柽柳树篱之间。偶尔有个村庄散落于荒原,被沙土掩埋。灰色的房顶盖着四边卷曲的铁皮,总是有规律地整齐排列,与弯弯曲曲满是凹坑的土路形成鲜明对照。村庄像是由几何学家设计,却被不懂行的骗子修建。酷热简直要人命,我不停吮吸水壶里的水,水在我干枯的身体里几乎一刻都没有停留。我在柏油路上步履艰难,鞋底的扣钉和"四不像"的轮胎在沥青路面留下印痕。沥青被热浪熔化,在卡车的重压下变形,形成两股平行的车辙,让道路看上去就像是黑色的泥巴路。

几个月来我习惯了细丝状的波斯语体系，能够轻松识别拉丁字母写的路牌。商店的店招用的是西里尔文和俄文。土库曼人及乌兹别克人使用相近的两种突厥语系的语言，采用拉丁字母，以向俄罗斯表明自己的独立。这种语言体系已经实施了两三代人，他们还要采用不同的字母和符号，让本已足够复杂的情形变得更加扭曲。结果就是本来想抛弃的俄语成为了中亚真正通用的语言，土库曼人、乌兹别克人、塔吉克人、吉尔吉斯人都在用，每位居民至少会双语。那些住在乌兹别克街区的土库曼人会讲三种语言。

我很高兴发现这里的人们身体有一定的自由。俄罗斯族妇女裸露双腿，身上的衣服毫不遮掩她们的曲线。乌兹别克和土库曼妇女穿裁剪简单的轻便长袍，一条棉布直筒裙拖到脚踝，外加两个短短的袖子。衣服的区别体现在颜色，都非常鲜艳闪亮。俄罗斯妇女一过三十岁，身体开始发胖变圆，但土库曼女性的后代一直保持苗条，她们纯洁的长袍反让人想象她们修长的身材。大部分女人系一条丝巾在发髻上，如一缕长发飘在颈后。

我在土库曼斯坦的头几天正好碰上一波热浪。总之，中亚该地区气温最高的时节就是七月，在南部或东南部，温度可高达摄氏五十度。开始两天我还能勇敢面对，但到了第三天，走在这条笔直的仿佛没有尽头的道路上时，绝望一下子将我压垮。我已经走了六个小时，可感觉并没有前进，沿着这长长的几乎没有树叶的柽柳树篱，几乎找不到一小块阴凉地。尽管喝了很多水，身体几乎留不住一滴。从早上起，我喝下几乎十二升水，没有撒过一次尿，出汗实在太厉害了。我突然间觉得撑不下去了，在路边坐下。为了不至于倒在这样致命的毒日头下,我把毯子挂在一棵枯死的高高的柽柳上遮阳。我徒劳地查看着地图和GPS定位,没有任何卡拉库姆运河的迹象出现在视野里,按理说几公里前我就应该走到这条河边了。粗俗的人类、贪婪的警察、夺命的太阳、毫无人性的无边无际的原野,一切充满了敌意。有那么一个多小时,我逐渐丧失了支撑我走到现在的希望。我这样挣扎有何意义?这种考验太过严酷,烈日太烫,撒马尔罕太远,这没有尽头的道路,那海市蜃楼般的运河。我多么希望有一只友好的手搭在我肩头,有一个微笑来唤起我正在熄灭的力量。但我孤身一人,绝对地孤独。我太渺小、太脆弱、太虚弱,无法挑战这条没有尽头的大道,还不如干脆就在如烤焦的皮囊般挂在柽柳树的毯子下躺下,等待神明般永恒之眠的到来。

奇迹发生了,我睡着了。等我醒来时,我的心魔已走,烈日也不再那么肆虐。一小时后,我终于千辛万苦找到了那条运河。在横跨河流的桥上,我在一个不知从哪里冒出的农民手里买了个西瓜。在桥墩的影子下,我用芦苇铺了个床,将水壶灌满带污泥的水,吃了两片美味的西瓜后又睡了一会儿。醒来时,看到一个光着上身穿俄罗斯军用皮鞋的牧羊人正在打量我,显得有些不知所措。他的羊群涌向几米外的水源,他朝我微笑。我从衣袋里掏出解释我行程的那张卡片,但他不识字,马上还给了我。

他走后,我很想跳到运河里。但往西流淌的赭色水流还是打消了我的念头。谁知道这浑浊温热的水里潜伏着怎样的病菌?宽如大江、迅如山洪的卡拉库姆运河技术上很大胆,工艺上却很荒唐。我眼前流过的河水从发源于帕米尔高原的中亚两条最大的河流之一的阿姆河调引而来。修建运河是为了提高棉花产量。棉花，又是棉花。为了让土库曼斯坦沦为苏联单纯的原材料供应地，俄罗斯工程师打破常规，运河至今还长达九百公里，无疑是世界上最长的运河，但它只能灌溉百分之三的土库曼斯坦土地，再次印证了苏联人的效能……其后果就是造成了咸海的干枯。这里的生，就是那里的死。

我一直记得在土库曼斯坦的最初几天，那些对我打开家门、邀我上桌的人，他们对我这样过路的外国人就像对待一个老朋友。我想到了图旺，集体农庄的高大拖拉机手，他干枯的布满皱纹的脸就像他在院子里种的在太阳下晒干瘪的杏子。他往我包里塞满杏子，七十二岁的他只生活于他所怀念的共产体制，十年资本主义制度下的生活，他完全搞不懂。我离开他时，他给我他的地址，反复强调"土库曼斯坦苏维埃共和国"。我还想到兽医阿塔马拉，他帮我找到了从口袋里掉落到路边的眼镜，没有眼镜，我可无法继续我的行程。他带酒窝的圆圆胖胖的面孔提醒我，我离开了雅利安人，正进入蒙古人的国度。

我想到了萨姆拉特，我走进他路边的小饭馆时天色已晚。农庄的一些农民来这里喝晚上的第一杯酒。这位笑容可掬的胖子当即就接纳了我。

"把背包放在这里，你饿了吧？我给你准备吃的。你渴吗？我给你倒杯伏特加。你想洗个澡吗？跟我来吧。"

他把我带到小饭馆后面的牧场尽头，这里被高大芦苇占领。一条小沟渠快速流动着带泥浆的水，他见我往后退了一步，在这里洗澡？不行。于是他俯下身用手掌接了水，喝了一口，然后就回去照应他的客人，高高的茅草淹没了他的身影。这地方空无一人，我脱下衣服，跳下去清洗自我进入土库曼斯坦以来沉积在皮肤上的污垢。我从水里出来时才看到草丛间三个淘气鬼的笑脸，我朝他们友好地挥挥手，他们迅速跑开了，在芦苇丛中留下一条蜿蜒的波浪。水里的泥浆太多，我的毛巾都变成土红色。萨姆拉特准备好了晚餐，我们在户外一个大蚊帐下用餐。天黑下来，蚊帐外聚集了一大层蜇向我们的蚊子。他的一位朋友，须发白得像雪兔似的穆拉德，也加入了我们。

"伏特加？"

"不，谢谢，我喝水。"

"来一点点。"

"如果一点点，那好吧，为了干杯。"

他把我的酒杯注满，然后举起自己的杯子。穆拉德遵守穆斯林的戒律，只喝果汁。萨姆拉特一口气喝干了杯中物。我喝了一小口，酒精撕裂喉咙，烧灼我的胃。主人鼓励我干完杯中的酒，我拒绝了。晚餐时（烤肉串加生的蔬菜），敬酒又开始了。

"干杯，干杯。"

我说了二十次"不"，渴了就喝自己水壶里的水。晚饭后穆拉德用自己的车把我们带到隔壁村子萨姆拉特的家里，在一条坑坑洼洼土路的尽头。路上还捎了几个从田间收工回家的人。第二顿晚餐在等着萨姆拉特。白天太阳暴晒的余威还未完全退却，我一点也不饿，但出于对主人的尊重，我吃了一口盘子里的面条，啃了一小块面包，尝了两颗葡萄。他倒满两杯酒，递给我一杯。

"伏特加？"

"不，谢谢，我喝水。"

我们面对面席地而坐，他一直把酒杯举到我面前。

"一点点，一点点。"

"不，谢谢。"

我坚持了几乎十分钟。萨姆拉特毫不动摇，一直举着杯子，嘴角带着友好的微笑。我不想大口吞下这种让我胃疼的毒药，我的胃自从出发以来，已经习惯了喝水。那酒杯还在我面前晃动，酒精透过光线闪闪发亮。我本打算抗拒到底，但敬我的酒一直在，屋主捏起左手的拇指和食指，意思是"一点点"，并一直说"一点点，一点点"。他的坚持变得越来越让人难以忍受，最后我终于明白他无论如何需要我模仿他的动作，这样才不破坏客人不喝酒自己也不能喝的礼仪。我必须参与一下，他才可以尽情喝个够。我尽管固执，还是让了步。我刚抿了一口，他就一仰头干完了自己杯中的酒，说了一堆我完全听不懂的祝酒词。随后他又斟满自己的酒杯，再次干杯。

晚餐结束，他又喝了几杯，边喝边给我看他侄女的婚礼录像。一片草坪上，来宾们大快朵颐羊肉和大盆米饭，传递着酒瓶。有一些朋友向空中撒钱，孩子们上前蜂拥而抢。在他们屋子的门前，新人用脚踩碎两个倒扣的盘子，以保佑未来的幸福和兴旺。结婚前打碎餐具真是一种有趣的祈祷……接着，仍然戴着盖头的新娘耐心地解开新郎粗布腰带上的很多结。他拿着腰带打转，模拟打蚊子的样子，将宾客赶出洞房，赶得一个不剩。

当半升装的酒瓶被喝空后，萨姆拉特又把我几乎没动过的那杯酒也一饮而尽，然后直挺挺像个字母"I"一样，走出去睡在星空下。他的妻子和四个孩子，三个漂亮女孩和一个健壮男孩，在庭院的两个垫子（takhte）上并排躺下。我情愿睡在屋里，涂上难闻的药水，抵挡一团团黑云般进攻的蚊子。今晚叮咬萨姆拉特的蚊子应该会醉倒。

在土库曼斯坦，人们看到的女人只能在地里摘棉花。尽管被俄国人占领了一个世纪以及七十年的共产党领导，传统在这里依旧根深蒂固，孩子们按照年龄顺序娶妻和嫁夫。尽管说起来这是老皇历，这里还是有弟娶寡嫂的习惯。如果兄长过世，按习俗弟弟要接过哥哥的未亡人。如果说现在人们不再抢婚，给未婚妻家庭送彩礼，就是受此启发。

我离开行走了三天的阿什卡巴德公路，斜插到一条往北的跨过无数水渠、蜿蜒在大片棉花田间的小路。推土机在深挖土地，大型机械在切平山包、梳理沙地，挖出复杂的壕沟。到时运河的水流入这里，滋润这片处女地的每一寸角落。我惊讶于当局的缺乏想象力。这里除了棉花还是棉花。

年轻的劳动者们，光着膀子、手握利斧、挥汗如雨，头上包着从裤腰解下的遮挡热辣辣太阳的毛巾，"为总统"义务开垦荒地。他们干得很卖力，确信总统有一天会来看到他们奋斗的成果。稍远处，一群少年从水渠拉起装满奇怪扁鱼的渔网，这些鱼一出水立刻就干死了。如果它们一直留在太阳下，我敢肯定午饭时它们就会被烤熟。这些沟渠让我很想跳进去洗澡，反正昨天我已经成功地在萨姆拉特的水渠里洗过澡。我躲在芦苇后面，在灼热的阳光下露出乳白色的皮肤，随后跳进赭色的水中，感到一阵清凉。我很喜欢这种裸体主义的场景，把我从三个月来被衣着禁锢中解放出来。水中所含泥浆太浓，我也变成了土地的颜色，成为大地的一部分。

中午，三名吃饱了油炸鳟鱼、喝了很多伏特加的健壮男子，克服腼腆过来向我表达他们对法国的喜爱和对法国文化的崇拜，胡乱列举着大仲马、拿破仑白兰地"卢多维克十四"、普拉蒂尼和齐达内。

大运河边上的小镇豪兹汉，在太阳底下打瞌睡。这条人工河与塞纳河一样宽，水流更湍急。横跨河面大桥的另一端是伊兹伯迪的小酒馆，为人们奉上一片葡萄藤架下的阴凉地和有名的油炸鳟鱼配西红柿。酒馆主人是一位艺术家：他让人在酒馆墙上画了一幅有着夏威夷棕榈树和珊瑚礁的异国情调风景画。他用他所能想到的敬意来欢迎我这样一位从远方徒步而来的客人，立即腾出楼上的一个小房间，让我休息和恢复体力。随后他告诉我，我们将一起去运河上买东西。伊兹伯迪就像是天堂里的伺酒官，三十来岁，精力旺盛，好客、主动。他经营的这家酒馆白天夜里都开门，他每周只有几个小时的时间去见住在马雷的妻子和两个孩子。他给我奉上的晚餐与早餐一模一样，都是烤鳟鱼和西红柿，他一边端饭菜一边用激动的声音让我讲讲巴黎。他想去巴黎，哪怕只是去一个周末。有些爱挑剔的人可能会认为他的西红柿有点腐烂，我倾向于说服自己它们只是过于熟透了些。我给他讲述我在巴黎的生活，满足他的想象。

实际上，我一直在为下一步进入沙漠的事操心，从这里到马雷有七十公里。我问伊兹伯迪路上是否有小饭馆和客栈，他抓起一把沙子，让其从指缝间漏光：除了沙漠还是沙漠。他的一位顾客，一名农业工人，有一辆很引以为豪的汽车。我付点钱，在我完成明天的徒步计划后，把我接到这里，第二天早上再把我放到接我的地方。这样我就可以走到马雷而不用扎营。一八八六年，一个睡眠不好的法国人抱怨在马雷的夜晚深受蚊子侵扰。人家好像是这样回答他的："别抱怨，上周我们还遭到过蝎子的进攻。"不久前我刚逃过阿兰的蝎子，现在更没有理由去冒险，要尽量避免这里的蝎子、眼镜蛇和狼蛛这些东西，一旦离开公路，它们就会来找你麻烦。

尽管我一再抗议，伊兹伯迪还是拒绝收烤鳟鱼和西红柿的钱，在他画满风景的那堵墙壁前，我给他拍了一张照片，他还要求和我合了一张影。要不是没完没了的鳟鱼，我很乐意在这位总是面带微笑、快活幽默的朋友身边多待上一天。

专心走路，思绪纷飞，我竟然没有意识到自己走完了两千公里。我算了算：孔波斯特拉朝圣之路两千三百公里，安纳托利亚高原一千七百公里，三年时间里，我走完了六千公里。我忍不住反复计算，仿佛科学家的执着计算与我的痴迷行走很般配，两种相似的癖好……

吃了一份萨马萨（用烤箱做的肉菜饼）和一盘秋尔帕（炖羊肉）后，我在沟渠边的一个葡萄架下小睡了一会儿，不远处的田野正被烤焦。

瑞德杰普来接他父亲去参加聚餐，停车问我一些问题。他的穿戴看上去像个严谨、乏味的成功商人。身材瘦削，面孔刀锋般冷峻，一双聪明警觉的小眼睛令人瞩目，让人忽略他难看的凸颌。

而且，他的甲状腺还肿大，看上去有点像中国人饲养的捕鱼的鱼鹰。或许因为他上牙床镶了几颗大金牙，他的笑容显得异常灿烂。他要了一杯茶，坐在我边上，让我讲讲我的旅程。突然他很坚决地说道："到了马雷，你就睡在我家，我有一套大公寓，你会住得很舒服。"我欣然接受，因为我的旅行指南上说，马雷只有两家旅馆，第一家只接待外国人，会被我所讨厌的游客挤爆。第二家同样价格不菲，编者强调说旅馆慷慨地留给旅客做选择：要么是门关不上的房间，要么是淋浴设备不能使用的房间，或者是玻璃窗碎了的房间。

他的公寓位于一幢脏兮兮的钢筋水泥建筑中，俄罗斯建筑师在苏联帝国内建造了无数类似的住所，架在灰色梁架上的玻璃阳台，从来没人想过要擦拭一番，楼梯保持着原始的粗糙模样。瑞德杰普家里却宽敞整洁。他向我介绍了他漂亮的妻子阿伊娜，赤褐色的长发挽成一个松松的发髻，伴随她的每一个动作轻轻跳动。大儿子道莱特和二儿子沙林带着调皮的笑容，宠溺地看着他们的小弟弟，一个全家人都宠爱至极的小婴儿。他还收留了一名逃离车臣内战的年轻女子。尽管我强烈抗议，这一大家子人还是去挤在两个房间里，而把一间名副其实的"套房"让给我睡，那是主人夫妇的卧室，有一张大床和一个相连的小间。我在浴缸里泡了很久，把在伊朗出的汗、沙漠的沙子和水渠的泥浆一一洗去。把自己洗得焕然一新后，我小憩了一会，反正一进门就被阿伊娜收去的衣服正在洗衣机里滚动呢。

主人把我拖起来，带我去他的老家，把我介绍给他的父母和兄弟。他们给我品尝自家大房子院里的杏子，家里的老父亲还用伏特加向我发出挑战，第一轮就轻松取胜。有着老派殷勤的老者，善解人意地并不强求我反击。至于老母亲，她从一口箱子里拿出一把上过漆的木勺，外加三瓶果酱送给我。费了很多口舌才让她接受我不能带走这些果酱，但很乐意接受她的木勺。作为补偿，她要送我一张他们家织了一整年的地毯，至少有五十瓶果酱那么重……

第二天瑞德杰普和他的家人带我参观马雷，这是我期盼了好几周的事。这座城市曾经与巴格达齐名，有一段时间是塞尔柱帝国的都城，人们称它为梅尔夫沙贾汉（梅尔夫——世界女王）。历史学家们认为《一千零一夜》中的故事就在这座城孕育，被第一次讲述。另一些人说这里是雅利安人的摇篮。有一点可以肯定，这里曾是丝绸之路上最重要的枢纽，亚历山大大帝为它的财富惊叹。图书馆藏书多达十二万册。我在内沙布尔参观过其陵墓的奥玛·海亚姆曾在这里生活和工作过。八世纪和十世纪之间，巴黎大约只有两万名居民，而梅尔夫则拥有五十万至一百万居民。它众多绵延二十多公里的高高城墙，彰显了它的强盛。周边大片绿洲保证了它的富庶，尤其是多处堤坝留住了冬季的雨水。

后来，成吉思汗来了。

一二一八年，他派使者来这里要求人们为他的马匹献上大量谷物，为他和将领们献上十二名处女过夜。市政当局直接砍下了使者的头颅作答。[①] 成吉思汗是个记仇的人，三年后他派儿子拖雷率军

[①] 历史学家普遍认为，1218 年成吉思汗派往花剌子模的是一个约 450 人的穆斯林商队，却被讹答剌守将亦纳勒术抢劫并杀害，史称"讹答剌事件"。该事件直接导致蒙古西征，花剌子模被灭国，古代世界格局发生巨变。

前来，后者在一周时间内扎营准备好攻城。守城官虽知道拖雷可能会对他们食言，但还是提出投降并放弃财富，只求保住性命。拖雷答应，却让人把城中百姓赶到城墙下，命手下士兵每人砍掉三百到四百人的头颅。他们把城市夷为平地，撒上黑麦。军队走远，留下的头颅堆成了小山。一些侥幸逃脱的幸存者，回到废墟想看看还能拯救点什么。这正中拖雷下怀，他悄悄杀个回马枪，将他们包围，彻底完成已经开场的杀戮。据杰弗里·摩尔豪斯[①]估计，梅尔夫死于刀剑的人比死于广岛和长崎两颗原子弹的人还要多。这场杀戮应该是战争史上最残酷的一次，这座城市从此再也没能恢复元气。成吉思汗杀死了"世界女王"。到了十九世纪，俄国人以解救被捕和受奴役的基督徒为借口，入侵了土库曼斯坦，他们放弃了这座只剩下几百个土库曼人居住的城市，在离此几公里处修建了新城马雷。参观废墟时，可以看得出马雷在两千五百年的历史进程中，随着城市发展，不断叠加和重建的建筑。在残垣断壁中还矗立着死于十二世纪末的苏丹桑加汗的王陵。那是一座巨大无比的建筑，被认为是十二世纪中亚最美的建筑，拖雷和地震都没能将其摧毁，目前正在修葺中。

在土库曼斯坦，废墟可谓一大特色。尼萨，两千三百年前的帕提亚都城，现在只剩一两座奇迹般留下的建筑。目前的首都阿什巴哈德，一九四八年遭遇过一次可怕的大地震，在瓦砾中挖出十万遇难者。居住在这个国家骁勇的游牧者几乎没有修建过城市，二十世纪初俄国人获胜并掌握政权后，也很难让这些游牧民族定居下来。

---

① 原注：《撒马尔罕的朝圣》，杰弗里·摩尔豪斯，菲比斯出版社，1993年。

土库曼人毫无过渡地从帐篷或蒙古包直接进入房屋,他们本该像伊朗人或土耳其人那样,在居住空间中保留一些对于帐篷的记忆,可是完全没有。土库曼斯坦的房屋,带有强烈的俄罗斯风格。无论是楼宇还是别墅,外形都毫无特点,压抑的灰色,单调地整齐排列。屋里通常有一张桌子、几把椅子、几张床,大多时候还有一个橱柜或矮柜,上面端放着一台电视机。地上总会铺地毯,墙上有时有壁毯。每个村子都有自己特有的图案,但最常见的还是红底上的"布哈拉"图案。毯子大多在土库曼斯坦编织,但在乌兹别克斯坦的城市销售。另一传统的著名图案是"木鹿",梅尔夫城的另一个名称,但这种毯子主要由从前流亡到阿富汗的一些手艺人编织。房子外墙总会被刷上一层柔和颜色,然后在上面用滚筒或镂花模版印上一些可爱的花卉或几何图形。瑞德杰普家,画的是一些有透视感的立柱。天花板总是被精心装饰,在阿塔或阿拉木,是藻井式的吊顶,边线圆滑并刷上漆。在豪兹汗或马雷,天花板用仿大理石的材料,有时还镀金。到处见人大手大脚浪费水、煤气和电,因为它们是免费的,"由尼亚佐夫提供"。集体住房的漏水声响个不停,从来没人修理。人们也很少关煤气,就让它整天燃烧着,我还见一些完全没有采光的厕所或浴室,因为从不关灯,人们干脆不装开关。

我的朋友还带我参观了城外每周日上午才有的集市。想象一下,在一块巨大的空地上,各种人卖各种东西。我用二十欧元极便宜的价格,买了一条小小的漂亮的布哈拉红地毯。我打地铺时垫在腰间,睡起来会舒服得多。我把它垫在背包下面,增加的重量由"四不像"承担。我跟瑞德杰普父母道别时,他做英语老师的哥哥告诉我,四十年来他只遇到过两次外国人,第一次还是个乌兹别克人,几乎就是邻居。

早晨,道莱特和沙林陪我出发,以确保我不走错路。瑞德杰普抱着小婴儿,站在他公寓楼的门前,不停地向我挥手道别,他很想我能再多待几天。我在他家人的热情招待下休息了两天,他的很多朋友也跑来看我这个外国人,这一切让我很兴奋。我从不会厌倦遇见新面孔,从不会厌倦更多了解自己和了解他人。独自行走,让我直面自己,促使我思考我的人生、我的规划。而后,这些遇见让我欣喜。这种渴望了解带给我的驱动力几乎与行走的乐趣一样,催生出我的大部分计划。但现在我必须离开了,沙漠在召唤我,即便它也让我非常恐惧。

为了让那些拥有荒唐念头、认为我是英雄的人醒悟,我要在这里说说我的恐惧。这些恐惧或许有点夸张,我有点不好意思承认,但并不为此感到羞愧。到目前为止我还活着,恐惧是我化解风险不可或缺的补充,它们促使我评估危险。我不属于那种对一切都无所畏惧的人,我会胆小、会惊慌、会害怕,尤其对那些有毒的、咬人的爬行动物。尽管我很害怕狼蛛,但并没有实质意义上的恐惧症,我会在诺曼底家里,任由蜘蛛在窗户角落静静捕捉用于午餐的飞虫。

在饱餐了一顿拉格曼(中亚一种淀粉类食品)后,我已经来到了可怖的卡拉库姆大沙漠的入口。很多天以来,它占据了我噩梦的中心:露营?不露营?我天性中的悲观主义自然为这令人生畏的大地涂上一层死亡色调。当我看着地图上连接马雷和查尔朱那条无穷无尽二百五十多公里的直线时,我忍不住又想打退堂鼓。

十四　卡拉库姆

　　　　　　八月十四日，马雷，两千零四十六公里

卡拉库姆的七月和八月，气温可高达四十五度到五十度。我将进入它的沙漠。在这之前，我要先穿过梅尔夫附近的小城巴杰拉马利或拜拉姆阿里。俄国沙皇亚历山大三世在那里建了一座宫殿，他要享受那里最为干燥但据说对肾脏有好处的高质量空气。俄国革命后，宫殿变成了养老院。

三名卡车司机坐在茶馆，一个土耳其人、一个德国人和一个俄罗斯人，证实了我的担忧：在最后一个绿洲和查尔朱（现在改名为土库曼纳巴德①）之间的一百七十公里距离内，只有雷佩泰克②自然保护区，除此之外没有任何绿洲，甚至连可以歇脚的加油站都没有。"真主保佑""再见""再见"，是的，祝好运，再见。这次我真的就像掉进针筒里，没有别的法子，只能从针尖爬出来。

就连土库曼人都觉得酷热难耐。每天这个时候，路上的沥青都被晒化。到了晚上，我有幸再次穿过卡拉库姆运河。尽管河边野

---

① 土库曼纳巴德是土库曼斯坦列巴普州首府，全国第二大城市，是土库曼斯坦东部的中心城市，位于阿姆河畔。
② 雷佩泰克是卡拉库姆沙漠风景最为秀丽的地方之一，1927年此地建立了一个自然保护区。

餐的家庭提醒我小心，我还是忍不住跳进河里。这是我在抵达乌兹别克斯坦边境的阿姆河之前最后一次洗澡机会。两艘原先在运河航行的船被吊到陆地上，改造成"餐厅旅馆"，一家有点特别的旅馆，因为那里没有床，人就直接睡在地板上。晚餐时，一个踩着别扭高跟鞋、吞云吐雾抽烟的年轻女子，正在撩拨两名侍者。他们终于明白过来，跟她一起进了领航室，关上门。夜里很不安宁，太多的动静打搅我睡觉，因为那个年轻女子被两个小伙侍弄得快活大叫。

晚上我到了达拉夫尼纳，一家小饭馆的老板约索夫，在我吃完一份秋尔帕（炖羊肉）后，给了我一份"惊喜"。我疑惑地坐进他的拖斗摩托，他要把我带到附近村子，带到他家里。这份惊喜太实在了，一大桶水已经在屋顶上加热了一整天，用一根管子和一个喷头，我就可以享受一次酣畅的淋浴。

我的出现应该被广而告之过，因为第二天我两次被一些驾车者喊住，请我给他们签名……签在尼亚佐夫总统肖像的背面。你们看看，人的名声就是这样传播开的……最让我担心的是这里大量的蛇类动物，蜥蜴可长达一米五……躺在沥青路上，被压扁成我见过的精装书书皮的样子。可是人家明明跟我说过蛇是不会靠近公路的，我一点危险都没有。我还是不放心，多日来一直困扰我的问题又浮上心头："露营还是不露营？"我有点心动，但是沙漠和沙漠里的动物又让我心生畏惧。我也可以采取已经经历过两次的"搭车来回"的方式。然而在沙漠里至少过一夜的念头，又让我心里痒痒。临近中午，我终于作出决定：我要扎营。但吃午饭时，当我说出自己的打算，一个男人手臂摇得拨浪鼓似的，毫不含糊地说道："响尾蛇，响尾蛇!"

我的血液一下子凝固，恨自己如此胆小。不过睡了一大觉后，我又抖擞起精神，最终坚定地选择了露营。

与爷爷一起干活的年轻服务生卡达姆，给我看一张小纸片：那是菲利普·瓦雷利的地址，这位徒步者一直走到了中国，我在德黑兰时就听人提起过他，后来在一个小村子又听到，但人家只记得他的名，不记得姓。我抄下地址，因为我很乐意见到这个和我有着相同念头的人，据说他一路上也遇到了不少麻烦。据卡达姆说，他大概是在五月份的时候穿越沙漠，那时节气温肯定更仁慈些，他很走运。

从进入沙漠前的最后一个村庄出来，警察设的一处路障提醒我：危险，有蛇！但我心意已决，我要奔赴沙漠。在抵达雷佩泰克之前，还有七十五公里的路程摆在我面前。我曾设想过夜里行走，但我没有忘记蛇会在太阳下躲起来，在月光下出没。天一下子就黑了，经过四十五公里的行走后，我已经走不动了。

我在离公路约三十米处支起帐篷，用从附近收集来的柽柳枝点起熊熊的篝火。吃了一个金枪鱼罐头和一块面包后，我躲进帐篷。不过临睡前，我用电筒仔细检查了一遍篷布，在拉链处发现了一个很小的洞，但足以钻进一只狼蛛或黑寡妇，我用T恤衫将洞堵住。在这寂静的沙漠，我又感受到儿时的恐惧。尽管我已疲惫不堪，但一整夜，只要一点点风吹草动，我就会被惊醒。甚至天还未亮，借着月光和我重新点燃的篝火，我就起身收拾帐篷。总之，不用再节外生枝，我还活着，而且精神饱满。

昨天夜里，一层薄雾和露水降落路面，湿润了这个被风干的世界，偶尔路过的汽车在沥青路上拖出一条湿漉漉的车胎印痕。

天还未大热，我迈着坚定的步伐向前：致敬，卡拉库姆。我已经走了一个小时，准备见证它无与伦比的日出，我从来不让自己错过如此辉煌的场景。在夜色依旧笼罩的沙丘之上，先是一抹蛋黄色的微光，与东方渐露的蓝色地平线相接后，变成橙黄色。种在沙丘上的柽柳从一团漆黑变成赭红色，看上去像一幕中国皮影戏。微光开始燃烧，伴随我脚踩大地的节奏，一秒烈过一秒。一个耀眼的红点出现了，很快变成一个炽热的半圆，那是铁块被烤白的一种颜色。走出十步路的时间，太阳已经探出地平线。再走三步，太阳便完全跃升。面对每天的日出，我们可以感受到时光那么不可思议地快速流逝。

苍白的太阳在抖动，如一件祭品悬挂在沙漠上空，不难理解民众为何会把太阳奉为神明。它冷艳的光芒投到沙丘，留下片片阴影。天边橙色的光晕越来越大，被它中间这块白色圆盘驱散。整场大戏仅仅持续了十分钟，现在太阳一飞冲天，开始它的疯狂旅程。我每次总是会对太阳跃出地平线那一瞬间的迅捷惊讶不已。清晨，一轮红日撩开面纱，如愿在几秒钟内爬上天空，仿佛为了让人原谅它在夜间的缺席。一旦它被蔚蓝色的天空包裹，便显得一动不动。一个小时后，这道冷艳的光芒被烤热；两个小时后，我必须戴上我的帽子；三个小时后，我就要用头巾裹住脑袋。寂静和燃烧的旷野让我有压迫感，同时我又感觉到一种自由自在。极目远眺，视野尽头只有这些金色的沙丘，天地间唯我独在。据说人们总是在沙漠里听到上帝的声音（克洛岱尔是个例外，但教堂不也是例外之地吗？）。这有什么奇怪呢？在这样的辽阔无垠下，生命被抹去，人类被碾压，人们很容易想要依附某种神圣的力量，获得拯救。

十点左右，我路过正在被拆除的石油井架。厨师巴巴和技术员伊萨请我在一截不知从哪里弄来的废弃车厢里一起喝茶吃午餐。一半车厢的车顶已经坍塌，他们居住在堆满土豆和洋葱的另一半车厢。午餐放在一个刚才就有人用来洗脸的搪瓷盆中，巴巴为我端上午餐时表示歉意，他没有足够的肥油做出入味的手抓饭（土库曼斯坦家喻户晓的羊肉米饭）。今天下午人家会给他送一头母羊来，他会在晚餐前宰杀，如果我想留下来的话……

勘探没有得到任何结果，几天后，当最后一颗螺丝钉被拆除，他们将换一个地方去勘探。他们连续工作十天，然后可以回家休息四天。他们说挣得还不错，每月有五十美元的收入。

我到达雷佩泰克时已经下午六点，筋疲力竭。铁路把村子一分为二，一边是沙地上的几个农庄和拴在柱子上的几匹无所事事的骆驼，对我摆出一副轻蔑的神情。另一边是成立了六十多年的研究中心，三十多座房屋掩映在树丛中。火车保障了这个小村落的生存，每周三次运来食物，尤其是饮用水。因为这里虽然有井，但水是咸的，浇树都会浇死，必须每周用淡水浇一次。

瓦洛迪亚是这个研究中心的科学主管，大家以俄语的习惯叫他弗拉基米尔。他会讲英语，皮肤白皙，淡金色的头发，淡蓝色的目光，显得耐心低调，甚至有点腼腆。他在这个岗位上工作了二十二年，他的妻子和儿子无法忍受这里的生活，居住在莫斯科。他每年去见他们一次，在苏联时代，他每年回家三次，因为基本不用花路费。

研究中心主任是个高大的土库曼人，地理学专业出身，同意把客房租给我，只收取五美元。我将在这里休息一天，找回在大太阳底下行走两天近一百公里后的体力。我吃完他们送来的晚餐后，疲惫地躺下，睡得很安稳。

当我凑近大树树荫下的窗户望出去时，太阳已经高悬天空。小径上，几名职工在休息。我发了一会儿呆，当我的目光落在地面时，突然像触了电，一条灰色的蛇懒洋洋躺在沙地上睡觉。我尽量控制自己的恐惧，从远处仔细打量。它有着所有蝰蛇类一样的方头，柔软精致的身体足有一米长。一个女人靠近，那是中心主任的妻子。我使劲挥手，想提醒她前面致命的危险。她似乎并不惊慌，而是捡起一块石头，砸向那条蛇。蛇似乎被惊醒，开始扭动，朝我窗户下的墙根游来，然后找到一条缝隙钻了进去，进入我房间的地下。

"它危险吗？"

"是啊。"

我想象这条蛇在这个藏身处，应该可以找到一些同类，我将陷于可怕的爬行动物的围剿，眼镜蛇和其他一些慢慢蠕动的毒蛇会设法过来咬我。我一边觉得自己很愚蠢，一边掀起地毯，仔细检查了一遍地面，确保没有任何通道可以让那些蛇，哪怕是最小的蛇爬上来。我终于放下心，走出屋子到有树荫的小路上转转，同时小心看着脚下。

瓦洛迪亚答应带我参观他的王国。我们结结实实穿好鞋，爬到中心上方的第一个山丘。他告诉我说雷佩泰克三万六千公顷的保护区内，普查到一百三十种动物和上千种植物。人们统计到四只非常珍贵的猎豹、大量的野猫和四十五头羚羊。更正一下：四十四头，因为昨天有农民给我看其中一头羚羊的头，它被偷猎者捕杀后当场切碎。

我的向导很会讲解，让我对这里攒动的神奇生命大开眼界。比如这是灌木梭梭，有白色和黑色之分。前者呈灌木状，后者像一棵树，高度可达七到八米，但二者其实都是草。它们的叶子无法区分，除非尝一下。白梭梭的叶子有苦涩味，而黑梭梭的叶子呈咸味。因为第一种吸收淡水，而第二种根部可以深入地下三米深，汲取含水层的咸水。瓦洛迪亚顺带还解开了一个谜团：当年丝绸之路上的商队也会在此停留，那他们是怎样解决人和牲畜的饮水问题？实际上人们只需带上自己的清水和骆驼，那些能够预知沙漠风暴的骆驼喝咸水就可以。

我的向导给我看贴着沙地攀爬的西林（silin）草长长的根系，它们可以长达十米甚至更长，分泌一种树胶，与沙子一起形成一道隔热外壳，保护植物免遭太阳灼伤。而且大自然非常聪明，植物的这第二层皮肤能透水，夜里这些根系又能收集落在沙子上的少许露水。瓦洛迪亚还给我讲解一种被人叫作枝形大烛台的寄生花卉，在一天或几小时内，就可以长到一米高。还有一种亚麻类植物，会开一种红花，散发出令人头晕的气味。还有这些在春秋天开花的怪柳。还有兔子最爱吃的麻黄，会醉倒它们，因为麻黄含一种刺激性成分麻黄碱，让兔子像喝醉了酒似的不停翻跟头，前俯后仰。三月到五月间，沙漠里鲜花怒放，成千上万的花冠铺满大地，然后消失，直到第二年春天的雨水再把生命还给它们。

这个曾经让我十分恐惧的沙漠在瓦洛迪亚的描述下显得多么美妙迷人。然而美梦不长，我们很快要进入噩梦。是的，这片沙漠里存在着几种令人畏惧的动物，我的向导带我去研究中心的小型博物馆拜访它们。通常只有持文化部的书面许可，才能参观博物馆，但中心主任及科研人员，认为我这种情况不需要许可。一条青铜色的眼镜蛇躺在玻璃瓶的福尔马林液中；不远处，另一条同样危险的毒蛇，像根又短又粗的火腿肠，那是"游蛇"……就是今天早上在我窗下游过的那种蛇。

卡拉库姆沙漠至少还有两百多种鸟类，其中十五种此地独有。最有意思的是索伊卡（soïka），一种黑白相间、鸽子般大小的鸟，它的奇特之处在于它只跑不飞。从博物馆出来，瓦洛迪亚带我去看两口井，井底有清澈的水涌出，可惜水太咸了，连几立方米的水泥槽都被腐蚀了。

我们回房间时，我的向导说他决定从今天起睡回屋里。这段时间，夜间室内热得人无法忍受。七月份是最炎热的季节，平均温度高达四十二摄氏度，室外沙子可以热到八十二摄氏度！到八月底，白天气温没有太大变化，但夜里温度计会"下降"到二十八度或三十度。仍然睡在外面的人会冷到发抖，所以大家搬回暖和的室内，把被子拿出来。

中心为前来检查安全问题的警察和消防队举行欢迎会，主任也邀请我参加。我们在主任屋前的水泥平台上围坐成一圈：炖羊肉和著名的羊肉烩饭用勺子吃，其余的生菜和烤羊肉用手抓。水果多到随便吃：葡萄、杏子和不可或缺的野草莓，还有甜瓜。这种场合不言而喻少不了伏特加，大家慢慢品尝着各种佳肴，不按顺序、不分甜咸，随意选取，或挑就近盘子里的食物。

大家一致同意，要我也喝上几口，女人们也不例外，一样举起了酒杯。人们将我的酒杯斟满，责备我只是轻轻抿一口。一位胖警察费九牛二虎之力让我喝酒，他的技巧就是向我敬酒，我实在无法拒绝。喝了三小杯后，我已经有些醉意。反正我又不是必须奉陪这种无聊的游戏，我就在他们的抗议声中抱歉退场了。早上五点半，当我拖着"四不像"离开研究中心时，他们还东倒西歪醉成一团，裹在毯子里发出欢快的鼾声。

黎明的沙漠，瑰丽无比。我在一堆堆琥珀色弧形波浪似的沙丘间前行，沙子如皮肤般细腻。偶尔吹过一阵风，将沙子扬到公路，给黑色沥青路面覆上一层流动的金箔。到十点半，那些在研究中心喝个不停的伙伴们坐着老旧的巴士赶上了我，他们很高兴，因为我已经走出二十五公里。他们下车和我一起拍照，然后推着他们的车重新上路，因为车的电瓶没电了。

中午，我发现了一家废弃的加油站，只剩下一大块水泥板和上面的金属架构，屋顶已经不翼而飞。我把帆布系在框架上，在这露天的床上像王子般睡了两个小时。我重新出发时，那种著名的黑白相间的索伊卡鸟，小跑着来到一个沙丘顶部，很有意思。它陪了我一会儿，然后肚子贴着地，跑向另一些僻静处。

我在支帐篷时，远远看见查尔朱最早显现的工厂烟囱。我离它们只剩十五公里了，我已经不再惧怕沙漠。况且我光着身子睡在我的睡袋里，说明我已经克服了对于小动物的恐惧。但到了半夜，我感到冷！我也变得很怕冷了。

在查尔朱城入口，一名警察检查我的护照并提醒我：在撒马尔罕，塔吉克人与乌兹别克人相互交火。我知道有塔吉克极端分子潜入乌兹别克斯坦进行活动，但如果战火蔓延到撒马尔罕，我还是有些担心。自昨天早上到现在我只吃了两个煮鸡蛋、一个苹果和每天的一块面包，早饭也没有吃，我决定要美美地吃上一顿。服务生是个俄罗斯人，告诉我说土库曼斯坦是个很糟糕的国家，证据就是他在一次汽车事故中撞掉了五颗牙齿，他要筹集到一百万马纳特才能去镶牙齿，这对他是一笔巨款。

"镶金牙？"

"金牙，那是土库曼人觉得好。我们俄罗斯人，只要烤瓷假牙。"他很自豪地说。

齐达内是我在雷佩泰克时遇到过的警察。他来看望我，带我去他朋友家，在靠近查尔朱南部的一个小村子里。一些老者坐在被果实压弯了枝头的李子树旁边，在挂着沉甸甸葡萄的架子下，正热烈交谈着。大盆食物在人群中传递，大家选择古拉沛（goulapé），一种只出产于此地的满口生香的甜瓜。还有一种扁豆汤亚尔马（yarma），还有妇女们端上来的热烘烘的菱形小蛋糕。所有食物就着从井里抽取的清凉泉水，或从俄式茶壶倒出的热茶。我学会了根据不同脸型，尤其根据头上的帽子，来鉴别不同族群。阿富汗人通常戴鸭舌帽，土库曼人戴塔里拜克，一种用羊皮缝制的灰黑色软帽，无论冬夏都戴着，有的人甚至睡觉时也不摘下。一个乌兹别克人和几个土库曼人戴着虔诚穆斯林的那种镶白边的黑色方帽。大家在周围洒上水,在葡萄架下的阴凉地愉快聊着天。这时阿克萨卡尔(长老)走了过来,我明白了这是非同寻常的事。在土库曼的政治和社会生活中,长老是举足轻重的人物,通常很富有,是部落的首领。人们尊敬和服从他,但他的权力也得益于当前的体制恢复了古老的部落传统,长老能够参与国家的管理。在这一带,没有什么能逃过他的眼睛,他懂得如何控制一切。刚刚走过来的这位长老,大约七十来岁,大家向他表示敬意,簇拥在他周围。所有谈话都停了下来,刚才的欢声笑语一下子寂静下来,所有关注都聚焦到这位显赫者身上。

查尔朱不值得逗留一天,甚至连一小时都不值得。

尽管查尔朱没有带给我愉悦,但因为我需要休息,还是在此停留了二十四个小时。我不着急赶路还有另一个原因:我比原计划提前了一个星期。我在楼宇间的空地上散步,房主们搭了很多金属停车库,他们似乎并不担心自己的汽车夜间会被拆成零件偷走。我也去城里集体农庄集市逛了逛,货架上充斥着"中国制造"的小商品,一些小工具和农具。售货员大多数是乌兹别克人,还有一些阿富汗人。骄傲的游牧俄罗斯人,在苏联时期失去了独立并定居下来,但他们从来都不愿意经商。

俄罗斯族妇女比土库曼妇女更爱打扮,她们穿短装,剪乱七八糟的发型,染成或深或浅的颜色,化浓妆。她们保持着白皙的皮肤,买东西时会打上一把遮阳伞。土库曼和乌兹别克妇女穿长袍,用头巾遮住长发。

在这座毫无灵气的城市逗留一天后,我迫不及待要去跨越几公里外那条神秘的河流。从我旅行伊始，有三四个地名令我神往不已：阿姆河、撒马尔罕、喀什，当然还有西安，如果我能走到的话。

当年亚历山大大帝跨过这条河时，它叫奥克苏斯①。通向那里的公路被重型卡车压得千疮百孔。我期待着能在水域附近看见一点绿色，也许会是一片树林。但我看见的只是被烤焦的棕色沙地，荒芜的农田，破落的房屋，浸泡在发臭污水坑的垃圾。河流附近没有任何诗意，沙漠化在河岸肆虐。

终于到了，我屏住了呼吸。这哪里是一条河呀，这是一片海。光秃秃的两岸夹着奔涌的红色海洋。这浩浩荡荡的水流，丰沛堪比尼罗河，却并没有用来肥沃它流经的土地，我再次感到惊讶。只有俄罗斯人想到在离我目前所在地两百公里外的阿姆河上游，在凯尔基市东部，引流阿姆河的水，但这对里海造成了致命的伤害。由于水流改道和季节因素，也许我到那里只能看到干枯的河床。我读到的文章说，仅仅夏天的水分蒸发，就让它的流量减少了三分之一。后来又有人告诉我说正相反，我们现在处于丰水期。夏天太阳融化的一千多公里外帕米尔高原的雪，正是这条河流的源头。而到三月份，上游一切都冻住时才是它的枯水期。它的宽度到底有多少呢？一公里半？两公里？我需要花一点时间才能适应这红色水流的宽阔。

我顺利通过了警察检查站和卡车排长队的收费口，走近河岸和汹涌的激流，任凭思绪被遐想和历史带走。两千三百年前，亚历山

---

① Oxus 为希腊人入侵中亚时对阿姆河的称呼。

大大帝在征服波斯后，决定要走到世界尽头。在奥克苏斯和雅克萨特（这条姐妹河后来被称为锡尔河，源头来自天山山脉）之间，就是广袤的河中平原，一片富饶的沃土和昌盛的城市。当年亚历山大是如何让他的六万大军渡过这湍急的河流，还不算同样数量的随军妇女和儿童？我想象无数小舟被推入泥浆水，人们在上面搭起浮桥，骑兵叫喊着欢笑着，紧紧抓住马鬃策马蹚水，后来的蒙古人也这样做。在河中地区，征服者亚历山大大帝赢得了罗克珊娜[①]的爱情，但他也在一次著名的狂欢聚会时，暴怒之下杀了他的朋友克雷图斯。最终他在那里饱尝失败的滋味，他的部下拒绝继续前进，理由是他们认为已经接近了世界的尽头。年轻王子也将领略后来被他称为最美的城市——马拉坎达。漂亮的名字，但也许几个世纪后它的名字更加响亮，它叫作撒马尔罕。

跨越大河要比亚历山大时代容易多了，但依然充满风险。人们并没有在滚滚激流上架桥，而是用铁链将若干条大铁壳船拴在一起，很不稳定，摇摇晃晃。铁壳船一侧，设有金属栏杆保护的狭窄人行通道。每当有大巴或大卡车开上驳船时，船身就会下沉十厘米左右，而后面那艘卸载掉重量的船又会浮起相同的高度。这不是一座桥，更像是一把水平放着的梯子。我拖着"四不像"艰难走过了那条狭窄通道。河中央海关的一艘船上，有人喊住我请我喝茶。我们脚下是奔腾的河水，奋力搏击着这些障碍物，铁链的锈色与河水的赭红色倒是很般配。渡过河以后，我还停留了一个小时，呆呆望着这流向卡拉库姆沙漠的红色激流。

[①] 巴克特里亚粟特贵族的女儿，出生于公元前341年以前，卒于约公元前309年。

我说好要到河对岸法拉普的尼克·卡利家逗留一天。这个人在路上拦下我两次,在一张小纸片上写下他的名字和电话号码,让我保证一定要去他家。在小镇邮局,我告诉邮递员我想打电话,他看着我仿佛我说了什么不该说的话。接着便默默走到隔壁的一间屋子,出来后递给我一个拖着电线的铁锈块,这就是电话。看到我的失望,他关上邮局的门,带我去他家里,他家里的电话能正常工作。然而电话那头,一个悦耳的声音不断重复"你拨打的号码没有登记"。同一个声音告诉我,附近没有叫尼克·卡利的人。

为了安慰我自己,我到镇上的馆子好好吃了一顿萨马萨(肉菜饼)。原野在太阳下燃烧,几棵大树可以带来一点阴凉,但它们将树荫留给了自己,因为日头正当午。我和两个男孩切尔曼和丹塔塔尔一起走,他们坐在一辆小毛驴拉的板车上。为了更好地聊天,我把"四不像"拴在板车上,我们就这样愉快地同行了两公里。我把最后几枚小徽章给了他们。他们离开我回自己的村子,村子叫马克西姆·高尔基。我抵达了边境。因为口岸关闭,我就在查尔朱-布哈拉运河边的一家小饭馆吃晚饭。餐馆服务生是个目光游移的奸诈之人,贪婪却不想为我服务,最后还收了我三倍的钱。

夜里,我就在运河和餐馆间的空地上安顿,准备睡觉。不知为何,我这天格外小心,把背包从拖车上拿下来放在身边,又将相机和 GPS 塞到我的睡袋里面。涂好驱蚊剂赶走了围着我嗡嗡叫的蚊子后,我渐渐入睡。一阵轻微的吱嘎声将我惊醒,是那个奸诈的服务生。他想干吗?几点了?我的手表指着两点。夜已深,但餐馆的灯发出微光。我睡意蒙眬地坐起身,发现这个混蛋把我的背包掏空了一半。吵醒我的就是我平时放相机的侧袋拉链的声音。

"你在偷我东西？"

"不，我来告诉你海关早上六点开门。"

借口如此荒唐，偷窃如此明显，我的肾上腺素骤然升高，朝他甩了一个耳光。

"我没有偷东西啊。"他说着塞回衬衫和袜子，显然觉得偷了也没什么用。

我又甩了他一巴掌，尽量克制着不用力过度。他狼狈地逃走了。早晨我离开时，他正在收起他的蚊帐，朝我投来愤懑的一瞥。

海关六点开门，这倒是真的，但负责人要到九点才上班。我只好耐心等待，填了一张申报表申报我身上的美元以及我在土库曼斯坦的购物清单。当负责人听到我有一张地毯，便要求看一眼，于是有了下面的对话。

"你有许可证吗？"

"什么许可证？"

"出口这张地毯，需要文化部的许可证。对于文化产品，这是必须的。"

"你说的文化产品指什么？"

"所有手工制作的物品。"

"怎么获得这个许可证呢？"

"在阿什哈巴德的文化部。"

"阿什哈巴德在七百公里之外呢，有没有更近一点的？"

"没有。你要找六二八办公室。"

我这才知道只有机织的毯子才能带出国境，而且必须是十年以内的。怎么证明毯子是十年以内生产的？没人知道。土库曼海关不让带出任何东西。我的向导说一位老奶奶为一个男人织了一双袜子，袜子不能带出境外，付钱也不行。"文化产品"还包括塔里拜克小皮帽、头巾和所有传统服饰。我从九点到正午，一直在据理力争，但是毫无办法。我打算找个土库曼人，把这张毯子送给他，我可不想把毯子留给海关关员。这时我的天使出现了，两位年轻的法国姑娘卡特琳娜和马蒂娜，从布哈拉过来入境土库曼斯坦。为了方便和舒适，她们雇了一名导游兼翻译和司机。她们中的一位买了一条地毯，立刻引起海关官员的关注。她也有"麻烦"，但没有我的问题严重。因为所谓的"文化产品"是在乌兹别克斯坦购买，而乌兹别克海关已经放行，那就没话可说。没话可说但有事可做，在海关工作人员检查、称重、测量和封印马蒂娜包里的地毯时，我正与卡特琳娜聊天，忽然想到了一个主意。

"因为你们会在阿什哈巴德停留，为什么不带着我的地毯到文化部的六二八办公室？不管你们有没有得到出境许可证，我在巴黎请你们俩吃饭。"

真主保佑。

至于我，麻烦事还没完。即便这里的海关官员放我出去了，乌兹别克海关又拦住了我。

"你的签证只允许你在九月一日入境，我们现在是八月二十三日，一周以后再来吧。"

我的抗议即便得到了土库曼海关官员的支持，也不起任何作用。我被一名不容商量的俄罗斯士兵推了回去，眼神中透着藐视。

就算我是个富裕的西方人，但今天是他拥有权力。一点办法都没有，我过不了边境。

我只好租了一辆出租车，回到那三个年轻女人打理的小餐馆，我昨天在这里喝过茶。我们说好每天三美元，我这段痛苦的日子就在她们这里吃饭。

"那睡觉怎么办？"

"我就睡在这里的露台上。"

餐馆经理拉格曼·达米列夫这天晚上给我做了很好吃的烤羊肉串。他从三个女孩那里了解到我的困境，提议借给我他的一处房子，就在附近的加拉夫诺伊。那是一所传统住房，两个房间朝着土墙围起的小庭院，门前有个带来清凉的葡萄架，架子上挂满沉甸甸的玫瑰色和琥珀色的粗壮葡萄串。另一个房间甚至还有空调。

我在这里度过了有着梦幻清晨的五天。作为一个有责任心、总是忙忙碌碌、理性甚至有些刻板的人，我在这里彻底放任自己，享受各种细微的快乐，发现自己成了一个享乐主义者。黎明，我坐在葡萄架下，看着旭日从俯瞰山村的山冈后升起，然后我去"打水"，就是把一个拴着麻绳的水桶扔进邻居家的水井。看似简单，但需要转动手腕：先是将桶直接甩出去，就像把钓鱼线扔进水里那样，然后有技巧地放开绕在前臂的绳子。整套下来，堪称一门艺术。起先几次，我没有掌握好，桶漂在水上，打不到水。

在"家里"，我把两串几乎透明的无核葡萄浸到清凉的水里，以赶走上面数百只贪吃的蚂蚁。

然后我就尽情品尝这无比的美味。我喜欢水果，吃过无数次葡萄，但从来没有尝到过风味如此独特、如此沁人心脾的葡萄，柔软、光滑、圆润的果实有一种性感。这是万应灵药,从未品尝过的甘露。我慢慢享受着,让甘甜沁满口腔。回国几个月后,我依然还能感受到在那个小村庄度过的时光和那些甜美的早餐,那是我在土库曼斯坦度过的最令人难忘的时刻。

我要到世界尽头去寻找的智慧难道不就在眼前吗?难道不正是在这个葡萄架下,我卸下困扰城市人的急促、压抑、受限等种种感受?我一颗接一颗吃葡萄,透过葡萄藤看旭日升上天空。我享受这份如此纯粹的快乐,却是得益于不通人情的海关。我在这里消磨时光,品尝美味,每天漫不经心地吃上一公斤葡萄。不过我需要克制自己,不能把整个葡萄架都吃空呀。

十一点左右,我顶着四射的阳光沿运河走到餐馆。孩子们光着身子,叽叽喳喳从桥上往水里跳,然后又跑回岸上。有时我与他们一起跳,这时他们叫喊得更欢畅,因为"外国佬"与他们一起玩耍。

在到达食堂前,我要在公路上步行三百米左右,还要经过一个检查站。在这一星期中,我每天要出示四次护照。某天,一个小头目正好在,在训斥他的下属。当天下午,我还在餐馆消化我下肚的烤羊肉串时,有四个人驾驶一辆崭新的吉普车过来,要求检查我的证件,并仔细询问我的行程和我在这里的逗留情况。他们只得很遗憾地承认:一切正常。

开始几天,年轻姑娘们给我准备的羊肉串,让我吃得满嘴流油。但很快我就吃厌了,因为每天一模一样:一块羊肉夹一块肥肉一起烤。后来我在肉店吃惊地发现,肥肉要比瘦肉贵得多……一天中午,她们给我上了一盆美妙的青椒塞米饭配肉。另一天晚上,拉格曼关照他的朋友们为我烤了一个猪蹄膀，这可是我从踏上穆斯林土地后第一次吃到猪肉。

我睡长长的午觉打发时间，偶尔也去山丘后的沙漠远足一两次。从山丘上可以俯瞰通向布哈拉的运河，往南蜿蜒的阿姆河，以及直线距离十五公里外的查尔朱即土库曼巴德。我也利用被迫休息的这段时间，做点针线活。我可以买一条新裤子，但眼前的这条几乎不可替代，到哪里去找有八个口袋的裤子？所以我就缝缝补补一下，又经济又实惠。我用完了白线，就用绿线，用红线。最后我引以为豪的这条裤子看起来就像小丑演员的华丽短裤。

在餐馆前面大片棉花地采棉花的那些孩子，大约介于十到十三岁之间。为了躲避火辣辣的太阳，女孩子们在头上包两块头巾，只露出一双眼睛，看上去很神秘。男孩们穿T恤衫，只能靠头发保护自己，很少戴帽子。每个人腰间都拴一个大布口袋。一开始我还以为他们采摘的是花朵，错了，因为看上去像一朵白色的花，实则他们采摘的是果实和缠绕其上的纤维。棉花这种植物的花，最初是橙色的花冠，体积和形状有点接近郁金香，然后从中长出一颗小果核，慢慢长成乒乓球大小。这个硬壳随后开裂，形成五角星形状，内含的棉花膨胀成一团洁白无瑕的棉球。采摘人俯身到有着古铜色叶片的枝头，摘下棉球放入布袋。由于采摘季节还需要持续灌溉，他们经常赤脚站在泥浆里。棉花田尽头，两个工头在监工，嚼着烟块、吐烟沫子。晚上，他们将每个孩子采集的棉花称重，记录在一个小本子上。每天晚上，棉花田主人来付给他们每公斤棉花五百马纳特（二十五生丁）的报酬。在餐馆吃一顿烤羊肉串，需要采上八到十公斤棉花。

鉴于自然和人为因素,土库曼斯坦只能生产一些不太容易销售的原材料。棉花历年来都被苏联采购,且价格极其便宜。最近对俄罗斯的出口量有所减少,因为土库曼人发现后者把在此地便宜采购的棉花转卖到国际市场上盈利。天然气是另一大财富,其探明的七亿吨储量位居世界第三或第四位。交付燃气需要通过上千公里的管道,途经伊朗、俄罗斯和乌克兰。一些法国企业正积极参与合同谈判。

过了五天,一种强烈的行动欲望把我最近刚刚获得的智慧一扫而空。我本来还需再等上两天,但我收拾好行李,向姑娘们和拉格曼道别,比预定时间提前四十八小时顺利通过了土库曼斯坦边境。过海关时,我想报复一下海关官员,要了一张申报表格,填上瑞德杰普母亲送我的那把木勺。

"如果你只有这一件,没必要填表。"

"可这是一件文化产品。"

"不,应该不算。"

"可它是手工制作的呀,我想要盖个章,那边的边境可能会没收呢。"

海关官员不是上周的那一个,认为我是个神经病,同情地叹了口气道:

"这个,先生,这是把俄罗斯木勺⋯⋯"

我满怀信心来到乌兹别克斯坦海关。接待我的职员工作认真,记住了我护照上的所有信息,检查每一个印戳,查看水印。然后他让我把口袋里的东西全部掏出来,把背包里的物品放到桌子上,仔细检查每一件东西。尽管如此,我的GPS还是逃过了他的检查。接着他把我的护照交给三名负责询问的士兵,他们对我的行程十分惊奇。我在收拾背包时,其中一个士兵比其他人狡猾,发现了被其他同事只顾寻找印戳漏洞而遗漏的问题:我的签证九月一日才起效,而我们现在是八月三十日。大兵脸上露出邪恶的微笑:

"要住两天旅馆……"

"啊,不!"

我糟心的喊叫让他们很开心。我被强迫在海关区域内的旅馆里待了两天。不能在这个鬼地方消磨四十八小时,连他们自己都觉得无聊得要死。从他们喜不自胜的表情,可以明白他们为有人陪伴、为与我分享他们的军营生活而欣喜。我也没法再回到加拉夫诺伊的葡萄架下,土库曼斯坦海关已经告诉过我,重新入境必须有签证。更糟的是,九月一日是乌兹别克斯坦的国庆节,公共服务部门极有可能关门。我也许不得不在这个强制的住所待上三天。这事可不妙,我必须马上想出一个让人目瞪口呆、无法辩驳的理由。我突然心生一计,用一种说知心话的口吻对三个大兵道:

"我跟一个女孩在布哈拉有个约会,她九月二日早上就要回欧洲。如果我只能九月一日从这里出发,那就太晚了。"

这个理由发挥了作用,男人间的相互理解。这些小伙子在家乡肯定也有女朋友,他们立马进入我设的局。

他们商量了一下,拿着我护照的那位说道:

"那就在旅馆待一个晚上。"

我进一步争取道:

"不行啊,你看,看我的地图。从这里到布哈拉有一百五十公里,三天内怎么能走到呢,至少要四天。非常感谢你们给了我一天的宽限,你们很友善,但我还是到得太迟。"

再次商量,这次时间有点长。然后还是刚才那名士兵过来,伸手握住我的手:

"没问题,你可以通过。"

但他大话说得有点早,那位多管闲事的海关官员完全不同意。第二名士兵过来帮腔,第三名士兵在前去支援他的伙伴之前对我说道:

"我们会搞定他的。一个家伙步行了两千多公里去赴约,我们不应该让他失望。"

这群人似乎有点犹豫不决。过了大约半小时,那名官员把我的护照放到桌上,没有套话也不带感情,发出出人意料的命令:

"行了,伙计,走吧。"

十分钟后,我踏上了乌兹别克斯坦的土地,喝了一碗天价的热汤,不过我不在乎,我心情很好,感觉身体像钢筋水泥般结实。

现在就看我们的了,撒马尔罕。

十五　布哈拉

柽柳今年第二次开花了，它们长出粉红色的蓓蕾，绽放时花朵呈紫红色。汽车很少，我跟随吱嘎的足音愉快行进。我有三次一头扎进沿路的运河，把衣服浸湿，以抵抗高温。由于办理出关手续，我今天出发得较迟。没有办法，离阿拉特还有四十公里路呢。

等我终于抵达，一名警察像个魔鬼一样突然从午后昏昏欲睡的警察局窜了出来。这是个又高又瘦的家伙，显得很是兴奋，凶巴巴地问我要护照，我微笑着递给他。他看都没看一眼，就示意我跟他进警察局。

"不。"

他愣住了，应该很少有人会质疑他的命令。三名警察从警察局院子里叫喊着跟他打招呼。

瘦高个抓住我的手臂，我猛然挣脱，这次，我也不是吃素的。

"你拿着我的护照，你可以在这里检查，我完全符合规定。"

我想对他试试我上次的成功经验，自己翻护照页给他看，最后将护照放进自己衣袋。然而他断然拒绝，径直往警察局里面走。他以为我为了取回证件会跟着他走，但我没有动。他走了几步，不得不转过身来。我知道这是为什么，他感兴趣的不是我的护照而是我的背包和口袋。他不能在街上公开抢劫我，要把我带到避人耳目的地方。我把"四不像"的把手放在地上，他弯腰准备去拿，但我一脚踩住我的东西。这回我大声叫嚷道：

"不！"

他转过身，朝正准备凑上来的同事做了个无可奈何的手势。同时，在隔壁茶馆喝茶的几名好奇者也放下茶杯过来看热闹，这正是我期待的。三名警察中可能是小头目的那一个，挺着几乎崩掉衬衫纽扣的大肚子，活像一只马上就要爆炸的气球。他的下属把我的护照递给他，他认真看着。其他得知消息的男男女女也从茶馆里出来，我注意到他们都穿着节日盛装。这样很好，我有观众。我大声向小头目解释我是做什么的，从哪里来，要去哪里，让可以作证的人群都听见。我强调说我的签证完全没问题，今天早上我能够入境就是证据，他只需看一眼入境章就能明白。我不给他插话的机会，接着说我要进茶馆喝一杯，如果他想和我说话，可以去那里找我。我伸手要回自己的证件，悬念持续了几秒钟，我的心跳应该达到每分钟一百八十跳。他终于把护照还给了我，我如释重负，拉起"四不像"，走进茶馆或者说是一个中间有水池的凉亭，身后跟着一群我真该烧高香感谢的好奇者。人家忙不迭给我端来果汁，我依旧有不少困惑。

"发生了什么事情，过节吗？"

角落处有一个乐队，正准备演出。

"婚礼，我们正在等新郎新娘。"

新娘穿白色薄纱裙，头戴花冠，看着还是个孩子。她牵着丈夫的手，后者是个刚长开的比她大不了多少的男孩。每走三步，她都要像个机器人一样向大家机械地鞠躬致意，她丈夫也不时弯一下腰。人家告诉我他们这是在感谢来宾的光临。新婚夫妇被安置在一张放满瓶子和蛋糕的桌子前,音乐响起,来宾开始跳舞。他们也邀请我,我加入跳舞的人群中,开心地释放着与警察打交道而累积的紧张和压力。当时如果他们成功把我引入办公室内的话,他们有的是时间收拾我。我读到过文章说一个落入陷阱的旅行者,被要求脱下裤子,好让那些"秩序捍卫者"更方便地找到美元。绿色票子的气味让人发狂,美元在中亚意味着"外国钱",我被无数次问及挣多少美元。当我说到法郎时,大家很是兴奋。

他们把我介绍给新婚夫妇,并请我致贺词。我以俄语太差为由想推辞。"不行的话,那就用法语。"大家都为这突如其来的欧洲风情的插曲而兴奋。我刚一开口,新娘就可怜兮兮地低着头,新郎把手放在胸口。他们就像两个花瓶,默默站在那里。除了他们,其他人都非常开心。伏特加在人群中传递,男男女女都双手伸向天空跳起舞,他们俩倒像是陌生人般,看着这热闹场面。新娘不倒翁似的弯腰鞠躬,新郎似乎腰疼,只是手放胸口,微微点头致意。

时间流逝,我决定放弃走到卡拉库尔。反正今天我已经走了四十公里,与警察的纠缠也让我有些疲惫。我被介绍给新郎的父亲,一个身材结实、有着一头浓密鬈发的男人。他宣布邀请我参加婚礼,十分钟后出发。我几乎无法拒绝,"四不像"被强壮的手臂抓起来,扔进一辆汽车的后备厢。我坐上车的后座,夹在两位美女中间,其中一位告诉我她是新娘的妹妹。

按照传统,婚礼从新娘的父母家开始,到新郎的父亲那里结束。我们晚上九点左右到达一个白色大农庄,屋前小路上摆着一排桌子,男士在右,女士在左。小路尽头是乐队舞台。另一侧显眼的位置,是一个三米宽两米深的粉红色雅致棚屋,集橱窗、凯旋门、庙会、舞台于一体，十几只灯泡把它照得透亮。组成乌兹别克语"百年好合"的小灯不停闪烁，一个字母一个字母地显现，就像商店的霓虹灯。新郎新娘在花童抬着的华盖下入场，随后被安置在那个过分装饰的华丽橱窗里，整个晚上他们就不再走动，布娃娃似的点头致意，像极了精心布置的汽车后窗里晃动脑袋的毛绒玩具狗。

宾客按辈分等级坐在那个"橱窗"附近。"政要们"坐在可容纳八人的大桌子，紧接着的是显贵、医生、工程师等……大部分人则坐在长凳上，围着架子上的搁板享用美食，他们大多是村民或与这个家族有关系的人。没有被邀请的村民站在庭院入口处，围观这场来了五百名宾客的热闹婚礼。我好奇地去参观"厨房"，内院的葡萄架下和花园里，一大群男女厨师围着许多搁在煤气灶上的大圆盆忙碌着，我没敢问里面都装了些什么……一长溜的服务员把分放在盘子里的菜肴端给重要的来宾，对于大桌子上的客人，则直接端上搪瓷盆里的菜。

我被安排在"政要"和小人物之间，我边上是两位医生。大家畅饮伏特加，当然也要我"来一点，来一点"，我不得不像往常一样，尽力推脱。我特别喜欢一道叫罗拉（loulah）的菜，由羊肉、土豆、大蒜、洋葱、西红柿及各种水果（我只认得出葡萄）组成。但很久前我就放弃区分不同的手抓饭，这个基本名称下，集中了四十多道菜谱，其中就有罗拉。在吃荤菜的间隙，大家还大口品尝甜瓜，吃一种叫比尔门（bilemen）的小蛋糕。客人们把带来的礼物堆放在"新人橱窗"前，最笨重的礼物是地毯或家用电器。婚礼主持人手握麦克风，邀请政要和近亲向新婚夫妇致贺词，后者仿佛就是被困在闪烁发光的棺椁中的木乃伊。我注意到现场三百多个男人，只有新郎官戴着领带。

一名职业舞者起了个头，随后无论年轻或年长，宾客们纷纷走向舞池，双手总是指向天空。乐队——包括一把曼陀林、一面鼓和一把长号——不知疲倦地演奏着。而我在步行了四十公里和跳了几支舞后感到疲惫，便溜去一个房间睡觉，后来又进来了几个男人。天气炎热，我穿着短裤睡觉，可醒来时发现放在身边的衣服不见了。我在黑暗中摸索了许久，因为我明天一早就要出发。最后终于在一个家伙的脑袋底下找到，这是他再好不过的枕头。

室外葡萄架下，新郎官终于摘下领带，与他父亲共坐在一张木床上，正在吃水果早餐，他们邀请我一起吃。我接受水果，但婉拒了他们已经开喝的伏特加。不喝，哪怕只是一点点……

在卡拉库尔，我再次遇到警察检查，他们要看看我背包里的东西。我一边递上护照一边打趣道：

"我的背包昨天在海关被搜查过了，他们只发现了一颗小炸弹。实际上这可是一颗大炸弹，一颗原子弹。"

出乎我预料，警察爆出一阵大笑，我也笑了起来，结果他忘记了搜查。

晚上，我在努尔雷丁的茶餐馆停下。"把你吊眼镜的绳子拿下来，你看上去像个俄国人，我可不敢与你一起在村里溜达。"努尔雷丁这么对我说。有人找来了麦克里旦，因为他会讲法语，刚才就是他给我翻译了努尔雷丁的话。他在附近的集体农庄干活，正在用黏土做砖坯，所以这个大个子身上全是泥巴，光着脚，衣服破烂。他在小学时学过法语，很聪明，还给我背诵了一首他用法语写的诗。这首诗让他享受了在卢瓦尔河畔的十五天旅行，在一个由风光时期的法共管理的青年营,与苏联进行交流。他向我打听他唯一知道的一个法国人的消息:乔治·马歇①……他的法语老师死了,也许因为这个缘故,他的神经有点不正常。今天他既是法语翻译又是村里的傻子,茶馆里的酒鬼们恶毒地让他露出生殖器,他们说那很壮观。我为这些恶棍感到羞愧。憨憨的大个子让我保证回去后给他寄一张埃菲尔铁塔的明信片。

我从萨亚特出发时,身体状况不太好。背疼,疲惫,似乎在边境的五天休息反而让我筋疲力竭。实际上因为我逆风,又有点心不在焉,肯定也是目的地临近的缘故。加上我的手被虫子咬了一口,肿得像馒头。尽管如此,我还是决定当天走完从萨亚特到布哈拉的五十公里。

现在正是开学季节,穿着校服的孩子们——男孩黑裤子白衬衫;女孩黑色或蓝色百褶裙,白衬衣,外加一条镶着花边的围裙,头发还罩着绢网,让她们看上去有点像蓬拉贝②女人。——人人带着一瓶水,因为怕在教室里脱水。

我午餐时在餐馆认识的伊斯马特,告诉我他要为儿子的割礼举行一场庆祝会,并邀请了我。好吧,就这样定了,今晚我不去布哈拉了,就在我的新朋友家里过夜。

我下午一点左右抵达布哈拉,城市处于酷热中。但这不妨碍大

---

① 当年的法共总书记。
② 法国菲尼斯泰尔省的一个地区,盛产一种女式高帽。

巴士运来一批又一批日本人、俄国人和欧洲人。他们穿着短装，腰带上挂着相机，聚集在喀龙宣礼塔跟前。

布哈拉是世界上最古老的城市之一。一个混杂了传奇和惨剧的地方，东方最具宗教气息的城市，拥有三百多座清真寺，上百所伊斯兰学校，学生总数可达上万。作为丝绸之路上的重镇，城里有过数十家沙漠客栈，它的大巴扎占地数公顷。在这里可以找到最分门别类的商人，卖箭卖面粉的，换钱的……应有尽有。三个大穹顶被保留下来，经过修葺后，现在这里销售专门针对游客的地毯和旅游纪念品。它的图书馆也曾是亚洲藏书最丰富的图书馆之一，达四万五千多册。伟大的语言学家、音乐家和天文学家伊本·西那，还在这里担任过宫廷大臣，但他的出名在于他撰写了《医典》，一本汇集了中国、印度、波斯、埃及和希腊等地区智慧的医学大百科全书。这本被称为"医学正典"的经典是十到十一世纪全世界医生的重要基础。我们将他的名字"伊本·西那"改成基督教式的"阿维森纳"。

首先是被视为整个中亚地区最古老、最美丽陵墓的伊斯玛仪·萨曼尼陵，这是一座位于基洛夫公园的四方形建筑。建造师的想象力出神入化，用简单的砖块拼造出崭新的装饰图案。十三世纪初，当成吉思汗踏平布哈拉时，陵墓由于缺少维护被掩埋在沙堆中，因而逃过一劫。出于另一些原因，喀龙塔也幸存了下来。在十二世纪，塔被修建到离地三十米，已是东方最高的建筑。下令摧毁整座城市的成吉思汗本人，也被塔的高度震撼，因此下令将其保留。得益于十五米深的地基，喀龙宣礼塔抵御住了多次地震，甚至二十世纪初俄国人的炮击也只是损毁了它的一个角落。这里得为俄国人说句公道话，也许是出于内疚，是俄国人对喀龙塔进行了修葺和维护。它还有一个阴森的名字，叫"死亡之塔"，因为布哈拉的可汗们将囚犯驱赶到塔顶，把他们塞进麻袋，然后从栏杆外扔下去。有一个传说，说是一名妇女把罩袍当成降落伞，因而捡回一命。

布哈拉也曾是奴隶交易市场，交易到处抢来的基督徒或波斯奴隶。这里出现过一个比一个残暴的统治者，值得特别提一句的肯定是纳斯鲁拉可汗，他的臣民们称他为"屠夫"。他一掌权，就把他的父亲和兄弟杀掉，避免他们觊觎他的权位。同样，不知出于什么缘由，他还杀了他的另外三名兄弟和十八名家庭成员。沙皇派去进行商业谈判的使者尼古拉·伊纳基耶夫讲述道，通向他住所的道路边插满长矛，矛尖上挂着正在腐烂的人头。纳斯鲁拉可汗很有经济头脑，鼓励臣民行善来拯救这些人的灵魂。每周五他让人把囚犯带到集市，大家做一些食物施舍他们，让囚犯可以吃到下个周五。斯图达特，一名来跟纳斯鲁拉可汗签订商业条款的英国人，在通向宫殿的道路上竟不知好歹地没有下马，这位君主就把他关在一个与老鼠、蜘蛛为伴的地牢里，唯一的入口就是顶部的天窗。另一名英国人康诺利，前来解救他的同胞，遭遇了相同的命运。随后人家让这两名英国人做选择，要么改宗伊斯兰，要么被砍头。一八四二年六月十七日，人家砍下了他们的头颅。

可汗敢于挑衅英国，首先因为他以为英国就是一个像他这儿一样的可汗国，只不过非常遥远；其次，大英帝国当时处在一个糟糕的境地，就在六个月前，一支一万六千人的英国军队在阿富汗维持和平失败后，离开了喀布尔。十天后只有一个人到达贾亚拉巴德，其他人要么被杀，要么沦为奴隶。纳斯鲁拉可汗这样的风雅之士，怎么会放弃落井下石、打击一个已经被打趴下的国家的机会？

人，无论在什么国家处于什么时代，在残忍和酷刑方面，堪称艺术家。再来看看另一位可汗，他性情残暴，在情爱方面更是唯我独尊。他在行将就木之际，将他的宠妃以及女儿中最漂亮的三位，传唤到床前。仅仅因为他不能忍受"除他之外还会有其他人染指她们"这样的念头，便下令将她们当场处死。

我混杂在大批游客中，穿行于市中心的街市，这里是真正的露天博物馆。喀龙塔下，一个小姑娘用英语然后用法语大胆搭讪道：

"您要不要买一顶祷告时戴的帽子？不要？那就来看看我母亲织的全布哈拉最漂亮的地毯。不要？那参观城市的话，我可以向您推荐我爸爸，他是最出色的向导，知道城里所有的名胜古迹。"

这个十一岁的小姑娘，能讲流利的俄语、乌兹别克语和母语塔吉克语。她会讲相当不错的英语，还在私人课堂学习日语。她掌握的法语和德语，足以让她设法卖掉她的帽子。

我逃走了。雷吉斯坦广场的游客要少一些，我可以安静欣赏兀鲁伯经学院。但我一走进去，一群地毯商贩就向我拥来，赶紧逃走。我太累了，无力应付这种侵扰。这一次，我非常非常想找一家豪华酒店。

我来到酒店的大旋转门时，门童拦下我。我的"四不像"让他对我的游客身份产生了怀疑。正好一些真正的游客来了：两辆大巴卸下一大群穿统一短裤、戴墨镜挎着相机的人。酒店看门人让他们进去了，这才是正常的客户。

于是我就到旁边的广场溜达，并与一群年轻人聊了一会儿。他们听说了我的国籍后，争先恐后向我列举他们所知道的法国人：肯定有齐达内，还有让-保罗·贝尔蒙多、库斯托船长、阿兰·德龙、帕特里夏·卡斯、雅克·希拉克及玛丽娜·弗拉迪，但他们不知道罗杰·加洛蒂是谁。法兹利说我可以住到他家里。

他妻子拉诺当天晚上为我做了美味的萨马萨烤包子，第二天又做了著名的手抓饭。他们有三个孩子，老大小时候烫伤过，脸上有刺眼的伤疤。孩子很可爱，但需要时间让他适应现状。法兹利告诉我可以在莫斯科给他做皮肤移植，但这要花掉他十年的工资。

我在布哈拉度过了愉快的四天，远离市中心。不是说那些古迹不值得赞赏，而是我讨厌人们驱赶了真实的生活，将这些地方变成露天博物馆，只剩下急匆匆的游客和售卖纪念品的贪婪商贩。我问了一下胶卷的价格：三十一美元一卷。一百米外，同样的东西卖三美元。我在拉比豪兹（Labi Hauz）广场附近闲逛，这是祥和安静的地方，四个世纪以来从未变过。在布哈拉，我们在每个街区看到的豪兹（hauz），是一种状如倒扣金字塔的水池。水池用大石块砌成，形成一级级台阶。这样无论什么水位，人们都可以走下去汲水。拉比水池建于一六六二年，围着池边的古树如今已有三百多年树龄。一些跟古树一样年长的乌兹别克老人坐在木凳上，没完没了地玩骨牌。尽管靠近城中心，却没有游客来拉比水池的南面，北面倒是有一家餐馆，只接待外国人。在某种心照不宣的神奇规矩下，大家都相互尊重，互不侵犯彼此的地盘。一棵大树下，一名鞋匠在修鞋。另一棵树下，是一座纳斯雷丁·霍贾[①]搞笑的塑像，这位大智若愚

[①] 纳斯雷丁·霍贾被认为是出生于12—13世纪的突厥人。以他有趣和发人深省的逸事、多彩而睿智的个性、他的毛驴、他的头巾和长袍而闻名。据说新疆民间故事中的阿凡提可能就是以他为原型。

的智者在我从伊斯坦布尔到中国的一路上,备受尊崇。他提醒我们,最佳的前进方式不一定是被理性所广泛推崇的方式。从旅程一开始,我就不断从这位有趣、善良的人身上汲取智慧。

我迷失在城市古老的小街小巷,在查德朱斯卡娅街的一家茶馆里,我在一群狂热的象棋和双陆棋(这里称作narda)爱好者中间度过了一个小时。在法国咖啡馆里早就看不到这种烟雾腾腾的狂欢气氛,兴奋的玩家聚在一起,把现实世界抛在脑后几个小时。

在一座因地面抬高而半埋地下的沙漠小驿站,一对老年夫妇在院子中央用柴火烤羊肉串。他们邀请我吃晚饭,但拒绝我为他们拍照。在喀龙宣礼塔后面,另有一座沙漠驿站的废墟,叫阿亚斯丹。白铁皮修理匠赛义德,在其中的一个小房间开了个小铺子。他和我说起两个法国人,让-吕克和拉希德,他们来这里试图修复这处古迹,因为他们很喜欢它,但缺乏资金,所以法国人又离开了。一根粗粗的铁链拦住大门,但是拦得不太紧,可以从缝隙中钻进去。赛义德说我可以在里面逛一下,可惜这处废弃工地成了公共厕所。

古老的街道很狭窄,每座房子都基于一个木结构框架,用石膏灰泥将砖砌入空心部分。每家每户有一个高墙围起的小院子,从街上有时可以看见葡萄架和石榴树,这个时节,水果还未完全成熟。如果离开市中心,就会看见苏联时期建造的千篇一律的公共住房,新建却已经破旧。法兹利和他家人居住的大楼要稍新一些,似乎建在一片被轰炸过的土地上,倒是为越野车爱好者提供了训练场地。楼梯扶手用的是钢筋水泥,十二层的大楼电梯每天只运行一到两个小时。水龙头里只有热水,想要温水或冷水,要把热水放在水桶里冷却。

我把参观巴尔肖伊·里诺克集体农庄集市作为我在布哈拉的最后一站。集市位于布哈拉城堡附近，城堡本是布哈拉统治者的宫殿所在，二十世纪初遭受过俄国人的轰炸，不过现在修葺得焕然一新，以吸引游客。在巨大的帆布或水泥大厅里，人们销售一切可以买卖的东西。在卖水果的大厅里，脸色红润、身材滚圆的农妇，穿着和水果颜色一样鲜艳的裙子，盘腿坐在柜台后，用俄语、乌兹别克语和其他我听不出来的土话叫卖她们的产品。在肉类大厅，男女商贩们在一团团的苍蝇和胡蜂中穿行，到处是烤羊肉串的烟雾，木炭把茶壶煮得嘶嘶作响。唯一不和谐的，是那些无处不在的穿蓝衬衫带赭色鸭舌帽的警察，他们监督着生意。我从未见过这样密集的警力，便问法兹利这是为什么，他说这是驱赶贩卖毒品的阿富汗人。又有人向我解释说，乌兹别克警察待遇不高，他们就是通过扫荡集市捞钱，用一些说不清楚的罚款来补贴他们微薄的收入。

最后一个晚上，拉诺为我做了萨马萨烤包子，还告诉了我菜谱。她还做了包肉的蒸饺，叫芒提（manty）。

景色一成不变，除了棉花田还是棉花田，我已经不再关注。现在我离撒马尔罕还有一周的路程，我几乎已经走了一百二十天，孤独压迫着我。我再也忍受不了这种肤浅的交流，因为我只会几句表达吃喝的简单俄语。人们常说，一个没人对他说话的婴儿会死掉。我很怕染上这种被称为孤独的怪疾。四个月，已经太过漫长。再说，布哈拉让我失望，我对博物馆没什么兴趣，我觉得它的城中心早已辉煌不再，变得虚假和可悲。我现在就想早点结束这一切，我眺望这里的田野，浮现的是我诺曼底的房子，我看见我的狗在雀跃……

然而，我并无特别理由可抱怨。这几天，天气也不那么热了。经过纳沃伊，我穿过了布哈拉和撒马尔罕之间的连绵绿洲，绿洲在克孜勒库姆沙漠北部形成一道绿色圆弧。一路上有很多餐馆和饭店，我可以随时停下休息。但我要强调的是，对于这样长的距离，人们是在用头脑而非双脚行走，而我的头脑已经受够了，已经飞到法国我所热爱的人们身边。突然，我是那么想念他们。

我就这样神思恍惚，十点钟左右在一家小餐馆停下脚步，餐馆在桑树绿油油的宽大叶子下放了几张桌子，树荫的清凉很诱人。我在一张桌边坐下，对女侍者喊："茶！"她好像无视我的存在。但过了一会儿，她拿来一把茶壶和一只杯子放到我面前，问我从哪里来，要去哪里，我是谁……她穿着白色上衣和普通丝绸裙子，用围巾包住头发。我注意到这些细节但并不在意，我的心思在别处。她似乎对我说的事情很感兴趣，但老板把她叫走，她无奈地耸耸肩离开了。过了一会儿她又回来，不客气地坐到我桌子边，露出灿烂的微笑。

"给我讲讲吧。"

她双手托着下巴，问题像机关枪一样扫过来。我可以更仔细观察她。她还十分年轻，顶多二十刚出头，有着乌兹别克女人金色柔滑的皮肤，弯弯的眉毛和带笑的明眸。她完全沉浸在我的叙述中，渐渐停止了提问，我也停止了说话，我们都陷入沉默。我的双目紧盯着她的眼睛，我感觉身上涌出一股对于这个女孩的强烈欲望。我在她的眼神中看到了同样的东西。我们的沉默比我蹩脚的俄语更有说服力。"我，也想要你"，我们的身体发出信号。

老板在大喊大叫,她完全听不见。她的同事,肯定是老板派来的,走过来坐到我们桌旁看着我们。而我们就像磁铁一样相互吸引,四目相对,她的同事坐在那里完全被忽略。她的反应用不着翻译:"哦哟哟!"她边说边起身踮着脚尖离开了。

"我叫费娜莎,"那年轻女人终于说道,"如果你愿意,今晚可以在我家过夜。"

我完全不反对,她也猜到了,因为她露出微笑,然后起身不紧不慢地走向大声嚷嚷的老板。就在她离开的短暂瞬间,我恢复了冷静。这个姑娘是什么人?一个妓女?不,显然不是,她的言谈举止都不像。等她回来时,我要问问她。

"你几乎知道了我的一切,那你呢?你是谁?"

她二十四岁,结婚两年。一年前她生了个婴儿,但六个月前孩子死了,不知道原因。她盯着自己的双手看了很长时间,很激动。我以为她会哭,但她恢复了平静。她丈夫在另一个集体农庄摘棉花,周末才回家。

"如果我今天晚上去你家,别人会怎么说?"

"我才不管。"

老板又喊了起来,她起身,离开前对我说一会儿见,中午服务结束后,她会带我去她家休息。

经过三个半月的节欲,这诱惑相当大,姑娘也很漂亮。然而我明白这是她的冲动,这位年轻女子正处在失去孩子的巨大痛苦中。如果说她投怀送抱,那是因为我来自远方,代表着她深受压抑困境中的一个出口。她的孤独和我的孤独,让我们同病相怜。但这样会有什么结果呢?对我,一场美好的回忆;对她,一场灾难。再者,我已经过了六十岁，她还如此年轻，这是犯浑。等她再次回来时，我心意已决。

"我得离开了，我还有很多路要走。"

当我拉起"四不像"，她投来哀怨的目光。我把自己搞得像个蠢货和混蛋。不过，见鬼去吧，巴黎有人在等着我，我可不是一个到处拈花惹草的男人。不过若有人问我那天的风景如何，我却什么也没看到。

十六　撒马尔罕蔚蓝的天空

二〇〇〇年九月九日，齐齐尔特帕，两千五百三十二公里

一脸疲惫的警察向我示意："到这边来。"我穿过马路，我们甚至不用开口说话，我就掏出护照递给他。他机械地翻了翻，然后还给我，显得漫不经心。我刚想离开，他的上司走了过来。

"护照。"

"可是我刚刚出示过……"

"护照！"

我最讨厌权力被随意滥用。前天，走出布哈拉时我被检查了四次，昨天三次，今天上午又被检查了两次。一辆满载游客和相机的旅游大巴一下子开了过去，甚至没有减速。

"那些人呢，你们为什么不查？"

他比我更清楚，那些人受他们的导游兼警察的监控。他正打算把护照还给我时，另一名上司，应该是这个上司的上司，传唤我们过去。他坐在一棵树下，面前放着壶茶，站着的那个上司让我跟他走。

"不，我刚刚接受过两次检查，够了。"

站着的上司不理我，拿着我的护照走向坐着的上司。这一位很仔细地检查了我的护照，很显然他花的时间越多，越能体现他的级

别更高。他扬扬下巴，示意我走过去。我摇头拒绝。那个站着的上司走向我道：

"你为什么要拒绝？"

"你已经两次检查了我的护照，我完全合法。"

坐着的那位上司跟我之间上演了一场心理角力。因为我固执地坚持自己的立场，最后他挥挥手，似乎要赶走空气中的燥热和灰尘，还撇了一下嘴。两个动作很容易解读：我有的是时间，你这头蠢驴，我们走着瞧。

作为回应，我坐到一块大石头上，双臂交叉，那意思也很清楚：我也有的是时间，你这个杂种。

他还不够聪明，不足以理解缄默是权力的最高层次。与我一争高下的念头让他很难受，为了显示自己的权威，他首先打破了沉默：

"你在道路左侧行走，这是禁止的，而且……"

我跳了起来，这就是他们的伎俩！他们捏造违章，然后对我这样的小人物进行搜刮。

"错！国际法规明确规定，单独一人应该走在道路左侧的人行道，一群人则走道路右侧的人行道。"

我完全是在胡扯，但因为他们无中生有，我也如法炮制。他愣了一下，并不认输。

"我要检查背包里的东西。"

"我的背包在海关已经被检查过，护照上有章。到塔什干口岸时还会再盖一个章。你不是边境警察，你是交通警察。"

这下，他要把我关起来了吧。然而并没有。他继续默默翻看我护照的内容，只是为了给自己挽回点面子，显示他的重要性。突然他大声道：

"你是一九三八年一月出生的呀，跟总统一样！"

这很有可能，我现在才知道，但并不在意。不过他倒是找到了保住面子的机会，满脑肥肠的脸一下子有了光彩：

"跟卡里莫夫总统同年呀！"

这倒算个不错的消息，我配合他演戏：

"那他也徒步吗？"

大肥脸现在开心得不得了：

"不，他坐豪华轿车。"

他把护照递还给我。

我重新上路，心里还在为刚才的充好汉沾沾自喜……不料一百米后又遇到了一个关卡，正在跟一个穿便衣的人交谈的警察赶紧走出岗亭。

"护照！"

"我刚才已经给你的同事们看过了，没有问题呀。"

他迟疑了一下，穿便衣的那个人从岗亭探出身，用不容置疑的口吻道：

"护照！"

三十来岁，板寸头，笔挺的白衬衫，墨镜。这家伙显然很自负。我上下打量了他一番，我实在是受够了。

"你是警察吗？你没穿制服，我的护照只给警员看，你有警察证吗？"

他把手伸向衬衣口袋，后又改了主意。要么是他的头衔骗人，

要么他不接受我转换角色。刚才叫住我的那名士兵谨慎地后退了一步,另一个穿制服的官员出现,问道:

"美国人?德国人?"

"不,法国人。"

为了发泄心中的愤怒,我又用法语大声补充,主要说给自己听:"上帝呀,我给您出示护照好了,但这些乌兹别克斯坦警察,我可是受够了!"我边说边做着忍无可忍的手势,这手势在每个国家都差不多。我大声嚷嚷:"不,不给护照。"然后抓起"四不像",走出一百多米。

一刻钟后,我开始自责。强行通过,有时还能接受,但不宜过分。如果真碰上难对付的家伙,我吃不了兜着走。同时我又感到满足,我的强硬再次得到回报。

道路两旁,茂盛的木瓜树被漂亮的金黄果实压弯了枝头,一路上庄稼地和果园交替出现。这是一片令人难以置信的富饶土地,难怪会成为各个可汗国垂涎三尺并大打出手的对象,比如布哈拉汗国和希瓦汗国。

除了三步一哨五步一岗的警察,我从布哈拉到撒马尔罕一路上倒是没遇到什么麻烦。沿途的小店老板都对我关怀备至,在他们眼里我就是个狂徒,半数以上的人把邀请我作为一种荣誉。

崭新的酒店要一周后才剪彩迎客,所有人都在忙着做准备。老板尤特基·塔森,是个踌躇满志的男人。他告诉我,自己原本是个农民,后来意识到利润并不来自农作物,而是来自农作物加工。于是他创办了一家奶酪加工厂,工厂快速发展,为他带来巨额利润。他就用这些钱开了个罐头食品加工厂,立即就赚了两倍的钱。他再次将所有资金押在这座另类酒店上：一座现代化的驿站，叫"露营客栈"。他不仅提供传统的住宿和餐饮服务，还将一个可提供加油、汽车维修和零配件的修车铺和一家食品店纳入到整体服务中。酒店选址十分理想，就在布哈拉和撒马尔罕两个旅游重镇之间，经营理念十分有趣。我们聊到很晚，尤特基说："选一间你喜欢的房间，我要去睡觉了。昨天我儿子结婚，中午来了五百个客人，晚上来了八百个，我累惨了。"

我原本打算用九天时间走完从布哈拉到撒马尔罕的路程，但我走得像个疯子一样，急于结束行程。我疾行、奔跑，被越来越近的目标吸引。我徒劳地提醒自己："没有人在那儿等你，不用那么着急。"可还是停不下脚步。

不时有路牌提醒我，我正走在"Oq yol"——"棉花之路"上。棉花之路浓缩了乌兹别克斯坦所有的农业问题。棉花，作为这个国家的白色金子，严重依赖国际市场，而这个市场随时有可能崩塌。此外，棉花占据了每一寸农田，便没有了种植粮食和蔬菜的地方，迫使国家不得不进口很多商品。还有，这对环境造成的伤害也很惊人，咸海的干枯就是证明。丝绸之路被遗忘，取而代之的是棉花之路。

我遥想着从前的骆驼商队，最早的商人两千五百年前就从这里经过。在阿契美尼德王朝，这条路被称为"黄金之路"，商品在大夏国和中国之间进行短途交换。然后这条商路不断延伸，货物品种也越来越丰富。人们在这条路上交易绿宝石、埃及人极喜欢的天青石，还有来自中国的玉器与麝香、西伯利亚的皮草、阿拉伯的香料及来自菲律宾的调味品等。后来丝绸占据主导，骆驼商队很快就只运输这种珍贵织物。商队的客户首先是宗教人士，他们用商品来吸引信众；其次是军队，漂亮的丝绸用作华丽军旗的装饰；贵妇人后来居上。我正在行走的布哈拉和撒马尔罕之间的这条路，被人们称为"国王之路"。人们头脑中的一些想法也在路上流传，亦即宗教。就是说丝绸之路也成为了佛教之路，由公元三九九年的中国僧人法显开创。他从中国徒步出发，去天竺求取真经，那年他六十岁。十二年后他返回家乡，讲述了他的历险。接下来摩尼教、景教和伊斯兰教分别在沿线修建了自己的庙宇。

在努拉巴德，经营小饭馆的一对友善夫妇热情地接待了我，将我喂得饱饱的。因为我打算在室外的茶摊过夜，他们便让我使用紧靠餐馆的一间窝棚，那里有一张床。我欣然接受，因为隔壁水房的蚊子正嗡嗡叫个不停。女主人向我保证早上七点她会在，并给我一碗刚挤下的牛奶做早餐。做完这美好的许诺后，他们起身回两公里外的家。我安顿自己，门关不上，又有什么关系呢？跟平常一样，我把背包放在床边，拿出我的小刀和电筒放在枕头边，然后试着入睡。可入睡真不容易，接近目的地的兴奋让我难以入眠，恰巧看见一个身影从窗户下溜过，第二个身影紧随其后。我在路灯微弱的光线下认出第二个身影，正是刚才来跟我聊天、让我讲述旅途经历的那个孩子。我翻身起床。门被一只手小心翼翼地推开，一个影子潜了进来，接着第二个影子。我等了三秒钟，然后打开电筒。两个小混蛋看见一个光身站着的男人，一手拿着电筒照向他们，一手拿着一把刀。他们如遇见了鬼魂似的吓呆了，像被捕鼠器夹住的田鼠那样尖叫，又不敢太大声。他们兔子般撒腿就逃，等我转头看一眼开着的门时,已经跑得老远,还在继续跑。

早上我出发得很早,早到等不及牛奶和早餐。我脚底着火似的急切赶路。十点左右,我在一个小饭馆停下,它将是我今年路上的倒数第二个饭馆,我在这里遇见了旅途上最友善的夫妇之一。马克西姆看见我后,老远就迎上来,他个头不高,眯缝眼,高颧骨,身高大约一米六左右,宽度和高度几乎相等,缩小版的大力士。他戴一顶黑色镶白边圆帽,笑起来嘴角都要扯到耳朵。他请我坐下,等他去准备早餐。我已经一周没有漱洗和刮胡子,我渐渐养成了游牧民族特有的习惯,即把当下所处之地当作自己的家,所以我就在院子里光着膀子漱洗。伊拉看见后,连忙给我端来一盆热水。她的丈夫有多腰圆膀宽,她就有多苗条纤细,一看就有俄罗斯血统。她门牙分得很开,这是有福气的牙齿,带点孩子气的笑容让她看上去像个刚刚长大的少女。我对这对夫妇一见倾心,他们让我感觉很舒服。"行路的人要多吃点",伊拉劝我说。她在桌上放满了美食,明明知道我吃不下那么多,还是不停地端上食物。最后她问我是喜欢喝俄罗斯伏特加还是乌兹别克伏特加。我真是个奇怪的家伙,哪种伏特加都不喝。告别时,马克西姆与我紧紧拥抱,我也拥抱了伊拉,她涨红了脸。他们当然不肯让我为这顿丰盛的早餐付一文钱。

中午的午餐我也没有付钱,友好的老板还额外给了我一个他路边买的西瓜。靠近撒马尔罕,路边卖甜瓜的小贩绵延数公里:甜瓜有绿有黄、有条纹,有圆有长,有大个,有时又小到跟我们家乡的瓜一般大。田野里竟然有草地,令人惊讶。尽管有点干焦,但确实是草。已经有两千五百公里我没见过草地,真想走过去摸一下,躺下来,但我不能在原地停留。撒马尔罕,撒马尔罕……我已迫不及待。

就在这九月十三日下午五点半,我埋头在沥青路上小步前行,一抬头,看见一朵水塔大小的水泥蘑菇上,有一块巨型乌兹别克国旗颜色的标牌,上书撒马尔罕几个大写字母,仿佛在路边嘲弄我。我双腿一软,放下"四不像",在路边水泥道上一屁股坐下。整整四个月,一百二十天,我从多乌巴亚泽特出发,步行了两千七百四十五公里……

我成功了,我成功了……我机械地重复着这句话,真不敢相信,这不可能,这也太简单了。然而这一路,我迈出过多少蚂蚁般的步子呀?我有些眩晕,我要定格下这一时刻。我叫住一个骑自行车的过路人,让他为我在这赋予我荣耀的大蘑菇前拍一张照。他一开始答应了,随即却又把相机匆匆塞还给我。"警察",说着便跨上自行车走了。那座建筑物脚下确实有一个岗亭,警察正拦下路过的汽车。我请求其他路人帮忙,直到第四位,一个不像其他人那么害怕,或者说比较单纯的年轻人,才接受将我成功的证据定格在镜头里。他不理解我为什么要拍这张照片,我对他喊道:"我成功了,我成功了。"我张开双臂做出胜利的姿势。他离开我时肯定心想遇到了一个疯子。

暮色降临,我终于走进这座大城市。一些在玩乔装游戏的孩子上来和我搭话。年龄最大的孩子是否知道附近有没有旅馆?方才的激动让我此刻非常疲倦,我很想立即躺下。"我去问问父母能否陪你一起去,旅馆就在不远处。"另一个孩子说道。他们兴高采烈地回来,争先恐后去拖"四不像"。和我遇见的所有孩子一样,大家都对"四不像"充满好奇。我很大方,给他们这份显著的荣誉。到了旅馆门前,我让他们扶住车,我从我的老伙计身上卸下背包。

"我们把车放在哪儿?"

"随便放哪儿,我把它送你们了。"

"什么……真的吗?"

我想今天晚上,他们是整个中亚最幸福的孩子。我提起背包挎到肩上,门童为我拉开门。

我到了!

通过一个叫"帖木儿"的法国协会(其成员都是些热爱乌兹别克文化的人士),我得到了穆尼哈·瓦希多娃的地址。这是位既能干又乐于助人的女士,在她的协助下,我当下遇到的所有问题都得到了解决。我住到了楚库洛夫家漂亮的传统别墅里,他父亲曾是著名的文学评论家,寡居的母亲与儿子法鲁克以及他的妻儿生活在这幢大别墅里。应该说再也找不到比这里更能满足我眼下需求的地方了:我需要休息,需要平息几天来的激动心情,需要找回我自出发以来瘦掉的十二公斤体重。女主人和她的儿媳妇较着劲发挥想象力,为我准备《一千零一夜》中的美食,我在院子里缀满沉甸甸黑葡萄的葡萄架绿荫下享用。小花园里,木瓜树偶尔掉下一大颗熟透的果子,砸到地上发出重重的响声。参观城市的事回头再说,我在傍晚洒过水的阳台上,在清凉中慢慢享受无限美妙的时光。

我连续两天都在睡觉,从床铺到饭桌,从饭桌到床铺。累积的疲倦一起袭来,我变得有点迟钝。我重新体验到每天冲一次淋浴的欢畅,狠命搓揉身体,仿佛一路攒积的污垢已经嵌到皮肤内里。在这悠闲的两天里,我做了个回顾,整体还不错:首先,我克服了自身的恐惧，赢得了这场豪赌。当我从多乌巴亚泽特的大巴下车时，一切并不容易。然后，我完成了这段旅程，虽说瘦了许多，但我双腿还能站立，并没有如上次那样躺在担架上。当然我也遇到一点小麻烦，脚指甲发黑，几乎脱落，几百万步的行走，让它们有些碳化，但这算不上什么。太阳烤灼我的脸颊，把皮肤晒得通红，这也不重要，诺曼底温柔的天空会修复它们。相反，我的心脏在休息状态，每分钟跳五十二次，功能极佳。

此外，我收获了一系列多么美好和不同凡响的相遇啊，并且我还在持续耕耘中，我的记忆被这一张张面孔充盈，那些名字在我脑海中唱响。我最后遇见的是伊拉和马克西姆；最最特别的当然是穆尼尔和迈赫迪，他们是我的朋友，我的兄弟姐妹。除此之外，最重要的是我战胜了出发之初捆住我手脚的讨厌惧怕。

我早就说过，在我最初读到有关它的内容后，这座城市就一直萦绕在我心头。它会如我想象的那般神奇吗？还是穆尼哈，安排我见了她的一个做英语助教的学生。菲鲁扎（波斯语中"绿宝石"的意思）今年二十四岁，提议带我参观这座城市，她也正好练习在学的外语。我们或步行或坐公交车参观撒马尔罕，路上她对我聊起她自己以及乌兹别克年轻的一代。菲鲁扎是四个孩子中的老大，下面还有一个男孩和两个女孩。两年前，有一天晚上父母说有话要对她讲："你已经二十二岁了，还一直没有男朋友，邻居们开始说三道四。你要知道，如果你不出嫁，你的妹妹们也不能出嫁。所以我们为你找了一位温柔、勤劳、不抽烟的求婚者！总之，一个合适的对象。婚礼在本周六八日举行。这个男孩只有一个要求：你以后不能穿像现在这样每天穿的裤子。我们已经答应了。"

"你没有拒绝?"

"很难,在我们的社会中,结婚按年龄顺序。我不能让我的妹妹们注定单身,一个到二十五岁还没结婚的女人会被看成终身的老姑娘。如果没人求婚,那说明有蹊跷,进而演变成整个家族的问题。如果长女不结婚,说明这家人家有问题。"

菲鲁扎一直跟我说着一些相同的话。

"如果他或她拒绝,想要跟其他人结婚会怎么样呢?"

"那就没有结婚仪式,这种情况在我们国家简直就是灾难。婚礼相当于一种社会认可。"

恰巧第二天,楚库洛夫一家受邀参加一场婚礼,我也被邀请一起参加。婚礼来了七百多位宾客,形式与我上一次参加的婚礼几乎一模一样。这里,对于国籍的尊重很重要。一个乌兹别克男人娶一名俄罗斯女子是可以的,但反过来的话,几乎不可想象。大部分情况下,塔吉克人娶塔吉克女子,乌兹别克人娶乌兹别克女子,人们避免与另一种族的人通婚。而且同一个国籍下,又有许多不同种族。人们反而很少考量未婚夫妇的文化水平,菲鲁扎大学毕业,却被强行塞上一名加油站加油工小伙子做丈夫。

这个国家正在经历变化,俄罗斯人在迁出,他们难以接受失去主导地位,当年他们作为开拓者来到这里,他们的语言和字母体系,都显示着他们的优越感。而今,官方语言为乌兹别克语,尽管俄语还是作为不同族群间交流的通用语言。从二〇〇五年起,所有老板可以解雇不会说乌兹别克语的雇员。宗教也在逐渐恢复地位,但受到严密监视。当局不敢掉以轻心,因为在阿富汗受过训练的塔利班成员不时窜到国内,去年还在塔什克搞了几次恐怖袭击。电视上经常播放军队在靠近塔吉克斯坦边境打击流窜恐怖小团体的内容，发人深省。

相对那些古老的砖石，这些涉及男人女人的现实问题，更让我感兴趣。不过我是专门来看望撒马尔罕的，而且我也看到了撒马尔罕。比如雷吉斯坦广场以及它的三座经学院，其中兀鲁伯经学院，是六百年前帖木儿的孙子兀鲁伯建造的第三座经学院。第一座在布哈拉，第二座在我经过的路上，我抛下急于赶路的念头，绕道吉杜万，专门去看了一眼。兀鲁伯是诗人、数学家和天文学家，他在这儿修建了一座巨大星盘，发现了新的行星，测量一年时间的长短，可以精确到秒。然而他的理论在当时过于超前，引起伊斯兰神职人员的不安，担心伊斯兰教义会受质疑。他们设下圈套，让他的亲生儿子去抓他，然后十分讲究地砍了他的头。另外两座经学院是漂亮的复制品。雷吉斯坦广场被修葺得焕然一新，十分华丽，但空空荡荡……三面雄伟的高墙贴着崭新的马赛克，几名游客在不停拍照。庭院里面，伺机而动的地毯商贩等待着怀揣美元的游客。后来我找到过一些二十世纪初的老照片，拍摄的是同一地点。这里曾经货摊遍布，可以想象五颜六色的人群熙熙攘攘、人声鼎沸、骑士从人群穿行而过的场景。从前，这里生机勃勃。

可爱的导游接着带我去了古尔·埃米尔陵，征服者帖木儿的家族陵寝。史书上称帖木儿为"跛子魔鬼"，是一个嗜血成性的战争统帅。他让整个中亚瑟瑟发抖，如今却被视作开国之父。他和他的两个儿子以及三个孙子，其中就有兀鲁伯，就埋葬于此。蓝色穹顶下，金叶装饰的灵堂正中央，就是这位帝王的石棺，一口巨大的黑玉石棺材。这石棺如此非同寻常，以至到了一七四〇年，另一名波斯征服者纳迪尔沙阿居然把它夺走。但石棺开裂，碰巧纳迪尔沙阿遭遇了一系列麻烦，其中最严重的是他的儿子病了，几乎一只脚踏进了坟墓。他的谋士们劝他归还这块带来厄运的玉石。他照做，奇迹发生了，他的儿子病好了。帖木儿真的会带来厄运吗？一九四一年，俄罗斯人类学家米哈伊尔·格拉西莫夫无视墓碑上刻着的咒语"打开我棺椁的人，将会遭遇比我更凶恶敌人的惩罚"，竟敢挖出这位伟大人物的遗骸（身高一米七，在当时实属非常高大）。发生亵渎事件的第二天，希特勒入侵俄国。"他可是收到过警告"，那位可怕蒙古人的幼稚后裔会这样评价格拉西莫夫。

剩下要看的就是撒马尔罕的第三处建筑瑰宝（其实你们已经知道，除了古代驿站的废墟，我对名胜古迹并不十分感兴趣）：比比哈尼姆清真寺。比比哈尼姆是帖木儿的妃子，当帖木儿率军队征服印度时，他最宠爱的女人为了给他一个惊喜，便下令修建一座规模前所未有的最大清真寺。它将是这座城市明珠中的明珠。她的豪赌成功了，这座建筑的规模和大胆史无前例，但也埋下隐患。它的穹顶跨度太大，遂在后来的一次地震中垮塌。而设计这个杰作的建筑师并没能看见它完工，因为他为自己的鲁莽大胆付出了代价。事情是这样的，在清真寺修建过程中，他疯狂地爱上了比比哈尼姆，对她声称，如果她不吻他，他就不结束工程。帖木儿征战回来后，把建筑师的脑袋砍了，并且从今往后，为避免女子对意志薄弱男子的诱惑，妇女们必须用面纱遮住她们的美丽。六百年后，摇摇欲坠的建筑终于倒塌，妇女们却依然戴着面纱。

在联合国科教文组织的全力赞助下，人们几乎重建了这座清真寺。我们参观时，在它尚未完工的主入口，可以看到钢筋水泥的拱架代替了砖墙，这样也许能抵挡下一次地震。我在清真寺匆匆兜了一圈，因为在墙角下，我发现了这个城市最让我向往的地方：撒马尔罕的集市。

在转道塔什干然后回巴黎之前，我把剩下的时间全部泡在集市里。因为就是在这里，在比比哈尼姆清真寺蓝色马赛克墙的阴凉地里，跳动着撒马尔罕千年的心脏，即便苏联七十年的统治，也没能让它窒息。就这样，我走遍城市的各个角落，从不放过各种奇妙景象。在这三天的时间里，我的眼睛、鼻子和耳朵，不够用来捕捉这些色彩、气味和嘈杂。

一如所有东方集市，这里也汇集了各种分类商品：有香料、种子、蔬菜、新鲜水果集市；有食糖、干果、农资、建筑材料、地毯、宗教信物、衣服等集市……不止是一个集市，而是十个、上百个。还要加上一些流动摊贩售卖传统服装或线团，或者叫卖刚出炉的烤包子。就如船头劈开波浪，船过后水波又合上，小贩们满载衣服、铁器和食物的小推车在人群中劈波斩浪……

到处是艳丽的色彩，阳光将拱廊的黑色影子投到清真寺的马赛克墙。甜椒、西红柿、茄子仿佛将色彩借给了兜售它们的农妇的衣裙和头巾。在大包大包的干菜后面，坐着一排脸庞圆润、穿条纹衫、腰间系五彩腰带的杂货商贩。这一边的柜台上，香料整整齐齐堆成一座座小小的金字塔，浓烈的香味弥补着它们小巧的体积，因为在这个市场里一切需要显得夸张和过度。火炉红色的火舌不间断地烤着一盘盘烤包子，俯身炉口的小学徒，脸蛋被炉火烤成跟那些饱经风霜、缠彩色头巾的白胡子老头一样的古铜色。在妇女们经营的摊位，笑声不断从镶了金牙的嘴里发出。强烈阳光下，白色也被映照上了其他色彩。张开的大块帆布，保护货摊和珍贵商品免遭太阳暴晒；女信徒草草戴着的头巾滑到肩上；还有她们多彩的裙子。我在摆放地上的琳琅满目的鲜花和蔬菜堆里穿行，被涌动的人流包围，目不暇接地看着这活色生香的巨大调色盘上丰富细腻的不同色调。

我深深陶醉，无法辨别这色彩海洋中的各种声音。人们在中亚使用的三十种语言，现在都出现在这里。人们用塔吉克语、乌兹别克语、俄语、伊朗语、土耳其语、吉尔吉斯语大叫大嚷，相互打招呼，吵架或招揽顾客。这是一种如地震般来自地下、沉闷然后逐渐上升的嘈杂，夹杂着推着小车穿过人流的搬运工的尖叫。小贩们手上拎着货品，吆喝着他们给出的价格。一头驴子在某个地方惊恐地叫个不停。低调些的是人们点钞票时的沙沙声，或耍宝似的把钱币从一只手捣腾到另一只手。一个女人正和一个要把她推到岗亭的警察吵架，警察不知为了什么事要对她进行处罚。一条过道入口处，有个乞丐在伸手乞讨。有些人在摆满食物的桌子上谈生意，杯觥交错，但一切在一杯杯温和的茶香中进行。到处有人讨价还价，有笑声、有叫嚷、有吐口水。有个农妇大叫着驱赶一只鸽子，它竟敢过来偷吃她的几粒谷子，她刺破嘈杂的叫骂声如一支射进人身体的利箭。

然而，如果少了弥漫在人潮人海中那些或香或臭令人陶醉的气味，这一切也就毫不稀奇。最浓烈的气味当然来自香料市场，最辛辣的气味来自过道上正在烧烤的无数羊肉串的油脂，烟雾四处飘散。更宜人的香味来自水果摊，更浓重的香气来自花市。更美妙的香气从一些柜台飘来，有人正用锤子在大理石桌面上砸开大块的冰糖。在奶酪市场，白色、坚硬弹珠似的山羊奶酪，散发着白奶酪特有的淡淡酸味，又含着隐隐的奶香。主妇们拿着拍子，驱赶着蚊蝇。

我沉醉于这个嘈杂、多彩和芬芳的世界，被这些未知和神奇的东西喂饱。不言而喻，哪怕仅仅为品尝秋天瓜果的滋味，也是去撒马尔罕旅行最好的理由。无花果、甜瓜和葡萄的香甜，没有地方能比得上这里。不过我没有在集市上关注水果，因为我知道楚库洛夫家的餐桌上一定少不了，他们早就知道我贪吃水果。我衣袋里塞满带蓝色果霜的葡萄干和椒盐杏仁核，我一边吃着零食一边在集市的过道里溜达。当充满激情的探寻开始倦怠，我感到饥饿的折磨，便去烤包子的炉子那里或去迎接烤羊肉串的烟熏，羊肉串吃的时候会配上西红柿和新鲜洋葱。

晚上我回到房东家里，感觉比徒步了一天还要累，身上沾染着丰富的香气，眼睛里还留着上千种画面，身心愉悦。这么刺激这么激动人心的终局，我不能期待更多。撒马尔罕，从你还是希腊人的马拉坎达的遥远年代到现在，你没有变。历经几多世事变迁，遭受雇佣兵的铁蹄践踏，忍受宗教的清规戒律，经过俄国和苏联的占领，你依然保留住了商业信念和对交易的热切。你保留住了使你成为丝绸之路最重要枢纽之一的那份经商天赋。二十个世纪以来，这里的服装、语言、商品，一点没变。

这些画面不会轻易离我而去，一直在滋养着我的梦境，直到十个月后我从同一个集市，再次出发。二○○一年，撒马尔罕毫不在乎的新千禧年第一年，我将从这里，从我长征路上的正中间，开启下一段两千六百公里更遥远的新征程，走向另一段神秘之旅，中国新疆的吐鲁番绿洲。

那将是一段令人难忘的旅程,肯定比今年更折腾。当然还会有沙漠,尤其是著名的塔克拉玛干大沙漠,维吾尔语的意思就是"有去无回"。况且我一开始要先行穿越内战频发的塔吉克斯坦,新生的政权正陷入游击战。原苏联的一些加盟国的分割十分古怪,我必须在塔吉克斯坦走上三百公里才能从乌兹别克斯坦到……乌兹别克斯坦。然后我会进入传说中富饶的费尔干纳盆地,那里的汗血宝马十分名贵,让中国皇帝垂涎三尺,不惜派兵去抢。接着要跨越帕米尔高原的山口,在海拔四千米的高度进入中国边境线,从那里一路下降到喀什。喀什,仅仅这个地名,就让冒险家们热血沸腾。

列举这些就已经勾起我出发的欲望,我一回家就要着手准备下一次远行。我不会无谓"冒险",旅行于我而言,就是去发现书籍和旅游指南里没有的事物,出发前我会先把它们读个遍。那我到底要发现什么呢?你们会问。其实我也不知道,也许就是在最不经意的时刻,遇见最不可能遇见的人,在乡村某个祥和的角落,毫无防备地被击中;也许就是去做一些平时从不会去做、从不会去想、连自己都会吃惊的事。

人们经常说,旅行可以造就你。即使造就不了你什么,又会让你失去什么呢?

这次的一路行走会带给我额外的收获吗?我不敢肯定。我是个倔脾气的家伙,在行走了六千公里后,我依然无法坦承我如此疯狂历险的理由。也许我从诺曼底家乡出发,经过现代化大都市,抵达亚洲大沙漠,一场接一场的旅行就是为了说服自己,我已经成为一个世界公民。远远消失在地平线尽头的路,仿佛在嘲笑我。它在牵着我的鼻子吗？很有可能。不过我觉得无所谓。路和我，我们相识那么久，不可能分手，我们还只走到半途！我的朋友们还会继续友善地嘲讽我：他总在走路，一直走，却不知道为什么要走！我是个善良的老家伙，不想告诉他们越来越萦绕我心头的一些想法：他们活着，一直活着，但并没有进步多少。路途，我温柔的老情人，它会背叛我吗？没关系。行路过程带给我的礼物，也许是无价之宝：它带给我继续前进的动力，渴望在身体极度疲惫、体力达到极限时，思绪挣脱桎梏，触碰神明。在以后的两千六百公里和四个月的行走过程中，我还要继续梦想，继续呼吸……走得更远，放下更多，轻装前进。我已做好准备，带着智慧等待死神的到来。